小学館文庫

喪失

カーリン・アルヴテーゲン　柳沢由実子　訳

JN285199

小学館文庫

■主な登場人物■

シビラ（ヴィレミーナ・ベアトリス）・フォーセンストルム
……………………ストックホルムでホームレス暮らしをしている女性

ヘンリー・フォーセンストルム……………………………………シビラの父親

ベアトリス・フォーセンストルム…………………………………シビラの母親

ユルゲン・グルンドベリ………………………貿易業者、殺人事件の被害者

レーナ・グルンドベリ……………………………………………ユルゲンの妻

ミカエル・ペアソン（ミッケ）……………………………シビラの元恋人

ヘイノ………………………………………………………………ホームレスの男

トーマス……………………………………………………………シビラの友人

パトリック……………………………………………………………15歳の少年

スーレン・ストルムベリ……………………………………殺人事件の被害者

グンヴォール・ストルムベリ……………………………………スーレンの妻

ルーネ・ヘドルンド……………………………………交通事故死した人物

シェスティン・ヘドルンド…………………………………ルーネの未亡人

イングマル・エリックソン……………………………………………病院の守衛

父と母、そしてエリサベスに。
あなたがたがいつもいてくれることに感謝します。

1

キリストの僕《しもべ》であり、神の秘密の守護者。私たちはそのように理解されたい。守護者には忠誠以外のなにも要求するべきでない。だれであろうと人間が私のことを裁くのは、私にとって何の意味もない。そうなのだ、私は私自身を裁く立場にもなりたくない。なぜなら、私は自分が無実であることをまちがいなく知っているが、私の行為を十分に正当化することができないからだ。神のみが私を裁く。

ゆえに、何者も神がやってくるそのときまで裁いてはならない。神は闇に隠れたものを光の中に顕し、すべての人の心に智を示されるだろう。

そのとき、神は一人ひとりに、ふさわしい褒め言葉を与えられるだろう。

神よ、私に勇気を与えてくれたことに感謝する。あなたは私の声に耳を傾け、祈りを聞き届け、お導きくださった。

私をあなたの道具にしていただきたい。罪人たちに罰を言い渡す役を私に与えていただきたい。私の愛する人が永久にあなたのおそばにいられるように。

そのときこそ私に希望が戻る。

そのときこそ私は平和を得る。

2

彼女が着ているスーツは緑色の有名ブランドもので、中古品の店で八十五クローネ（訳註　一クローネは約十五円）で手に入れたものにはまったく見えない。スカートのウエストはボタンがなく、安全ピンで留めている。それもまただれの目にも見えない。

彼女はウェイターに合図すると、もう一杯白ワインを注文した。

今晩選ばれた者は二つ離れたテーブルに座っていた。間のテーブルにはだれもいない。彼女はまだなにも始めていない。だから、その男が彼女の存在をどこまで意識しているかは、わからなかった。

男はまだ前菜に取りかかったばかりだ。

時間はたっぷりある。

彼女は新たに注がれたワインをグラスから一口飲んだ。ワインはドライで、適温に冷やされていた。これはきっと高価だろう。値段は訊《き》きもしなかった。彼女にはまったく興味のないことだった。

目の隅で、男がこちらを見ているのがわかった。彼女は流し目で彼のほうを見、視線を合わせたが、そのままレストランの中を見渡して男を無視した。

グランドホテルのフレンチレストランはじつに贅沢な造りだった。すでに彼女はここに三回来たことがあったが、今晩が終わったら、しばらく休むつもりだった。残念なことだ。客室にはいつも新鮮な果物が用意されていたし、極上のタオル類は十分にあったので、一、二枚、なんなく書類カバンの中に滑り込ませることができた。だが、人は無理をするべきではない。もし従業員が彼女に気がついたらひと騒ぎが起こる。

ふたたび男の視線を感じた。彼女は書類カバンから手帳を取り出し、今日の日付を開けた。そして赤く塗った爪で苛立《いらだ》ったようにテーブルをタタタと叩いた。同じ時間に二つの約束を入れたなんて、まったくどうかしてるわ、しかも会社のいちばんいい顧客なのに！

目の隅で、男がまだこっちを見ているのを確かめた。

ウェイターがそばを通った。

「電話をお借りできるかしら？」

「はい、ただいまお持ちします」

ウェイターはバーカウンターのほうへ行った。彼女はその背中を目で追った。ウェイターはコードレス電話を持って戻ってきた。

「どうぞ。まずゼロを押してください」

「ありがとう」

彼女は言われたとおりゼロを押し、それから手帳を見て番号を押した。

「もしもし、スウェーデン・ラバル・セパレーターのキャロリン・フォシュです。申し訳ないのですが、こちらの手違いで明朝の打ち合わせの時間をダブルブッキングしてしまったのです。予定よりも二時間ほど遅れてそちらに参りますのでよろしく……」

「午後八時二十五分三十秒です。ピッ」

「まあ、よかった。それじゃ、明日。失礼します」

彼女はため息をつくと、手帳の余白にサラミ・ソーセージ十四クローネと書き込み、手帳を閉じた。

彼女がふたたびグラスを上げたとき、偶然彼らの視線が合った。いまや男の注目を完全にとらえていると感じた。

「ダブルブッキングですか？」男が笑って話しかけた。

彼女は恥じ入ったように微笑を浮かべ、両肩をすぼめた。

「よくあることですよ」と言って、男はあたりを見回した。

彼は早くも目の前のエサに食いつき、彼女から視線を離さなかった。

「お一人ですか？　それともだれか待ってるのかな？」

「いえ。部屋に上がる前にワインを一杯飲みたかっただけです。今日は長い一日でしたから」

彼女は手帳を手に取ると書類カバンに戻した。もうすぐ男がわなにはまる。彼女は書類カバンをふたたび床に置きながら、彼を見た。男はちょうど前菜が終わったところで、グラスを彼女のほうに上げて乾杯のしぐさをした。

「ご迷惑でなかったら、そちらのテーブルに移ってもいいかな？」

まだほとんど始めてもいないのに！　彼女は軽くほほえんで獲物を引き寄せた。だが、ここで急いではだめだ。少し抵抗すれば、相手はますます乗ってくる。彼女は二、三秒ためらってから答えた。

「ええ。でもわたしはもうじき部屋に引き揚げますけど」

男は立ち上がり、ワイングラスを持つと、彼女の向かい側に腰を下ろした。

「ユルゲン・グルンドベリです。よろしく」

彼は手を差し出した。彼女はその手を握って自分の名前を言った。

「キャロリン・フォシュです」

「きれいな名前だ。きれいな女性にふさわしい。乾杯！」

細い結婚指輪が彼の左手に輝いている。彼女はグラスを上げた。

「乾杯」

ウェイターがグルンドベリの肉料理を持ってきた。目指したテーブルに客がいないことに気がついて、ウェイターは足を止めた。ユルゲン・グルンドベリが合図した。

「こっちだ。こっちのほうが眺めがよさそうなのでね」

彼女は無理に笑いをつくった。だが、幸いなことに、グルンドベリ氏はまわりの者たちの気分に敏感ではないようだった。

銀色のカバーを載せた白い皿がテーブルに置かれた。彼はきれいに畳まれたナプキンを振ってほどくと、膝の上にかけた。それから両手をこすり合わせた。

この男、食事が楽しみなのだ。

「なにか食べませんか？」

彼女の胃がぐうと鳴った。

「考えてませんでしたわ」

銀のカバーがはずされると、ガーリックとローズマリーのかぐわしい香りが広がり、彼女の鼻を刺激した。彼女はつばが舌に流れるのを感じた。

「なにか食べなければいけませんよ」

グルンドベリは彼女を見向きもしない。完全に羊のフィレ肉をカットすることに集中している。

「人は食べるもの、そうしないと死んでしまうもの」と言うと、彼はフォークに突き刺した大きな肉を一気に口の中に入れた。「これ、母親に言われませんでしたか?」

それも、そしてそれ以外にもじつに多くのことを彼女の母親はたしかに教えてくれた。ただ、それが母親を離れたことの原因の一つだった。いや、いま、彼女はほんとうに空腹だった。客室の果物は急速に魅力を失った。

口に食べ物を含んだまま、彼はウェイターを呼んだ。ウェイターはすぐに飛んできて、グルンドベリが口の中のものを噛み終わるまで辛抱強く待った。

「同じものをこちらのご婦人に。勘定は四〇七号室につけてくれ」

彼女に向かって笑い顔をつくると、彼はポケットから部屋の鍵を出してウェイターに振ってみせた。

「四〇七号室だ」

ウェイターはうなずいて立ち去った。

「失礼だったかな?」

「わたし自分の食べる分くらい、払えます」

「もちろんそうでしょう。ただ、私は男の面子で払わせてもらいたいだけですよ」

もちろん、どうぞ、喜んでお願いします。

彼女はまたワインを一口小さく飲んだ。この男、信じられないくらい簡単に落ちるわ。まったく、自分からすすんで落ちてくれる。いま男は羊のフィレ肉に舌鼓を打ち、完全に食べ物に気を取られている。一瞬、彼は同じテーブルに人がいることも忘れているようだ。

彼女は男を観察した。五十代だろう。着ているスーツは高価そうだ。まばたきもせずにグランドホテルのフレンチレストランで肉料理を二つ注文するくらいだから、金に困っていないことはたしかだ。

いいわ。完璧。

贅沢な食事に慣れているようだ。喉元がシャツのカラーからはみ出ている。ネクタイの結び目の上まで喉の肉が垂れ下がっている。

慣れない人間なら、彼の外見にごまかされるかもしれない。だが、彼女の目をあざむくことはできなかった。彼はまちがいなく成り金だった。テーブルマナーを見れば、子ども時代にだれからも食事時の行儀を口うるさく注意されなかったことは歴然としていた。テーブルに肘《ひじ》をついたまま食べたら、肘を叩かれるとか、決してナイフを口に入れてはならないと教える者がいなかったにちがいない。

運のいい人だこと。

そのうえ、前菜のナイフとフォークで主菜を食べている。

彼女の肉料理が来たときには、彼はほとんど食べ終わっていた。ウェイターが銀のカバーを取ったとき、彼女はグルンドベリのように食べ物に襲いかかりたくなる欲求を必死にこらえた。小さく肉をカットすると、ゆっくりと口の中で嚙んだ。彼は皿の上に残ったソースをナイフで集めると、恥ずかしげもなくそれをナイフの刃に載せて舌の上に運んだ。

「本当においしいわ。ありがとうございます」

「ユー・アー・ウェルカム」と英語で言うと、彼はナプキンを口に当ててゲップを隠した。

皿を脇によけると、彼はポケットから薬のケースを取り出した。中から細長いカプセルを出すと、口に入れ、ワインで呑み込んだ。

「スウェーデン・ラバル・セパレーターね。いい会社だ」

男はふたたび薬のケースをポケットに入れた。彼女は食べ続けながら、彼の言葉に肩をすぼめた。これは危ない橋だ。気をつけなければ。

「それで、おたくは？　何をしてらっしゃるの？」

この質問がいつでも効力を発揮することには、まったく驚くしかない。まるで、高価なスーツを着ている男たちはみんな同じ人間の細胞からつくられたクローン人間のようだ。自分の成功についてしゃべるチャンスが与えられたら、その瞬間まで関心があったことなど全部忘れてしまうのだ。

「貿易関係の仕事ですよ。ほとんどが電子機器ですがね。いい物をみつけて、それをリトアニアやラトヴィアで生産させるんです。生産費が約三分の一で……」

彼女は食事を楽しんだ。彼は自分の天才的商才を吹聴しつづけ、彼女はときどき彼を見ては適当にうなずいたが、頭の中にはガーリックとローズマリーの味つけの羊肉しかなかった。

皿がきれいに片づくと、彼女は男がしゃべり終わってただ自分を見ていることに気がついた。いよいよ第二段階に取りかかるときだ。まだワイングラスには白ワインが半分残っていたが、しかたがない。

「ほんとうにおいしかったわ。ありがとうございました」

「やっぱり少し、おなかが空いていたようでしたね」

彼女はナイフとフォークを皿の上の正しい位置においた。このテーブルには少なくとも一人、食事の終わり方のマナーをしつけられた者がいますよ。

男はばかばかしいほど満足げに見えた。

「私はご婦人が何を望んでいるか、だいたいわかるからね」と言って、男はにんまり笑った。

それがあなたの奥さんの場合でも？

「おいしい食事と楽しいお相手に感謝しますわ。でも、そろそろ失礼しないと」

彼女はナプキンをたたんだ。

「部屋でナイトキャップをつきあってくれませんか?」

男の視線がワイングラスの端で彼女の視線をとらえた。

「ありがとうございます。でも、明日は早くから仕事ですので」

男が彼女を引き留める前に、彼女はウェイターに手を振った。ウェイターはすぐさま飛んできた。

「お勘定を」彼女が言った。

ウェイターはうやうやしく頭を下げると、テーブルの上の皿を片づけ始めた。そしてフォークとナイフをクロスさせておいてあるグルンドベリの皿にチラリと目を走らせた。

「お済みでございますか?」

ほとんど気がつかないほどの嫌みに、彼女はワイングラスの陰で笑いを隠した。だが、グルンドベリ自身はその皮肉に気づかず、うなずいた。

「私に払わせてくださいよ。そういう約束だったじゃないですか」

と言って、彼は彼女の手を押さえようとした。が、彼女はすでに手を引いていた。

「それじゃ、ワインだけは自分で払います」

彼女は椅子の背にかけていたハンドバッグを手にした。が、彼は言い張った。

「いや、ここは私に任せなさい」

「そんなこと、勝手にされては困ります」

ウェイターは立ち去った。グルンドベリは彼女に笑いかけた。この男には苛立つわ。でも、必要以上に言い張ってしまった。まだ彼の関心を引き留めておかなければならないのに。彼女は笑い返した。ハンドバッグは膝の上にあった。彼女は財布を出そうとしてハンドバッグを開けた。そしてあわてた様子で中をまさぐった。

「大変だわ！」

「どうしました？」

「お財布がないわ！」

彼女はもう一度バッグを開けて、なおも熱心に中を探した。そして左手で顔を覆って深いため息をついた。

「落ち着いて。書類カバンの中はもう見ましたか？」

それを聞いて彼女は一瞬希望をもったような顔をした。そして書類カバンを床から膝に持ち上げて開けた。彼からは中身が見えない。運がよかった。スウェーデン・ラバル・セパレーターの社員キャロリン・フォシュの書類カバンの中身が、手帳以外には太いソーセージ半分と小型ナイフしかないことを見られずにすんだ。

「いいえ、ないわ。どうしよう、盗まれたんだわ！」

「静かに、静かに。落ち着きなさい。だいじょうぶですよ」

ウェイターがシルヴァープレートに載せた勘定書を二枚もってきた。グルンドベリはすばやくアメリカンエキスプレスのカードを取り出した。

「私の部屋につけておいてくれ」

ウェイターの目が彼女の同意を求めていた。彼女は急いでうなずいた。ウェイターはカードを受け取って戻っていった。

「お支払いしますわ、財布が戻って来しだい……」

「そんなことはいいですよ」

彼女はまた顔を片手で覆った。

「財布の中にはホテルのヴァウチャー（宿泊券）があったのに。もう部屋には泊まれないわ、まったく……」彼女はため息をついて首を振った。

「私に任せなさい。フロントに行って部屋を用意させるから、ここで待っていなさい」

「いいえ、そんなことをお願いするわけには……」

「いいや、困っているときは、お互いさまだ。財布が出てきたときに、いただきますから。いつでもいいですよ。ここに座っていなさい。すぐに用意させます」

彼は立ち上がり、フロントの方向へ姿を消した。

彼女はワインを一口飲んだ。

乾杯。

エレベーターの中で、また客室のドアまで歩きながら、彼女は言い表せないほど感謝していることを相手に伝えた。彼はウイスキーの入ったグラスを二つ手に持ってきた。彼女の部屋の前まで来ると、彼は最後の〝お願い〟をした。

「ナイトキャップのこと、後悔してませんか?」

そう言いながら、彼は厚かましくも片目でウインクした。

「ごめんなさい。でもこれから電話をかけて、カードなどをストップさせなければなりませんから」

これは彼でさえもうなずかざるを得ない正当な理由に聞こえたようだ。彼は彼女にグラスを一つ渡すと、ため息をついた。

「残念ですな」

「いつかまた別の機会に」

彼は小さく鼻を鳴らして彼女のキーカードを取り出した。彼女はそれを受け取った。

「手伝ってくださって、本当に感謝していますわ」

もう部屋に入りたかった。彼女はカードを取っ手の下の薄い開け口に挿入した。彼の手が彼女の手の上に重ねられた。

「私の部屋は四〇七号室だ。もし後悔したら、いつでもどうぞ。私の眠りは浅いからすぐに目を覚ましますよ」

ずいぶん頑張る人だこと。忍耐も限界だわ。それでも彼女はグッと気持ちを抑えて、彼の手の下からそっと手を抜いた。

「ええ、覚えておきますわ」

ドアが開かない。中に挿入したカードが鍵を開けるときの、クリックという音が聞こえない。彼女はもう一度、やってみた。

「あ、これは失礼」男が笑って言った。「それは私の鍵だ。いや、これはひょっとしてなにかの予兆かな?」

彼女は振り返って彼を正面から見た。男は親指と人差し指でカードを持っていた。忍耐が限界まで来ているのがはっきりとわかる。彼女はプラスティックのカードを彼の手から取ると、自分の手にあったカードを彼の上着のポケットに入れた。ドアは初回で開いた。

「お休みなさい」

彼女は部屋に入り、ドアを閉めようとした。彼は約束を破られて失望した子どものようにそこに立っていた。そうね、この人はずいぶん親切にしてくれたと言える。それは認めざるを得なかった。小さなキャラメルをあげてもいい。彼女は小声で言った。

「あんまり寂しかったら、お部屋に行くかもしれないわ」

男の顔が春の太陽のように輝いたのを最後に見て、彼女はドアを閉め、ラッチをひねった。

ごきげんよう。

3

バスルームの蛇口を思いっきりひねったあと、彼女は一分も待てず、カツラを外した。髪の付け根がかゆい。彼女は前かがみになって、爪を立てた指で髪の毛を梳《す》いた。ふたたび体を起こすと、鏡に映った自分の顔を見た。荒《すさ》んだ人生が顔に表れている。彼女はまだ三十二歳だった。しかし彼女自身、これが知らない人だったら、あと十歳は年上に見ただろう。人生の疲れが目のまわりに細かい網のようなしわをつくっている。だが、それでもまだ彼女は美貌を失ってはいなかった。少なくともユルゲン・グルンドベリのような男をたぶらかすほどの美貌は保っていた。また彼女には、それ以上の望みはなかった。

バスタブが湯でいっぱいになり、中に沈むと、湯が溢《あふ》れて床を濡らした。バスマットの上に脱ぎ捨てた服が濡れないようにと、彼女はバスタブの端から手を伸ばした。その動きで、湯は波になってもっと溢れた。濡れた服はあとでタオルで拭くことにしよう。

彼女はバスタブに体を伸ばし、喜びに浸った。このようなことが人生に意味を与えるのだ。これ以上にほしいものなど、ありはしない。リュック暮らしのおかげで彼女は身のまわりのささいなことに感謝するようになっていた。普通の人々にとっては当たり前すぎて、それがあることにさえ気がつかないようなものごとに。

彼女自身、かつてはそのような生活をしていた。だから、普通の人が当たり前のものに鈍感であることを知っていた。いまではそれもかなり昔のことになりつつあったけれども。

社長令嬢シビラ・ヴィレミーナ・ベアトリス・フォーセンストルム。

彼女はまるでそれが人間としての権利であるかのように、当たり前のこととして毎日風呂に入っていた。もしかすると、ほんとうにそれは人権の範疇に入るものなのかもしれない。だがとにかく、人はそれを失ったとき、その価値がわかるものだ。

シビラ・ヴィレミーナ・ベアトリス・フォーセンストルム。

彼女が社会に適合しなかったのは、それほどおかしなことだろうか？　生まれてすぐの洗礼の時から、彼女は生涯にわたるハンディキャップを背負わされた。

シビラ。

フルタリドで学校に通う子どもであまり頭がいいとは言えない子どもでさえ、彼女の名前をはやし歌で歌うときには大いに才能を発揮した。町の中央のソーセージスタンドで売られているソーセージの一つにシビラという名前がついていることも、また、そのソーセージが大きな看板ポスターで通行人の目に触れるよう張り出されていることも、事態をますます悪化させた。子どもたちはもちろんソーセージのはやし歌を歌った。あれもこれも徹底的に。シビラのヴィレミーナ・ベアトリスという名前全部が知れ渡ると、彼女のはやし歌はますます増え、限りなく作られては歌われるようになった。

うちの子は特別です！　とシビラの母親は言った。それはそう。でもそれはどの子も同じではないか？

いや、やっぱり、特別かもしれない。彼女が当時学校でいっしょだった、平凡な労働者の子どもとまちがえられることは絶対になかった。シビラの母親は、娘が特別な存在であることを決してまわりの者たちに忘れさせはしなかった。そのため、ほかの子どもたちは、当然ながら、シビラから遠ざかった。母親のベアトリス・フォーセンストルムにとって、シビラに社会階層のピラミッドのいちばん上にいるのだとわからせるのは重要なことだった。それよりなにより、まわりの者たちにシビラの位置を知らせたかった。ほかの者の目に価値のあるものでなければ、ベアトリス・フォーセンストルムには満足できなかった。ほかの者たちの賞賛と羨望で初めて、ものごとにはしかるべき価値が生まれるのだから。

クラスメートの親たちはほとんどみな、シビラの父親の工場で働いていた。さらにシビラの父親は村議会で重要な地位を占めていて、その言葉はつねに尊重された。フルタリドの雇用機会はすべて彼の手に握られているといっても過言ではなかった。そして子どもたちまでみなそれを知っていた。もちろん子どもたちはまだ求職者ではなかったし、彼らの年頃では、父親と母親の働くフォーセンストルム鋳物工場で同じような仕事をするよりもほかの仕事を夢見るのが普通だった。だから社長の娘をからかうはやし歌も平気で口にした。

そんなことを気にするフォーセンストルム社長であるはずもないのに。

彼は父親から受け継いだ家族会社の経営に余念がなかった。子どもの養育には時間も関心もなかったし、広大な屋敷で、シビラの部屋へ行く廊下に敷いてある本物の絨毯がすり減っているとは決して言えなかった。父親は朝になると出かけ、夕方戻ってきて、親子三人は同じディナーテーブルの同じ席について毎晩食事をした。彼はテーブルの片側に座り、たいていの場合、深く考えに沈んでいるか、書類や図表に埋もれていた。その取り澄ました表面下にどんなことがあったのか、娘のシビラにはまったくわからなかった。彼女は出された食事をおとなしく食べ、機会があれば少しでも早くその場を離れた。

「それでは部屋に下がって、おやすみなさい」母親の声が合図だった。

シビラは自分の食べた皿を台所に持っていこうとした。

「そのままにしておきなさい。グン＝ブリットがあとで片づけます」

学校ではみんな、自分の皿は自分で片づけた。学校の規則と家の規則をすべて覚えているのはむずかしかった。シビラは皿をテーブルの上に残して、父親のほうへ行き、すばやくその頬にキスをした。

「おやすみなさい、お父さま」

「おやすみ」

シビラはドアに向かった。

「シビラ。なにか忘れていませんか？」

シビラは振り返って母親を見た。

「わたしにはおやすみなさいと言ってはくれないのですか、シビラ？」

また別のときには、母はこう言った。

「シビラ。わたしが水曜日に毎週美容院に行くということ、知っているでしょう？ いつになったら覚えてくれるのかしら？」

「ごめんなさい」

シビラは母親のもとに行って、その頰にすばやくキスをした。おしろいと一日の古い香水の匂いがした。

「なにかあったらグン＝ブリットに手伝ってもらいなさい」

グン＝ブリットはフォーセンストルム夫人にはひまのない、掃除や料理をし、シビラの宿題の手伝いをしてくれた。

シビラは遠くに住んでいる、恐怖におののく子どもたち、地球の反対側のおばさんたちが心配してくれる子どもたちがうらやましかった。六歳のとき彼女は思いきって行動に出た。広大な屋敷の暗くて不気味な屋根裏に一晩隠れて眠ってみることにしたのである。遠い国の子どもたちのように恐怖におののくために。家中が寝静まったとき、枕を持って屋根裏に上り、ラグを敷いた床に横たわった。翌朝グン＝ブリットはシビラをみつけ、すぐにフォーセンストルム夫人にご注進した。シビラは一時間以上も叱られたうえに、母親はそれから何日も偏頭痛に苦しんだ。それもまたシビラの愚行が引き起こしたこととされた。

だが、シビラは少なくとも一つだけ、母親に感謝していることがあった。フォーセンストルム家で過ごした十八年近くの間に、彼女はまわりの雰囲気を読むこと、それを記憶することに関し、超自然的と言っていいほどの能力を身につけたのである。まるで生きている地震探知計のように、純粋に自己保存本能から、彼女は母親の突然の叱責や発作を予測することを学んだ。その結果、彼女は人のボディー・ランゲージやしぐさに関し、並はずれて敏感になった。それは彼女が送っている現在の生活の中では非常に役に立つものだった。

湯が冷め始めた。彼女は立ち上がって水滴と同時に記憶を振り払った。分厚くてやわらかいバスローブがバスタブのそばの温水パネルヒーターの上に掛かっていた。それを身にまとうと、彼女はバスルームを出た。テレビはアメリカのコメディーを流していた。わざとらしい笑い声が続く。腰を下ろすと、マニキュアをていねいに拭きとりながら、彼女はその番組をしばらく見た。

みすぼらしくなく、清潔であること。

それが第一の規則だった。

それが、彼女とほかのホームレスとの違いだった。それがあるために、慰めようもない惨めな生活の中でなんとか暮らしているのだった。

重要なのはどんな人間に見えるかだった。

それだけが大事なことだった。

尊敬は習慣どおりに生きている人々、多数の人々と大きく違わない人々だけに与えられるもの。適合するのに失敗した人間は、それに準じた扱いに甘んじるよりほかないのだ。弱さは人々を挑発する。人々は誇りのない人間を見ると震え上がる。恥も外聞もなく振るまう人間。そんな人間はそれに見合うだけの、よっぽど悪いことをしてきたのだろうと思われるのだ。彼らはこう思う。人は選択することができるのだ。もしクソの中に寝るのがその人が選んだことならば、しかたがないではないか。おとなしくしているなら、税金から少しだけお恵みをあげよう。少しだけだぞ、餓死しない程度にだ。われわれは化け物じゃない。実際われわれは毎月あんたたちのような人間がお恵みをもらえるように税金を払っているんだ。だから地下鉄の駅でわれわれの前に手を出してもっとほしいと言うのはやめてくれ。あれはじつに不愉快だ。われわれはあんたたちに迷惑をかけないのだから、あんたたちも迷惑をかけないでくれ。文句があるのなら、仕事をすればいいじゃないか。しっかりしろ。住むところがほしいだと？　われわれがなにもしないで住宅を手に入れたとでも思っているのか？　それが問題なのなら、どこかにあんたたちのような者たちが暮らせるホームを建てればいい。われわれの住んでいる地域に？　とんでもない。子どものことも考えなければ。泥棒や麻薬中毒者や、ゴミをやたらにあたりにまき散らす者たちをわれわれの住むところに入れるわけにはいかない。どこかほかのところならいいが。

彼女は青と白のチューブに入ったハンドクリームを手に塗った。そして誘っているように見えるベッドに目をやった。温まって、すっかりきれいになって、これから本物のベッドに横たわり、一晩中邪魔されずに眠れるというのは、まったくもってすばらしいことだった。

彼女はもう少し起きていて、この楽しみを味わうことにした。

4

母は私が他の者たちとは違うと知っていた。だから彼女は私が失望するのをいつも極端に恐れた。私が本気でなにかを望むと、彼女は失敗したときの心配をし、私にそのための心の準備をさせた。母は私が傷つかないように、期待しすぎないでといつも言った。

だが、失敗のための準備に余念がないと、いつの間にか、失敗自体が目標になってしまう。

私はもはやそのようには生きられない。いまはもう。

ルーネは私がいままで望んだもののすべてだ。私は生まれたときからずっと、彼のような人と出合うのを待ち望んできた。そして、突然彼は現れた。彼は私にとって自分の命よりも大事な人だ。

罰せられるのはそのためなのかと、私は何度も自問した。

肉欲の罪はそれほど重いのか、神よ。だからあなたはそれを見るのに耐えられず、私たちの愛を喜ぶことができないのか。あなたは彼を私から奪った。そうしておきながら、決して彼をあなたの国に迎え入れてはくださらなかった。

神よ、私はあなたに問う。どうしたら彼を許してくださるのか?

遺言状が出てくるとき、それを作成した者はすでに死んでいることに留意しなければならない。死んで初めて遺言状は有効になる。いっぽうそれは、作成した者が生きているかぎり、無効なのだ。ゆえに、前回の行為もまた血をもって執行されなければならなかった。血が捧げられないかぎり、許しはない。

神よ、私は感謝する。あなたが私にやるべきことをお示しくださったことを。

5

彼女はだれかが激しくドアを叩く音で目を覚ました。ぱっと飛び起きると、服を探した。大失敗。なぜこんなに遅くまで眠ってしまったのか？　目覚まし時計は九時十五分前を示している。あのグルンドベリが、だまされたと気がついたのか？　それともどうしてもわたしがほしくて興奮状態で目が覚めてやってきたのだろうか？

「ちょっと待って！」

バスルームに飛び込んで、服を集めた。

「もしもし、ドアを開けてください。少々訊きたいことがあるので」

大変だ。これはグルンドベリではない。女の声だ。新しいカツラをかぶっていたのに、従業員の中に彼女に見覚えがある人がいたにちがいない。

どうしよう、どうしよう、どうしよう！

「まだ服を着ていないのよ！」

ドアの外が静かになった。彼女は窓際まで走って外を見た。ここから飛び降りるのは不可能だ。

「警察です。急いでください」

警察？　どういうこと？　困った！

「すぐです。あと二分で」

耳をドアに当てると、足音が遠ざかるのがわかった。鼻の先に非常口を説明するプラスティックの図面が貼ってあった。彼女は安全ピンでスカートを留めながらその図を見た。自分の部屋番号を確認し、非常口のドアから二つ目であることがわかった。ジャケットとバッグをつかむと、ふたたびドアに耳をつけて廊下の様子をうかがった。用心深くドアを少しだけ開けて廊下を見た。だれもいない。一瞬の迷いもなく彼女はドアを開け、廊下に出て、音を立てないように気をつけてドアを閉めた。一瞬後、彼女は非常階段を駆け下りていた。そのまま一階まで行けば、通りに出るドアまで行けるはず。そのとき彼女はハッと立ち止まった。書類カバン。三一二号室に忘れてきた。だが、立ち止まったのはほんの数秒だった。もう遅い。バスルームにカツラも忘れてきた。七四〇クローネの無駄遣い。幾晩も邪魔をされずに眠ることができるように、なけなしのお金で買ったのに。それにまだ石けんも、小さなボトルに入ったシャンプーなどもバッグに入れていなかった。

階段を下り終わって、緑色の非常口ランプのついているドアの前まで来た。掛け金をひねって、そっと外をのぞいてみた。警察の車が二十メートルほど先に停まっていた。だがだれも乗っていない。それに勇気づけられて、彼女は通りに出た。あたりを見まわし、そこがグランドホテルの裏側であることがわかった。スタルガータンに車の行き来はまったくなかった。落ち着いたふりを装って、彼女は停まっている車の間を縫ってブラシエホルムストリィの広場まで行った。アルセナルスガータン通りまで来ると、右に曲がり、バーンス・レストランの前を通って、ハムヌガータン通りまで行った。追ってくる者はいないように見えた。だが、念のため彼女はノルマルムストリィの広場を渡り、ビブリオテークスガータン通りに入った。歩調をゆるめ、ヴィンナー・コンディトリ・カフェまで来たとき、中に入って考えをまとめることにした。

彼女はできるだけ窓から離れたところに腰を下ろし、落ち着きを取り戻そうとした。ホテルにただで泊まり始めてから、いままでこれほど危ない目に遭ったことはなかった。グランドホテルにはこれからしばらく近づかないことにしよう。理解できないのは、どうしてグルンドベリがだまされたと気がついたのかだった。ホテルの従業員の中に彼女に気がついた者がいて、彼の部屋に電話をかけたのだろうか？　それならなぜ彼は一夜明けてから通報したのだろう？　どんなに考えてもわからない。いっそのこと答えを得るのは無理と思うことにした。

彼女はあたりを見まわした。

カフェは朝食を食べる人々で賑わっていて、彼女は金が少しでもあったら、と思った。

喉に痛みを感じた。熱もあるような気がして、額に手を当ててみたが、まだ何とも言えなかった。

今日は何日かを見るために時計を見た。時計は相変わらず止まっている。それは彼女が十七年前に堅信礼を受けたときに父母から贈られたもので、それ以来いつも手首にあった。幸福と成功を願っての贈り物。

まあまあ、そういうこともありました。

でも、最近は比較的幸せと言ってよかった。この悲惨な生活を何とかしなければならないと決心し、どうにかうまく乗り切ることができるかもしれないと思い始めたところだった。とにかく彼女は行儀の善い社長令嬢だったときに比べて、いまのほうがずっと幸せであることだけはたしかだった。善い行儀は最初にやめたことだった。ただしそのころはまだ、わけがわからなかった。両親の大きな屋敷で、期待どおりにはならない彼女に親が不満を見せたとき、彼女の我慢が限界に達して爆発し、社長令嬢でいることもそれでおしまいになった。

だが毎年、毎月、差出人の名前のない白い封筒がストックホルムのドロットニングガータンにある郵便局の私書箱に送られてくる。その額は決まって千五百クローネだった。

一言の言葉も添えられていない。元気かどうかを問う言葉もない。彼女の母親が良心の呵責《かしゃく》から送金してくるのだ。ビアフラの子どもたちへ送るのと同じだった。

父親はおそらくこのことはまったくなにも知らないだろう。

私書箱の使用料は六十二クローネ。

もちろん、一カ月の料金である。

鼻ピアスをつけたウェイトレスが注文を訊きに来た。金があれば、喜んでそうしたかった。彼女は首を振って立ち上がり、カフェを出てビブリオテークスガータンから中央駅に向かって歩き出した。服を替えなければならなかった。

それが目に入ったのは、ノルマルムストリィの広場を半分ほど横切ったときだった。真っ黄色の紙に太い黒字で書かれていた。三回読んで初めて内容が把握できた。今日の新聞の広告ビラだった。

グランドホテルで猟奇殺人

（ストックホルム発　ＴＴ通信）

昨夜遅く男性が一人、ストックホルム中心街のグランドホテルで殺害された。この男性はスウェーデン中部の町から仕事でストックホルムにやってきて、同ホテルに二晩前から宿泊していた。ホテル側によれば男性は金曜日に出発する予定だった。警察はこの殺人事件について多くを語らないが、死体は真夜中従業員によって発見された。別の宿泊客が男性の宿泊している部屋の前に血痕があると通報したことによる。警察によれば男性の体には激しい暴行が加えられていた。

警察は犯人の足掛かりをまだ見つけていないが、グランドホテルの従業員や宿泊客の取り調べで事件の全貌が明るみに出ることが期待される。現時点ではまだ現場検証が完了しておらず、グランドホテルは一時的に閉鎖されている。死体は今日午前中ソルナにある法医学研究所で法医学的検査を受ける予定。ホテル従業員と宿泊客の取り調べは今日中に行われ、ホテルはそのあと営業を再開する。

これが全部だった。

一面がグランドホテルの全景、ほかの記事は過去十年間のスウェーデンにおける猟奇殺人事件についてで、犠牲者の写真と年齢、そして名前が載っていた。

ドアのノックはこのためだったのだ。逃げることができて本当によかったと彼女は思った。さもなければ、なぜ彼女がストックホルムで最高級のホテルに泊まっていたのかを説明することはむずかしかったにちがいない。ヴィンナー・コンディトリでコーヒー一杯を飲む金さえ持っていないのに。その彼女がときどき一流ホテルに泊まることをどう説明できる？　いつも、自分が払っていることに気づきさえしない金持ちをたぶらかして払わせるのだとどうして言える？

いや、説明したところで、それはだれも理解できないだろう。そんなことをする者たち以外には。

「ここは図書館じゃない。その新聞を買うのかね、それとも？」キオスクの店員の男が苛立ちを見せた。彼女は答えず、黙って新聞をもとの場所に戻した。

外は寒く、彼女は本格的に喉に痛みを感じた。また中央駅に向かって歩き始めた。金も必要だった。次の送金が私書箱に届くまであと二日だった。月曜日まで待たなければならない。

中央駅の荷物預かり所のそばに両替機があって、彼女はその機械の紙幣挿入ボタンを何度か押した。

「なにこれ？」

彼女はまわりにいる人々に聞こえるように、はっきりと大声で叫んだ。数回ボタンを押してから、大きくため息をつき、あたりを見まわした。荷物預かり所窓口の男が彼女を見た。彼女はその男のほうへ行った。

「なにか問題が?」男が訊いた。

「あれ、壊れてるわ。百クローネ札を入れたのに、両替したお金が出てこないの。列車があと八分で出発するというのに……」

男はレジのボタンを押した。金の入っている箱が飛び出した。

「あの両替機は前にも何度か、そういうことがあったからね」

運がいいわ!

男は十クローネ硬貨を十枚数えて、彼女の差し出した手の上に置いた。

「これでいいかい? まだ間に合うよ」

彼女はほほえんで、金をハンドバッグに入れた。

「ありがと」

手荷物ロッカーの鍵はグランドホテルに忘れてきた書類カバンの中ではなく、幸運にもジャケットのポケットに入っていた。

リュックをロッカーから出すと、彼女は婦人トイレに入り、数分後ジーンズとヤッケスタイルに着替えて出てきた。これからどうするかはもう決めた。

ヨアンソンのところで一泊することにしよう。

エリックスダールの市民農園へ行く途中、シビラは煮豆の缶詰、パン、リンゴ二個、コカ・コーラ一本、それにトマトを一個買った。エリックスダールスガータンを渡り始めたとき、雨が降り出した。ここ二、三日、空は鉛色だった。今日も例外ではなかった。

市民農園の小さな小屋はどれもひっそりとしていて、彼女は三月の曇りの天気のせいで人々がまだ土いじりにやってきていないことに感謝した。もしかすると、天気のせいではなく、まだ早いだけかもしれない。ここのところ雪は降っていないが、土の中の氷はまだ溶けていないのかもしれない。

いままで日中ここに来たことはなかった。危険なことはたしかだったが、彼女は疲れて体がだるく、邪魔されずにどこかで休みたかった。いまではっきりと熱があるような気がした。

鍵はいつもの吊し植木鉢の中にあった。この夏そこにあったゼラニウムはなくなっていたが、鍵はいつものようにその中にあった。彼女が初めてこの小屋に来たとき、最初にみつけたのもそこだった。もう五年も前のことである。

その小屋は書類上クルトとビルギット・ヨアンソンという夫婦者の所有だったが、彼らはシビラが三番目の使用者としてこの小屋にときどきやってきていることはまったく知らなかった。シビラはいつも、来たときとまったく同じ形にして小屋を去った。小屋の持ち主たちのものを何一つ壊さないように細心の注意を払った。ヨアンソンの小屋を選んだのは、一つには鍵の隠し場所のせいだったが、彼らのアウトドア用の椅子に普通よりも厚いクッションが使われていて、寝るのにちょうどいいためもあった。またこの小さな余暇用の小屋に、料理ができる小さな石油コンロをストーブとして使っているのもその理由だった。シビラは彼らの習慣をよく観察した。彼らがこの小屋に来るのはたいてい夏だった。運の良さが続けば、彼女はこの小屋をもうしばらく使えるはずだ。

小さな小屋の中は湿っていて寒かった。わずか十平米ほどの広さだったが、それでもほかの小屋に比べたら大きかった。短いほうの壁に台所用の棚と亜鉛メッキの流しがあった。彼女は流しの下の扉を開けて、排水のためのバケツがあるのを確かめた。

窓のそばに二人用の古いテーブルがあり、形の違う椅子が二つテーブルを挟んで置いてある。花模様のカーテンには、はえのフンがたくさんついている。カーテンを閉めると、棚の上から鉄製の燭台《しょくだい》を下ろしてろうそくを灯《とも》した。震えながらヤッケのファスナーを顎《あご》の下まで閉めた。それから石油ストーブを見た。タンクはほとんど空っぽで、午後になったらガソリンスタンドへ行って、石油を買い足さなければならない。ストーブに火をつけてから棚の上にあった陶器の深皿を取り出し、リンゴやトマトを入れてテーブルの上に置いた。シビラは暮らしの中で小さなものを楽しむことを人生から学んでいた。その一つが、現在の状態の中でできるだけ気持ちよく暮らすことだった。リュックの中から寝袋を取り出すと、椅子の上のクッション二つを床に置いた。クッションが湿っていたので、下敷きをその上に敷いてから横になった。

頭の下で手を組んで天井を見ながら、彼女はグランドホテルのことは忘れようと思った。彼女がそこにいたことはだれも知らない。それに、彼女の正体を知っている者もいない。

それを思って安心し、何の恐れもなく彼女は眠りに落ちた。

6

教室のドアをせっかちに叩く音で、彼女には廊下にだれが立っているかがわかった。

六年生のクラスは地理の勉強中だった。生徒たちの目がいっせいにドアに向けられた。

「どうぞ」

女の先生はため息をつき、持っていた教科書を下ろして応えた。ドアが開き、ベアトリス・フォーセンストルムが教室に入ってきた。

シビラは目をつぶった。

先生が自分と同じほど母親の突然の訪問を嫌っていることは知っていた。いきなり、母親は何の前触れもなく教室にやってきて授業の邪魔をし、いつもシビラを特別扱いするように要求するのだ。

このときは、クリスマスの飾りを売ることについての文句だった。木曜日の晩、数人の親たちが集まってクリスマス・リースなどを作った。それを持って生徒たちが村の各戸を回って売り歩き、春の修学旅行のためのお金を集めるのだ。

ベアトリス・フォーセンストルムは親たちの集まりに参加しなかった。

集団で親たちがなにかするとき、彼女が加わることはなかった。木曜日の夜、ほかの親たちといっしょに農民の夜なべ仕事をするなどということは、自分の身分から言って考えられないと思っていた。娘に関しても同じこと。娘が家々を回って、まるで乞食のようにクリスマスの飾りを売って歩くなどということは、考えることもできない。シビラが学校から持って帰ったお知らせの紙をフォーセンストルム夫人はぎゅっとひねって紙屑かごに捨てたのだった。

「子ども一人当たりいくら集めさせるのですか?」

ベアトリス・フォーセンストルムの声に現れた苛立ちはクラスのみんなに聞こえた。

先生は教壇の後ろに戻った。

「さあ、どのくらいになるのでしょう? どのくらい集められるのか、わたしにはわかりません」

「それがわかったとき知らせてくださいな。うちの娘は売って歩くのには参加させませんから」

先生はシビラを見た。シビラは机の上に開いてある教科書に目を落とした。

スウェーデンの川の名前。ヴィスカン、アートラン、ニッサン、ラーガン。

「でも、子どもたちは楽しみにしているのですよ」

と言う先生の声が聞こえた。

「そういう子もいるかもしれないわね。でもシビラは違います。一人当たり集めた金額がわかりしだい、わたしに知らせてちょうだい」

「でも、これはもともと、親御さんたちが修学旅行のために余分なお金を払わなくともいいようにということで決められたのですよ」

ベアトリス・フォーセンストルムは急に機嫌が良くなった。母親は先生がこの言葉を言うのを待っていたのだとシビラにはわかった。これで母親は言いたいことを言うチャンスを得た。

シビラは目を閉じた。

「はっきり言って、すべての親に伺いを立てないで、学校がこのようなイニシアティヴをとるのはおかしいじゃないですか。この方法が良い解決策だと思う親たちもいるかもしれませんが、わたしは自分の子どものためにお金を払うほうを選びます。これからもしこのように集団的に決める場合は、主人とわたしにまず聞いてほしいものだわ」

先生はもはやなにも言わなかった。

シビラの耳に母親がきびすを返して引き上げる靴音が聞こえた。

エリカといっしょに売って歩くことができたのに。先生はだれも仲間はずれにならないように、みんなを二人組に分けてくれた。シビラはこの一週間、そのことを楽しみにしてきたのだった。

まだドアが閉まるか閉まらないうちに最初の文句が出た。

「先生、シッバンだけ売って歩かなくてもいいなんて、不公平だと思います」

「それじゃ、あたしはスサンヌとエーヴァの組に入ってもいいのね、先生？」

エリカのうれしそうな声がした。

シビラの前の席に座っているトルビューンが振り向いた。

「おまえのうちがそんなに金持ちなら、修学旅行にかかる金全部払ってくれたらいいじゃないか」

シビラは閉じたまぶたの裏が燃えるような気がした。彼女はみんなの注目を浴びるのがなによりも苦手だった。

「みなさん、休み時間にしましょう」

椅子を引く音が響いた。次にシビラが目を開けたときには、もうだれもいなかった。先生だけが教壇の向こうに立っていた。

先生はシビラに少しほほえみ、ため息をついた。

シビラは鼻の中をなにかが流れるのを感じ、机の上に垂れないように急いで鼻をすすった。

「ごめんなさいね、シビラ。あなたの役に立てなくて」

シビラはうなずいて、またうなだれた。涙が溢れて古いヴァルベリ要塞の絵に二つ大きな染みができた。

先生がやってきてシビラの肩に手を回した。

「もしそうしたかったら、この休み時間はお教室に残っていてもいいですよ」

7

目が覚めると、気分が悪かった。いやな夢を見たのかもしれない。喉が腫れ上がっていて、つばを飲み込むと痛い。

ストーブは消えていた。石油を買いに行かなければ。ヤッケは着たままだったので、ブーツに手を伸ばした。氷のように冷たく、冷気が脚にまで伝わってくる。カーテンの端を少しめくって外を見た。まわりの小屋には依然としてひとけはないようだ。リンゴを一個手にとって入り口の扉を開けた。雨は上がっていたが、空は相変わらずの鉛色で、この厚い雲を通して光が地上に届くのが不思議なほどだった。彼女は小屋の外に出て扉を閉めた。

この小さな小屋は十分に冬の寒さに耐えられるように用意されていた。庭づくりの手引書が勧めているようなことはすべて忠実に守られているように見えた。枯れた花はすべてきちんと切られ、垣根の内側のコンポストに捨てられている。花壇の一部はトウヒの枝で覆われていた。ヨアンソン夫婦の庭でもっとも霜に弱い若木はこのようにして冬を越したのにちがいない。

「だれか探しているのかい?」

ギクッとして振り返ると、男が一人小屋の反対側に手に小枝を持って立っていた。小屋の窓からは見えない角度だ。

「こんにちは。ああ、びっくりしたわ」

男は疑わしげに彼女を見た。近くのエリックスダールスパルケンの公園にはアルコール中毒者がたむろしているのはシビラも知っていたので、男の態度は無理もなかった。

「クルトとビルギットにときどきここを見てくれと頼まれたのよ。カナリア諸島に数週間休暇に出かけてくるからって」

彼女はつかつかと男に近づいて握手の手を差し出した。カナリア諸島は言い過ぎだったかしら。でも取り消すのはもう遅い。

「モニカです。ビルギットの姪の」

彼はその手を取ってあいさつした。

「ウノ・イェルムだ。気を悪くしないでくれ。お互いにあやしいやつらには目を光らせているものだから。ここらへんには、近ごろ変なやつらが増えたもんでね」

「ええ、わかるわ。だからときどき見回ってくれと頼まれたのよ」

イェルムはうなずいた。とっさの嘘はさしあたり信じられたらしい。

「カナリア諸島に行ったのかい？　そりゃ、豪勢だなあ。先週はなにも言っていなかったが」

それはそうでしょう。

「急に決めたみたい。空席を埋めるための安い切符が突然手に入ったとかで」

イェルムは空をながめた。

「向こうはきっといい天気なんだろうな。ちょっと出かけるのも悪くないね」

「そう、ほんとうにそうね」

イェルムが感傷的になっている間に彼女はおしゃべりを引き揚げることにした。

「ちょっと散歩してくるけど、また帰りに寄るわ」

「そうかい。わしはもう帰っているかもしれんよ。そろそろ引き揚げようと思っていたところだ。今日はちょっと様子を見に来ただけなもんで」

彼女はうなずいて市民農園の入り口へ行った。あとはただ、スタートオイル・ガソリンスタンドへ行っている間にクルトとビルギットが現れないよう祈るばかりだ。そんなことになったら、さぞイェルム氏は驚くことだろう。


彼女は急ぎ足になった。寝袋の表示には零下十五度まで使えるとあったが、短い昼寝で彼女の体は冷え切った。風邪薬があったらよかったのに、と思った。キリスト教の団体が運営する施設《ミッション》へ行って薬をもらうこともできるかもしれない。

スタートオイルまで来たとき、雨がふたたび降り出した。服はいったん濡れるとなかなか乾かない。彼女は小走りで屋根の下に入った。帰り道には傘がほしいところだ。ミッションにはほかの日に行くことにしよう。

スタートオイル・ガソリンスタンドの店のドアには、今日の夕刊の広告ビラが張り出されていた。店の前を通りながら、彼女はチラリと目を走らせた。一つのビラは黄色で、見出しの大きな黒文字が二段印刷されていた。

猟奇殺人事件の犠牲者
警察は謎の女を追跡

この見出しの下に犠牲者の写真があった。それがだれであるかは、疑いの余地がなかった。

ユルゲン・グルンドベリだった。

8

「またその話なの？」ベアトリス・フォーセンストルムは言った。「いい加減にして、お洋服を着なさい」

シビラは下着のままベッドに腰かけていた。彼女は思いきってこの話を切りだした。いつそれをするかは、ちゃんと考えてのことだった。母親がもし自分の言うことに耳を貸すとすれば、それは一年に一度のクリスマス・パーティーに出かける前だった。そのときなら、母親はいつでも機嫌がいいからだ。その日は朝から家の中を興奮して歩きまわり、すべてが命令どおりにできているかどうか確かめる。それは彼女が自分の権力を見せ、それを心ゆくまで味わうことのできる日だった。ここフルタリドではめったにない機会だった。

「お母さま、おねがい、みんなといっしょに飾りを売りに行ってもいいでしょう？一日でいいから」

シビラは首を横に傾げて、心からお願いしていることを強調した。もしかすると、今日のような晴れの日なら、母親が気持ちを変えて、自分の願いを叶えてくれるかもしれない。

「黒い靴を履きなさい」母親はそう言うと、ドアのほうへ進んだ。

シビラはつばを飲み込んだ。もう一度、頼んでみよう。

「おねがい……」

ベアトリス・フォーセンストルムはドアに向かう途中で足を止め、振り向いた。そして眉間にしわを寄せて娘をにらみつけた。

「いま言ったことが聞こえなかったの？　うちの娘は修学旅行へ行くために、乞食をして歩く必要はないのですよ。もし修学旅行に行きたいのなら、お父様とわたしは喜んでお金を払います。少しは感謝したらどうなの？　今日はお父様のパーティーの日で、忙しいというのに、わざとその話をするなんて」

シビラは目を伏せた。母親は部屋を出ていった。

これで話は終わり、ということだ。永久に。もともと母娘の間には話し合いなどありはしなかったのだ。母親が決めたことに文句を言うのは、許されない行儀の悪さで、これは今晩、思い知らされることになるとシビラにはすでにわかっていた。いま彼女は母親の上機嫌に水を差したのだ。それに対して仕返しがないはずはない。

シビラはなにか悪いことが起きる予兆を感じた。いまのままでも十分に悪いというのに。

フォーセンストルム鋳物会社は毎年クリスマス・パーティーを開いていて、シビラは毎年春の退屈な草むしりと同じような気分でそれを迎えた。それはフォーセンストルム社長とその夫人が特別の慈善をおこなう絶好の機会だった。全従業員とその家族をクリスマス・パーティーに招待するのである。シビラがそれに同席するのは当然のことと考えられていた。そればかりではなく、彼女もまた村の集会所の壇上に設けられた偉い人たちのための名誉席に座らせられた。そこには子どもは座らなかった。彼女以外には。ほかの子どもたちはみんな子ども用の席に座った。クリスマス・パーティーではいつにも増して彼女とほかの子どもたちの距離が遠く感じられた。

ドレスが嘲《あざけ》るようにベッドの上から彼女を見ていた。母方の祖母がストックホルムの高級ブティックで買って送ってくれたものだ。クリスマス・パーティーを欠席させてくれと頼むことなど、シビラには考えられないことだった。彼女はまだ十二歳にすぎず、ほかの女の子たちはみんなジーンズに流行のヴイネックのセーターを着ていることなど、まったく何の考慮もされなかった。彼女もまた両親といっしょに名誉席に座り、会場の人々を見下ろすことに決まっていた。

彼女は頭からドレスをかぶって着て、鏡を見た。やっとふくらみ始めた小さな胸がぴったりとドレスの胸に押しつけられた。

今晩はとんでもない晩になる。

「青いヘアピンをつけるのよ」母親が遠くから叫んだ。「グン＝ブリットに手伝ってもらいなさい」

一時間後、シビラは言われたとおりへアピンを二つつけて、販売部長といやな匂いのする彼の妻との間に座った。子どもたちの席のほうに目を走らせながら、それでも、学校はどうですかなどと隣の席から訊かれることに行儀よく答えた。ときどき母親がこっちを見ている視線を感じた。そして母親はどんな罰を与えるだろう、と思った。

デザートまで来たときにその答えが来た。

「シビラ、なにかクリスマスの歌を歌いなさい」

椅子の下に大きな穴が空いた。

「でもお母さま、わたしはなにも歌え……」

「そうねえ、あなたが歌えるものなら何でもいいのよ」

販売部長が励ますように笑いかけた。

「クリスマス・ソングですか、いいですねえ。『湖も海も輝きて』なら歌えるでしょう」

もう逃げられないということがわかった。もうジタバタしても始まらない。同じテーブルについている人々を見まわした。どの顔も行儀よく待っている。拍手を始めた者がいて、まもなく会場にはシビラ・フォーセンストルムが歌うことが知れ渡った。子どもたちの顔がみんな壇上のシビラのほうに向けられ、だれからとなく彼女をうながす声が上がった。

「シビラ！　シビラ！　シビラ！」

「ほら、もういい加減に立ちなさいよ。皆さんお待ちかねですよ」

母親の声にうながされて、シビラは椅子を引いて立ち上がった。会場が静まり、彼女はため息をついた。早くすませてしまおう。

「見えないよ！」子どもたちの席からだれかが叫んだ。「椅子の上に立って！」

シビラは請うように母親を見た。だが母親はもちろん椅子の上に立ってよろしいというしぐさをするばかりだった。

脚が震えた。シビラはバランスが崩れるのではないかと恐れた。子どもたちのテーブルのほうを見た。彼らの顔に浮かんだ嘲笑は誤解のしようがなかった。これが今日のパーティーのクライマックスだ。

彼女は息を吸い込み、震え声で歌い出した。歌い出してすぐに調子が高すぎたことに気がついた。曲の終わりの高音は出ないことはわかりきっている。実際、そのとおりになった。調子外れになり、会場に広まった忍び笑いは鞭《むち》のように感じられた。真っ赤な顔をしてふたたび腰を下ろすと、しばらくしてから販売部長が遅ればせながらの拍手を始めた。それからまたしばらくして、やっとほかの者がそれに続いた。シビラは母親の視線と出合い、これで今日の罰が終わったことを知った。

これでやっと一人にしてもらえる。

家に帰る途中、父親は今日のパーティーに満足だった。夫人はうなずき、夫の腕を取った。シビラは二、三歩彼らの後ろを歩いていて、きれいな石をみつけて手に取ろうとしたとき、母親が振り返った。

「なんとかうまく歌えたじゃないの」

この言葉がなにを意味するか、母娘にとっては明瞭だった。

母親の処罰はこの言葉をもって終了したのである。

シビラは美しい石に手をつけなかった。

9

まったく運が悪いわ、というのが彼女が最初に感じたことだった。グルンドベリはあんなに完璧なカモに見えたのに。いまはそれがまったく外れていたことがわかる。

彼がいっしょに食事をした謎の女、彼が紳士らしく部屋をとってやったその女の行方を警察が捜しているのは当然のことだった。警察が捜しているその謎の女が自分以外の者である確率は極めて低い。それはストックホルムの町中で、だれかにストックホルム湾の群島にある白い屋根飾りのついたサマーハウスをもらってくれないかと訊かれるのと同じほど、めったにないことだった。

最初に感じたのは怒りだった。彼女はまっすぐにガソリンスタンドの売店に行って、いきなり新聞を開いて見開きを読んだ。

犯人は犠牲者を切り刻んでいた。

見開きの片側にこの言葉が黒い太字で書かれていた。もう一方のページにはユルゲン・グルンドベリのにこやかな顔が紙面全体を覆っていた。

未確認の情報によれば、犯人はドリルで犠牲者の体に穴を開けて、腹の中から内臓を取り出したという。殺人現場にはある宗教のシンボルが残されていた。そのため警察はこの殺人には宗教の儀式的な要素があるのではないかと推測していた。

「いやな話さ」

シビラは新聞から目を上げた。レジに立っている男が声をかけた。彼女はうなずいた。

「八クローネだ。ほかにもなにか買い物があるのかな?」

シビラはためらった。少しばかりの紙に八クローネ払うのはもったいないがしかたがない。彼女はポケットの中のコインを数えた。

「石油もちょうだい」

男は少し離れたところの棚を指さし、彼女はそこから石油を一缶買った。

勘定が終わったとき、十クローネしか残っていなかった。

小屋に戻ってみると、イェルムはもういなかった。彼女は音を立てて小屋の扉を閉め、新聞を広げた。最初の数行を読んだだけで、警察が捜しているのは自分だとわかった。

昨晩ユルゲン・グルンドベリとフレンチレストランでいっしょに食事をし、しかも今朝警察の立ち入り禁止の網を抜けて姿を消した謎の女はだれか？　一般からの通報を求める警察の電話番号が書かれていた。

シビラは不快なものを感じた。その正体を知るのに何秒もかからなかった。

自分の身の安全が脅かされているのだ。

どうしたらいい？　この電話番号に連絡して、自分はこれと関係ないと言うのはいちばん簡単だろうが、そんなことをすれば、いやでも世の中に出ることになる。それだけは避けたかった。警察が手元のコンピューターに彼女の市民番号（訳註　市民番号はすべてのスウェーデン住民の登録番号で六桁の生年月日と四桁の国から与えられる番号からなる。社会福祉の基礎となる個人番号）を入れれば、彼女は存在しない人間であることがすぐにわかる。彼らはすぐに好奇心をもつだろう。彼女の唯一の望みは、かまわないでほしいということだけだった。一人にしてくれということ。彼女はそのようにしてこの十五年間生きてきた。この間、だれも彼女に目もくれなかった。

小さな違法行為をしてきたことも、自分だけの秘密にしておきたかった。貧乏な者はめったに違法行為など起こさなかったし、そのうえ彼女は悪者ではなかった。ただ、一般に受け入れられている基準に適応できなかっただけだった。こんなに長く社会の枠の外で生きてきたので、それはもう変えることができなかった。

彼女は社会のシステムの中に存在していない。

彼女はただ生き延びようとしてきた。自分だけの力で。だが、もし新聞が彼女の生活の条件を知ったら、何を書きたてるか。疲れ切った彼女には考えることもできなかった。彼女はいまの生活を誇りに思っているわけではなかったが、だからといってだれかに説教されるのはたまらなかったし、邪魔をされるのもいやだった。このような状況を経験したこともない人間に、なぜこのようになったか理解できるはずもない。だが、いまはとにかくこの状況を何とか抜けださなければならない。だれが理解できるだろう、金のスプーンをくわえて生まれてきた彼女がこんな人生を送るなんて?

「でもヘンリー、わたしはこの子を連れていくことはできませんわ。前回がどんなだったか、あなただっておわかりでしょう？」

ベアトリス・フォーセンストルムはストックホルムの母親と叔母たちに会いに行くところだった。フォーセンストルム社長は姑たちが苦手だった。彼女たちにとってもそれは同じだった。そんなわけでシビラの母親はストックホルムへはたいてい一人で行った。母親はほんとうに愛情から父親と結婚したのかもしれない。だがそれはベアトリスの親たちの意思に反する結婚だったことはまちがいない。フォーセンストルム鋳物株式会社はまだ二世代目で、ストックホルムの高級住宅街ウスターマルムに住むベアトリス・ハルの家族に見合うほど立派な家柄とは見なされなかった。成り金は成り金にすぎないわ。大事なのは旧家かどうかよ。ハル家にほしいのはそういう血筋です。フルタリドなどというどこにあるかもわからないようなところでハル家の娘がなにをして過ごすというの？　スモーランド地方の高地にある小さな集落ですって？　とにかく、自分の気の向くままにしなさい。ただし、うまくいかなかったと言って、泣きついてきても知りませんよ。

このようなことすべてを、シビラはストックホルムの祖母の家で食事時に母親と祖母の間で交わされた会話から理解した。また、子どもをもうけるのに思いのほか時間がかかったことに祖母が満足していないこともわかった。世間体が悪いこと。うちの娘が三十六歳でやっと子どもを産んだなんて。

祖母はほのめかしやあてこすりで自分の言いたいことをまわりの人々にわからせる、じつに特殊な才能の持ち主だった。それはまっすぐ彼女の娘に受け継がれた。大人になってシビラはときどき自分もその才能を受けついているのではないかと思うことがあった。ただそれを実行する機会に恵まれていないだけかもしれない。

十一歳の女の子は階段に座って両親の話を聞いていた。

「あの子のいとこたちは、あの子の話がほとんど理解できないのですよ。そんなところにわたしはとてもかわいそうであの子を連れていくことはできません」

ヘンリー・フォーセンストルムは無言だった。

もしかすると、なにか書類を読んでいたのかもしれない。

「それにあの子は、貧乏な労働者の子どもよりもっとひどいスモーランド方言で話すんですもの」母親の声が続いた。

父親のため息が聞こえた。

「それはおかしくないだろう」父親はひどい訛りで答えた。「あの子はここで生まれ育ったんだから」

ベアトリス・フォーセンストルムは黙った。シビラからは見えなかったが、母親がどんな顔をしているか、彼女にはよくわかった。

「とにかくわたしは、あの子にとっては家にいるのがいちばんだと思います。わたしもこの機会にストックホルムの街にでかけることができますから。母は〝ラ・トラヴィアータ〟が来週の金曜日初日だと言ってましたわ」

「そうかい。おまえの好きなようにしたらいいだろう」

そして母親はそのとおりにした。

シビラはそれ以来、一度もストックホルムへ連れていってもらえなかった。次にストックホルムへ来たのは、まったく別の状況の下だった。

10

翌朝目が覚めると、シビラはなにかがおかしいと体中で感じた。小屋に閉じ込められている感じがして、少しでも早く外に出たかった。ストーブの火は消えていて、小屋の中は冷え切っていた。しかしとにかく喉の痛みは少し和らいだ。前の晩、彼女は喉の痛みが風邪の引きはじめではないかと恐れた。ペニシリンが必要かもしれないと。保険登録をしていないので医者にかかるのはむずかしかった。できれば避けたいことだった。

とくにいま、警察が彼女を捜しているときには。

空腹でもあった。最後のパン切れを食べたが、飲み物がなかった。コカ・コーラは昨夜の食事のときに飲んでしまった。トマトと最後のリンゴが朝の食事だった。

荷物をまとめだした。燭台を元の位置にきちんと戻し、果物に使った器も元どおりにした。椅子のクッションを元の位置に戻してから、小屋の中をぐるりと見渡し、すべてが来たときと同じかどうか確かめた。リュックを背負うと扉を開けた。だが取っ手に手を当てたまま、ためらった。

恐怖はこのところしばらくご無沙汰の感情だった。リュックが肩からずり落ち、彼女はまたドアを閉めた。

しっかりするのよ、シビラ。

椅子にくずれるように座ると、両手で顔を覆い隠した。泣くのはもうずっと前にやめていた。泣いてもなにも変わりはしない。だれにもかまわれず、そっと一人にしておいてもらえれば、泣くようなことにはならなかった。いや、一つだけ泣いても泣ききれないことがあったが、それは心の奥深くにしまい込んであったので、もはや痛みはほとんど感じられなかった。彼女の頭を占めていたのは、その日その日の食べる物のことだった。それと、明日はどこで眠ろうかということ。それ以外はみんな急ぎのことではなかった。

それに、いまは金もある。

彼女は二万九千三百八十五クローネに触った。それは袋に入って首から服の下にぶら下げられていた。

もうじき十分なほど貯まる。五年前からこれがあるために頑張ってこられた。これを大事にしてなんとか生き続けることができた。あきらめずに、もう一度真面目に人生をやり直そうという決心。屋根に白い飾り角のついたサマーハウスを手に入れること。だれにも煩わされず、一人で平和に暮らすことができる自分だけの家を手に入れること、それが夢だった。そこで小さな野菜畑を作る。鶏を飼う。水は井戸から汲んでくればいい。贅沢な夢ではなかった。彼女以外のだれもはいれない四つの壁に囲まれた空間がほしかった。

静けさと平和。

電気も水道もなく、車の通る道もないようなところに住むつもりなら、四万クローネあれば小屋が買えると知った。

そのような場所こそ彼女が望むものだった。

北のノルランド地方まで行けば、それ以下でもきっと手に入るにちがいなかった。だが、長い冬を越すのはむずかしいだろうと思った。もう少し頑張るほうがいい。

過去五年間、彼女は母親から毎月送られてくるお情けの金をできるかぎり貯めてきた。いったん袋におさめられた金はもう存在しないものとした。どんなに空腹になろうとも。

あと二年頑張れば、金が用意できる。

彼女は札束を袋から取り出して放射状にテーブルの上に並べた。金が送られてくるといつも銀行へ行って新札に替えてもらったので、金はみんなピンとしていた。

母親が手に取った金ではないと思いたかった。

しばらくそうやって金をながめていると、気持ちが落ち着いた。いままでもたいていそうだった。何とか頑張ろうという気を取り戻すもう一つの方法は、不動産斡旋会社の広告に目を通すことだった。サマーハウスの値段に通じる必要もあった。

彼女はまた金を集めて袋に入れ首からかけて、リュックを背負った。それから椅子をテーブルの下に入れると、軽い足取りで小屋の外に出た。

リンゲンまで来たとき、キオスクの前に張り出された今日の新聞の広告ビラが目に入った。生きる望みが完全に砕かれた。

もはや今日一日を生きることが目標ではなくなった。

逃げることが目標になった。

猟奇殺人犯の女に逮捕令状

これが見出しだった。その下に写真が一枚、そして名前があった。

シビラ・フォーセンストルム、三十二歳。

「シビラ、お願いだからそんな顔をしないで。少しくらい笑ったらどうなの？」

あのころは行儀よくしつけられていたので、素直に笑おうとしたが、その結果はますますひどいものになったものだ。だが、この写真撮影の前にどんな顔をしていたとしても、写真ほど悪くなかったにちがいない。母親でさえそう思うにちがいなかった。

彼女自身、この写真は見たこともなかった。前髪は真ん中分けでカールされ、こめかみにその毛の先がレース飾りのようにくっついている。怯えた目つきはまちがいなく彼女だった。

彼女は気分が悪くなった。

手に十九クローネあった。新聞は八クローネだ。


昨晩グランドホテルで殺害されたユルゲン・グルンドベリ（五十一歳）の捜査で、警察は突破口をみつけた。容疑者の名前はシビラ・フォーセンストルム（三十二歳）。エクスプレッセン紙が先に報道した、木曜日の夜グルンドベリが最後にいっしょにいた女である。警察は容疑者所在不明のまま逮捕令状を発した。グランドホテルのフロント係は、木曜日の夜グルンドベリ自身が女の部屋の予約をしたと語っている。女の名前は偽名であることが判明した。フォーセンストルム容疑者は金曜日の朝、警察の張り巡らした非常警戒網をくぐり抜けたが、部屋には証拠となる物が数点残されていた。ある情報筋によれば、同容疑者はその晩カツラを使ったが、そのカツラも部屋に残されていたという。書類カバンもみつかったが、同じ情報筋によればその中に凶器が入っていたという。凶器の種類について警察は今のところ言及していない。

書類カバンの指紋から警察は容疑者の身元を割り出した。犠牲者の鍵にも彼女の指紋があり、部屋のグラスには犠牲者の指紋が発見された。

フォーセンストルム容疑者は警察にとって謎である。一九八五年、精神治療を受けるため入院していたスウェーデン南部の病院から脱け出して以来、彼女は国の関連機関とも地方自治体ともまったく連絡をとっていない。過去十四年、彼女の所在は不明だった。彼女の指紋は一九八四年に自動車泥棒と不法運転の疑いで逮捕された記録にあった。シビラ・フォーセンストルム容疑者はスモーランドの工場地帯の裕福な家庭で育った。彼女は一九八五年以来住所不定で、警察はこのことで一般の協力を呼びかけている。さらに警察は彼女が追いつめられて暴力を振るうかもしれないと注意を喚起している。残された書類カバンの中に手帳があり、現在警察の犯罪心理学者が分析に当たっている。

関連性のない記載は彼女が精神的に不安な状態であることを顕していると見られる。警察はまた、発表されたシビラ・フォーセンストルムの写真は十六年前のものであることを強調している。木曜日の夜、彼女と犠牲者のテーブルの係だったウェイターは、フォーセンストルムはマナーがよく、服装もきちんとしていたという。現在警察はウェイターの協力を得てシビラ・フォーセンストルム容疑者の現在の特徴を捉えた似顔絵を作製中。心当たりのある人は、電話〇八 - 四〇一〇〇一〇か、近くの交番に通報を。

あの味が口中に広がった。それは彼女の頭が拒絶したものを受け入れてきた腹の一部から、じわっと滲み出てくる、馴染みの味だった。

人々が彼女を支配しようとしている。

またもや。

過去に味わったことのある、恐ろしい息詰まるような感じがよみがえってくる。それはどこかの隅に隠れてじっと待機していたのだ。それがいままた暴れ出そうとしている。すべてが戻ってくる。彼女が必死で忘れようとしてきたことが。彼女が忘れることに成功したと思っていたすべてのことが。

この新聞を読めば、それがわかる。

やーい、やーい、シビラ、シビラ。おまえはやっぱりダメ人間。おまえは頭がおかしいんだ。ろくな人間にはならないってことは、ずっと昔から知ってたさ。

彼女はポケットの中でこぶしを握りしめた。

社会に適合できなかったのは彼女のせいだろうか？　いままで一度も適合したことがないのは、彼女のせいなのか？　彼女は生き延びたではないか。それ以上のなにを彼女に望むのだ？　彼女はサバイバーなのだ。あらゆる障害を越えて生きてきたのだ。いま社会は、生き延びた彼女の人生を粉々に砕く。狂気に打ち勝ち、悲惨な孤独の中でなにも要求しないで生きてきた人生を。

そんなことはさせない。

どんなことがあろうとも、そんなことはさせはしない。

やっとここまできた、いま。

11

「わたしじゃないわ」

シビラはストックホルムの中央駅から電話をかけた。相手が静かになったので、彼女はもう一度繰り返した。

「あの男を殺したのは、わたしじゃないわ」

「あの男とは？」

「ユルゲン・グルンドベリ」

短い沈黙。

「失礼、あなたはだれですか？」

彼女はあたりを見まわした。土曜日で、駅の大きなホールには人が大勢いた。家に帰る人、家から来た人、これから人と会う人、人と別れた人。

「わたしはシビラ、あなたたちが捜している人間よ。でも、あの男を殺したのはわたしじゃないわ」

書類カバンを持った男が彼女から二メートルほど離れたところに立った。腕時計を見、それから彼女を見て、急いでいることを知らせ、すぐにも電話を終わらせろといわんばかりの態度だった。ほかにも電話はたくさんあったのだが、彼女自身この電話を選んだのは、これだけがテレフォンカードではなくコインでかけられる電話だったからだ。

彼女は男に背を向けた。

「どこから電話をかけているんです？」

「関係ないでしょう。わたしはただ、わたしじゃないということを……」

彼女は黙り、首をひねって男を見た。男はまだそこにいて、苛立って彼女を見ていた。彼女はまた男に背を向けて、声をひそめた。

「あれをしたのはわたしじゃないと知らせたかっただけ。それだけよ」

「ちょっと待ってください」

シビラは受話器を置こうとしたが、途中でやめた。相手の女性がまだ話していた。

「あなたが本物のシビラだと、どうしてわかります？」

「え？」

「あなたの市民番号を言ってください」

シビラはほとんど笑いそうになった。いったいどういうこと？

「ええ、今日は朝からほかにも自分がシビラだと言って電話をかけてきた人がいます。あなたが本当のことを言っていると、どうしたらわかるでしょう？」

「わたしの市民番号？」

シビラは驚きの声を上げた。

「だって、わたしがシビラ・フォーセンストルムだからよ。わたしの市民番号はしばらく使っていないから忘れてしまったわ。わたしが電話したのは、わたしにかまわないでと言うためよ」

彼女は後ろの男のことを忘れていた。後ろを見ると、男が目に入った。いまでは彼女を見ないふりをしている。

「ハロー、ハロー、いまどこにいるんです？」

シビラは体を震わせて受話器を見た。

「あんたに関係ないわ」

受話器を置いて電話を終わらせた。男がおびえた顔で見ている。彼女は受話器を男に差し出した。

「どうぞ、あんたの番よ」

男は断るように手を振った。

「いえ、けっこうです」

「けっこうです？　さっきはずいぶん急いでいる様子だったけど？」

エクスプレッセン紙が彼のコートのポケットからのぞいていた。自分の片目とあのひどいヘアスタイルの一部が見えた。

「勝手にすれば」

彼女はまた受話器を戻した。男は卑屈な笑いを浮かべて立ち去った。この場をすぐに引き揚げなければならない。怖がるよりは腹を立てるほうがいいけど、ぐずぐずしてはいられない。これからはみんなが自分の名前を知っていると思うほうがいい。

まったく、なんでシビラなどという名前をつけることができたのだろう？

12

グルンドベリの家を探し出すのはむずかしくなかった。新聞がユルゲン・グルンドベリについて詳しく書いていたので、彼女はエスキルスツーナの彼の家の住所まで暗記していた。

エスキルスツーナへは列車で行った。短時間で着き、その大部分の時間を彼女はトイレで過ごした。車掌が切符をチェックし終わってトイレのドアのロックを外から開けていったあと、彼女は車両に入り、空いている席に座った。突然車内に入ってきた彼女に乗客はあやしむ様子もなかった。ヘアブラシの柄の先端がトイレのロックにぴったりはまることを発見してから、彼女はときどき列車に無賃乗車した。列車がストックホルム中央駅に停まっている間にブラシの柄でロックを開けてトイレにもぐり込むのだ。みつかったのは一度だけ、そのときはハルスベリで降ろされた。悪くない場所だった。

理由もなく彼女は気分が高揚していた。もしかするとそれはこの状況を何とかすると決心したせいかもしれない。いや、もしかすると最後の金で食べたハンバーグのせいかもしれない。

グルンドベリの邸宅は大きかった。一メートルほどの高さの白レンガの塀で囲まれていて、家の外壁も同じ白レンガだった。ドライブウェイはヴィクトリア王朝まがいのランプで飾られ、マホガニーの玄関扉まで続いていた。その扉は家の黒い窓枠とはスタイルが合わなかった。屋根には見たこともないほど大きなパラボラアンテナが陣取っていた。

屋敷全体に成り金趣味が臭っていた。

シビラは長いこと塀の外に立って迷った。人目につかないように、彼女は屋敷のまわりを一度ぐるりと回った。歩いているうちに肝が据わった。わざわざここまでやってきたのだ。中に入って情報を得よう。しかし、その決心は頭だけで、足にはなかなか伝わらなかった。屋敷の裏側を歩いていたときの決心だった。入り口まで戻ったときには、ふたたび気が弱くなった。黒い窓枠にはまっている黒っぽいガラスは、まるで敵意を含む目のように彼女をにらんでいた。そこでためらいがちに立っている彼女を。

門の中の玄関扉が開いた。

「報道関係者のかた?」

シビラはつばを飲み込んだ。

「いいえ」

門扉を開けると彼女は玄関先に立っている女性のほうを見ないで近づいた。玄関前の石段へ向かう途中で、一メートル平米ほどの水たまりを通り過ぎた。その真ん中にローマ時代の彫刻のような大理石の女性像が立っていた。夏にはきっと噴水が像のどこかから噴き出すのだろうが、いまは寒空に立っているだけだった。

シビラは建物の前まで来ると、玄関扉の下の石段の前で立ち止まって見上げた。もう一度つばを飲み込んでから、玄関先に立っている人物を見上げた。

「なにか?」

女性がせき立てた。

「お邪魔してすみませんが、レーナ・グルンドベリさんを探しているのです」

女性が体重をもう一方の足に移した。四十がらみで、人の目を引くような派手な美人だった。

「わたしですけど?」

シビラは突然不安になった。なにを求めてここまで来たのだろう？　よく新聞に出ている、夫の突然の死に途方に暮れる未亡人を慰める牧師とか、助け合いのグループから来たと装うつもりだったが、この女性は庭の大理石の女性像のようにしっかりして見えた。

「ご用件は？」

声が苛立っている。スリラー映画を観ていたのに途中で邪魔されて腹を立てているような口調だ。シビラは女性を見てすばやく判断した。ここは下から出るほうが賢明だ。

「ベーリット・スヴェンソンといいます。お邪魔でしょうが……、じつは助けていただきたいことがあって来たのです」

そう言ってシビラはうなだれてみせた。ふたたび目を上げると、グルンベリ夫人は眉間にしわを寄せて見下ろしていた。シビラは話を続けた。

「新聞を読んで知ったのですが……、あ、わたしはすぐ近くに住んでいる者で、じつは半年前に突然夫を亡くしまして……、それでだれか同じような経験をした人と話がしたいと思っていたものですから」

グルンドベリ夫人は半信半疑のようだった。人に同情するようなタイプではないらしい。シビラはもうひと押しした。

「あなたはとても強いかたのようにお見受けします。もしちょっとお話を伺うことができれば、ほんとうにありがたいのですが」

最後の言葉には嘘がなかった。本気のその言葉がグルンドベリ夫人を動かしたのだろうか。夫人は玄関に入ると中から声をかけた。

「どうぞ入ってください。居間にどうぞ」

シビラは階段を一気に上ると玄関に入った。靴を脱ぐために体を前に倒した。敷物は本物のペルシャ絨毯のようだ。そばには濃い緑色の金属製の傘立てが立っていた。

玄関と居間の間の壁は円くくり抜かれていた。これはあとから改修されたもののようだ。レーナ・グルンドベリは先に立って歩き、シビラはあたりに目を配りながらその後ろに続いた。列車の中で化粧をしたのを後悔した。唇に手の甲をこすりつけて口紅をできるだけ落とした。先を歩いている女性は完璧な化粧をしていた。こういう女性は下手に出れば出るほどいい気分になるのだ。

シビラはこういうタイプの女性を一人、よく知っていた。

居間はあまりにも趣味が悪かったので、シビラはほめる物を探して部屋中を見渡した。一つだけ、げんなりするほどではない物が目に入った。

「タイル張りの暖炉、すてきですね」

「どうも」と言うとレーナ・グルンドベリは濃い血の色の牛革のソファに腰を下ろし

た。「どうぞ、座ってくださいな」

シビラは巨大なソファに腰を下ろし、ガラスのソファテーブルに目を瞠《みは》ってみせた。テーブルの脚はまたもや大理石の女性像で、仰向けになって両手と両膝で重いガラス板を支えていた。

「ユルゲンは大理石を輸入してました」レーナ・グルンベリが説明した。「ほかにもいろいろと」と付け加えた。

すでに過去形で話している。まばたきもせずに。

グルンドベリ夫人はシビラの考えを読んだようだった。

「初めから言っておきますけど、わたしたちの結婚は壊れていたんです。別れるところでした」

シビラはうなずいた。

「そうでしたか」

「わたしが離婚しようと言い出したところで」

「そうですか」

沈黙が続いた。シビラはこの先どう続けたらいいものかと思った。わたしはこの人からなにを聞き出そうとしていたのだろう？　いまでは思い出すことができなかった。

「ご主人はいつ亡くなられたんですか？」

急に訊かれてシビラはどきっとした。なぜかわからないが、時計をのぞき込んだ。まだ止まったままだ。

「六カ月と四日です」

「なにが原因で？」

「ガンです。あっという間に逝ってしまいました」

レーナ・グルンドベリはうなずいた。

「ご主人とは仲がよかった？」

シビラはうなだれて自分の手を見た。爪を塗らなくてよかった。

「ええ、とても」低い声で答えた。

沈黙。

「でもやっぱりおかしなことよね」グルンドベリ夫人が言った。「たった一年前、ユルゲンは腎臓が悪くて死にかかっていたのよ。何カ月も入院していたわ。それがすっかり良くなって、いまでは薬を飲むことさえ忘れなければもうすっかり健康を取り戻したとまで医者に宣言されていたのよ」彼女は首を振った。「それなのに、いま殺されるとはね！　あんなに大変な病気を乗り越えたあとで。皮肉に聞こえるかもしれないけど、いかにもあの人らしいわ」

シビラは驚きが隠せなかった。

「どういうことですか？」

グルンドベリ夫人は体をぶるっと震わせた。

「あの人はなにをさせても不器用な人だった。知らない女を自分の部屋に入れるなんて、どこまでバカなの？　しかも酔っぱらい女よ。何でもやるつもりだったことは、新聞に出ていた写真を見ればわかるじゃない」

まあまあ落ち着いて。

「さぞ不愉快でしょうね？」

シビラはできるかぎり中立に聞こえるように話した。

「別に。ただ、もう少しましな女でもよかったんじゃないかと思って。最後になにもあんな女と……」

突然夫人は声を詰まらせた。両手で顔を覆うと鼻をすすりだした。

見てごらん。大理石の女にも感情があるんだわ。下地クリームの下までのぞいて見れば。

シビラはグルンドベリ夫人の言葉を反復してみた。ユルゲン・グルンドベリ自身がいま部屋にいっしょにいないのが残念な気がした。彼を純粋に気の毒に思う気持ちから、この光景を見せてやりたかった。

「あなたが比べられても恥ずかしくないような人とならば……？」

シビラは苛立ちが声に表れないように気を配った。レーナ・グルンドベリはシビラの声に新しい感情が加わったのを敏感に感じ取った。顔を上げ、落ち着きを取り戻そうとした。化粧が崩れないように口を開けたまま、頰の涙を拭いた。

「そう、それなら少しはましだったかも」

シビラは相手を観察した。このタイプはいままで会ったことがない。初めてだ。

「なぜですか？」彼女は本心から訊いた。「失礼ですけど、離婚しようとしてらしたのでしょう？」

グルンドベリ夫人は落ち着きを取り戻し、醜いソファにふんぞりかえった。

「利己的に聞こえるかもしれないけど、相手がだれでもいいというのはわたしに対して失礼だと思うのよ。ホテルで醜い売春婦を買うなんて、バカにするにもほどがあるわ。まったく趣味が悪いとしか言いようがない」

自分のまわりを見てごらん。わたしのリュックだって、この家よりは趣味がいいよ！趣味なんて言えた柄かね、よく言うよ！

シビラは二回つばを飲み込んだ。

「その女の人は売春婦とはかぎらないでしょう？」

グルンベリ夫人はぶるっと身震いした。

「そんなの、見ればわかるわ。ほら、見てごらんなさいよ！」

夫人は床から新聞を拾い上げ、シビラに見せた。シビラは自分の写真にチラリと目をやった。似ているのは鼻だけだ。

「警察はなぜこの女がやったと決めたのかしら？」

レーナ・グルンドベリは新聞をまた床に戻した。

「二人はフロントからいっしょに部屋に上がったのよ。朝になって、彼女は非常警戒網をくぐり抜けた。これだけで十分と警察は判断したんじゃないの？　それに彼女の指紋がべたべたとあちこちにあったらしいし。たとえばユルゲンの鍵にも」

「でも、もし彼女でなかったら？　もしかするとご主人には……」

最後の瞬間に咳をするふりをして言葉をにごした。

ラトヴィアとかリトアニアに敵がいるかも？

失敗を隠すため、彼女は咳をし続けた。レーナ・グルンドベリは立ち上がり、水を一杯持ってきた。シビラはそれをありがたく飲んだ。

「ありがとうございます。ごめんなさい、ぜん息もちなので」

グルンドベリ夫人はうなずいて、また腰を下ろした。

「もしかすると主人には、何です？」

「え？」

「さっきの言葉。主人には何と言いかけたの？」

「敵……、敵のような人はいなかったのかしら？」

　グルンドベリ夫人は彼女をみつめた。もう引き揚げどきだ。目の前の女がフンと鼻を鳴らしたとき、シビラは立ち上がるところだった。

「シビラ！」

　軽蔑を込めた声だった。シビラはまるで平手打ちでも喰らったようにびくっとした。二人の目が合った。シビラはその場に座ったまま、つばを飲み込んだ。

「彼女に決まってるわ。名前でわかるじゃない」グルンドベリ夫人が激しく言いつのった。「普通の人なら、そんな名前であるわけがない」

　シビラは呼吸が乱れるのを隠した。一瞬、彼女は怖くなった。

「そうね。ほんとうにそのとおりね」と言って、彼女はおもねるように笑った。「一つだけ彼女のために言えるとすれば、自分で選んだ名前ではないということだけでしょうね」

　レーナ・グルンドベリはフンと鼻を鳴らした。

　シビラは帰りたかった。グルンドベリ夫人は気持ちのいい話し相手ではなかった。だが、せっかくここまで来たのに、このままなにも聞き出さずにおめおめと帰るわけにはいかなかった。

「ご主人はどんなふうに亡くなったのですか？」

夫人は咳払いした。

「喉を切られて。女はそのあとあの人の腹を開いて内臓を床にまき散らしたとか」

まるでケーキのレシピーを教えているみたいな口調だった。

シビラは外の空気が吸いたかった。気分の悪さが体中に充満した。彼女は立ち上がった。

「もう帰らなければ」

グルンドベリ未亡人は安楽椅子に座ったまま言った。

「ご期待に沿えなかったと言うこと？」

ここに来て初めてシビラは本当のことを言った。

「ええ、あまり」

グルンドベリ夫人はうなずき、うなだれた。

「人はそれぞれ自分のやりかたで切り抜けるものよ」

シビラはうなずいた。

「ええ、そのとおりのようですね。でも、ちょっとでも中に入れてくださってありがとうございました」

玄関ホールへ行って靴を履いた。レーナ・グルンドベリは椅子から立ち上がらなかった。沈黙の中、シビラは玄関扉を開けて外に出た。

13

そのころのシビラには散歩が唯一の救いだった。散歩するという理由で家を離れ、十代の子どもの感じやすい心に外の空気を入れることができた。彼女は村の周囲を歩いた。村の中心にあるソーセージスタンドには近づかなかった。そこはフルタリドの出会いの場所。もちろん人に会いたい人たちにとって。シビラはだれにも会いたくなかった。ずっと前から、学校の友だちにはどうしても会わなければならないとき以外、会いたくなかった。学校でだけ、そう、それで十分だった。

村のはずれにFFMUの集会所があった。FFMUは若者の自動車同好会の略字で、一階が自動車修理所になっているオンボロの二階建ての建物だった。この建物がある場所もまた、このクラブの社会的所在を表していた。だがそのことはクラブの会員自身は意識していなかったにちがいない。

彼女が通りかかったとき、その男がエンジンに覆い被さるようにして派手に塗りたてたホットロッド(訳註　スピードが出るようにエンジンなどを改造した自動車。暴走族の車）を修理していなかったら、きっと彼女は彼に一生気がつかなかったかもしれない。十メートルほど離れたところまで来て、彼女はその派手な車にすっかり気を取られてしまった。車体は黄緑で、真っ赤に燃え上がる炎がバックウィングに描かれていた。こんなものは生まれてから一度も見たことがなかった。

彼女がそこで呆然と見ているとき、男は背を伸ばし、彼女に気がついた。

「きれいだろ？」

彼は油まみれの手を布きれで拭いた。彼女はうなずいた。

「デ・ソト、ファイアードーム、五九年型だ。塗装工場から届けられたばかりなんだ」

彼女はなにも言わなかった。なにも言えなかった。フルタリドでこんなにきれいな炎を描ける人がいることに、彼女はすっかり感心していた。

「乗ってみるか？」

彼女が返事をしないでいると、彼はボンネットを閉めて、彼女に来るように手招きした。

「見てごらん、座席は革張りだぞ」

彼女は車に近づいた。彼は本当に車を見せたがっていた。とくに危険そうな男には見えなかった。それに彼女は一度もホットロッドに乗ったことがない。男は彼女より年上に見えた。少なくとも四歳以上離れているだろう。いままで見たことのない男だった。

彼は油まみれの布きれを放り投げると、念のため青い作業着のズボンに手をこすりつけたあと助手席側のドアを開け、座るように合図した。一瞬迷った後、彼女は彼の指図に従った。まるでソファのようにやわらかかった。

「かっこいいだろ？　三五〇馬力のＶ８だ」

彼女はそっとほほえんだ。

「すごいのね」

彼はぐるりと回って運転席のドアを開けた。

「後ろの座席の毛布に手が届く？」

シビラは後ろを見た。茶色の格子縞の毛布を手に取ると、彼に渡した。その毛布を運転席に敷いて、彼は乗り込んだ。

「ひと回りするか？」

彼女は大きな目でみつめた。彼はすでに車のイグニションキーを回している。

「わからないわ……。もう家に帰らなければ」

エンジンが回りだした。ボタンを押すと彼女の側の窓ガラスが下がった。

「自動式なんだ。やってみる？」

ボタンを押すと、窓ガラスは自動的に上がった。彼女の笑いに応えた彼の両頬に、えくぼができた。ギアを入れて、彼は彼女が座っている席の背に腕をまわした。心臓がドキドキした。首の後ろに回された腕に何の意味もなくても、なぜか親密に感じられた。バックミラーを見ながら、彼はバックして道路に車を出した。

どうしてこんなことになってしまったのか？　知らない人とホットロッドに乗っているなんて。

だれかに見られたらどうする？

「家まで送るよ。どこに住んでるの？」

シビラはつばを飲み込んだ。

「ううん。それよりただひと回りして」

車は村の真ん中に向かった。シビラはこっそり彼を見た。顔に油がついている。

「おれ、ミッケっていうんだ。握手はやめとこう。手が油だらけになっちゃうからね」

「わたし、シビラよ」彼女は小声で言った。

彼の目がまっすぐ彼女を見た。

「へえ、フォーセンストルムの娘ってあんたか？」

「ええ」

彼はツルガータンに車を乗り入れた。もうじきソーセージスタンドだ。

「聞こえる？　いい音を出すだろう？」

シビラはうなずいた。すごくいいわ。お手伝いのグン＝ブリットのルノーと同じくらい。

いつものようにソーセージスタンドの前には人が集まっていた。その前を通ったとき、シビラは体を座席に滑らせて低くした。

「あんたの友だちかい？」

彼女は最初答えなかった。チラリと彼女を見て、彼はそのまま車を走らせた。

「だって、あいつら、いつもあんたの名前のソーセージのまわりにたむろってるからさ」

彼は自分の冗談に笑った。シビラには笑えなかった。彼女の反応に気づくと、彼は真面目な顔に戻った。

「冗談に決まってるだろ？　えっ？」

彼女は彼をみつめた。そう、冗談に決まっている。彼女を傷つけて面白がっているわけではない。違いははっきりしていた。彼女は恥ずかしそうに笑った。

「ううん、あの人たち、友だちじゃないわ」

初めて会ったそのときは、二人ともそれ以上話をしなかった。ＦＦＭＵの建物の前まで戻ったとき、彼女は乗せてくれてありがとうと礼を言った。彼女が車を降りると、彼はさっそくボンネットに向かった。

少し離れてから振り返ってみると、彼はもうエンジンをのぞき込んでいた。彼女の中でなにかが変わった。期待に胸が膨らんだ。なにか大事なことが起きたのだと思った。なにかいいことが。なにか意味のあることが。

きっとそうにちがいない。

だが、彼女にはわからなかった。もしその日にあの車が届けられなかったら、もし一時間後に塗装が乾いていたら、もしミッケが建物の外で車の修理をしていなかったら、もし彼女が別の方向に散歩をしていたら、もし、もし、もし……。

そうしたら、彼女の人生はまったく別のものになっただろうということを。まさにその日の午後、彼女は人生の岐路に立ったのだが、その瞬間がそういうものだったとは、まったくわからなかった。それがわかったのはずいぶん時間が経ってからのことだった。

すべてはもうずっと前に終わっていて、もはや取り返しがつかないのだとわかったときに初めて、彼女はあの日の午後、まちがった方向へ散歩したのが始まりだったと知るのである。

14

その晩、シビラはアパートが幾部屋も入っている建物の最上階の、屋根裏部屋に通じるドアの前で眠った。レーナ・グルンドベリの住んでいる気取った住宅街を出たあと、彼女は駅に向かってかなりの距離を歩いた。その建物のドアには鍵がかかっていなかった。ストックホルムではなかなかないことだった。ストックホルムではどの建物のドアもロックされていて、特別に細工をすれば入れるドアがたまにあるだけだ。階下の入り口から子どもの声が聞こえて目が覚めた。そのあと女の声で、そんなに言うことをきかないのならもう出かけるのはやめにすると子どもを叱っているのが聞こえた。入り口のドアが開き、中はまた静かになった。彼女は時計を見た。まだ止まったままだ。時計は高価なものだった。けれどもいまは動くものがほしかった。敷物から立ち上がったとき、めまいがした。彼女は壁に手をかけて、めまいが消えるのを待った。

なにか食べなければならなかった。

駅は昨夜泊まったところからすぐのところにあった。女子トイレに入って顔を洗い、目のまわりに化粧をし、口紅を差し、髪の毛を梳《す》いた。緑色のスーツはリュックサックの中でしわが寄ってしまったが、しかたがない。それを着なければ朝食にはありつけないそうにない。スーツを着ると、手を濡らしてしわの部分を撫でた。そうするとしわが少し伸びるのだ。

リュックサックは駅の荷物預かり所に預けた。あとでどうやって金を払わずに取り戻すかはそのときの問題だ。

いまは食事のことがいちばん大事。

彼女は駅の建物の外に出て、階段で立ち止まった。駅の真向かいにシティーホテルがある。急いで道を渡り、ホテルのロビーに入った。フロントの奥から係員が一人出てきた。彼女はまっすぐその男に向かった。

「外は寒かったわ！」と体を震わせた。

フロント係はお世辞笑いを見せた。胸ポケットの金色の名札にヘンリックとある。

「駅に時間を調べに行ってきたのよ。上着を着ていくべきだったわ」

「次のときはここで訊いてください。フロントには列車の時刻表がありますから」

彼女はフロント係に体を近づけた。

「ついでにタバコを吸ってきたのよ。それが本当の理由。でも、言わないでちょうだい」

フロント係は彼女の秘密を守ることを約束するように笑ってうなずいた。お客様第一。

これでよし。

二一三号室の鍵はない。が、二一四号室の鍵はぶら下がっていた。彼女は時計を見た。

「二一四号室に電話をかけてくださいな」

「はい」

彼は受話器を彼女に渡して番号を押した。

「ありがとう」

送信音が響いた。応えがない。ヘンリックという名のフロント係は後ろを向いて鍵を確かめた。

「鍵はこちらにあります。お客様はもうブレックファストルームにいらっしゃるのでは？」

彼は廊下のほうに目をやった。

「めずらしいこと。うちの人がわたしよりも先に朝食に向かうなんて。でも、なにごとにも初回というものがあるのよね？　どうもありがとう。あ、今日の新聞はある？」

ダーゲンス・ニーヘッター紙を受け取ると、彼女はブレックファストルームがあると見当をつけた廊下を渡った。

もちろんそれは正しい方向だった。

三十分後、彼女は椅子にゆっくりと背をもたれさせた。腹は満たされ、満足した気分だった。部屋にはほかに四人の客がいて、それぞれのテーブルで新聞に読み入っていた。ダーゲンス・ニーヘッター紙が左端に小さく、グランドホテルの非常警戒網をくぐり抜けた女についての情報を警察が求めているという記事を載せていた。

彼女はビュッフェスタイルのブレックファストテーブルへ行ってコーヒーを注ぎ、ついでに目立たないように丸いフランスパンとバナナ三本をバッグに入れた。そしてまた席に戻った。

さて。ここエスキルスツーナではなにをしたのか？　なにを求めてここまで出かけてきたのか？　ユルゲン・グルンドベリの未亡人にバカにされた以外に、どんな収穫があったか？

コーヒーを一口飲み、窓の外を見た。

ここになにをしにきたかはもちろんわかっていた。ここでユルゲン・グルンドベリを知っている人間に会い、直接話を聞けば、自分の知らないうちに巻き込まれたこの事件がどういうものかがわかると思ったのだ。誤解がとけ、自分はこの事件と関係がないことがはっきりすると思ったのだ。

だが、それはまったくの思い違いだった。あの男を殺したのは本当にシビラだと人は信じている。ここに来ることによってはっきりしたのは、まさにそのことだった。それで、これからどうしたらいい？

隠れ続けるのはそれほどむずかしいことではないだろう。なにしろ、十五年近くもそうしてきたのだから。新聞の写真から彼女だとわかる人はいないだろう。新しい写真はない。名前が問題なのはいつものとおりだ。新しいことではない。彼女のいつもの隠れ家を知っている人間は何人かいるが、彼らが警察にタレ込むことはないだろう。たいていは警察を避けている人間たちだ。

当分の間、いつもうろつく場所を避けていれば、そのうち真犯人が捕まって、すべてが元どおりになるだろう。

すべてが元どおりになる。

おかしいことだ。いままでに一度だって、元どおりになるのを目指したことがあっただろうか？

コーヒーを一口飲んだとき、いったいなにが自分をこれだけ不愉快にさせているのかがわかった。

屈辱感。

このような仕打ちにはもう二度と堪《た》えるつもりはない。

これ以上のクソは引き受けない。

シビラの目の前に母親の姿が浮かんだ。またもや家族の名前を汚したと怒っている母親。よくもこんな仕打ちができるものだと怒っていることだろう。

だが、その目には同意が見える。

ほら、わたしが言ったとおりでしょう？　この子はやっぱりおかしいのよ。

そしてフルタリドの村に噂が広まる。

フォーセンストルムの娘が、聞いたかい？　人殺しだとさ。

そして父親……。いや、父親がどう思うか、彼女には想像できなかった。いままでも父親のことは全然わからなかった。

そしていま、これらのことはどうでもいいことだった。

彼女は立ち上がり、フロントに戻った。ヘンリックというフロント係は電話に応えていた。彼女はタバコを吸うジェスチャーをして見せた。

彼はうなずいて手を振った。

リュックを受け取るのはいとも簡単だった。係員がいなかったので、彼女は中に入ってリュックを黙って取り出したのである。

だれにも見られなかった。

ふたたび女子トイレに入って、ジーンズとセーターに着替えた。スーツは大事にしなければならなかった。ドライクリーニングに出さなければ。だがそれは、考えることもできないほどの贅沢だった。

ストックホルム中央駅行きの列車は十時四十八分に出発する。彼女はベンチに座って待つことにした。

15

その日の午後、家の玄関に入ったとたん、なにかがおかしいとわかった。彼女のあいさつに返事をするものはだれもいなかった。

玄関ホールから居間に入ると、母親がソファに腰掛けて本を読んでいる姿が見えた。

「ただいま」

返事がない。

動悸が激しくなった。

なにをしてしまったのだろう？

彼女は上着を掛けると、居間に戻った。母親の顔は見えなかったが、どんな表情をしているか、想像できた。

怒っている。

怒っているし、失望している。

シビラはおなかの中に大きなかたまりができたように感じた。それがどんどん大きくなってくる。彼女はソファのまわりをぐるっと回った。ベアトリス・フォーセンストルムは読んでいる本から目を上げなかった。

シビラは思い切って訊いた。

「何なの、お母様?」小声だった。

母親は答えなかった。まるでシビラが部屋の中にいないように、本を読み続けている。もちろんだれかが話しかけたことなど、まったく気づかないそぶりだ。

「なぜ怒っているの?」

返事はない。

おなかの中のかたまりで気分が悪くなった。どうして知れてしまったのだろう? だれに見られたのだろう? あんなに気をつけていたのに。

彼女はつばを飲み込んだ。

「わたしがなにか悪いことをしたの?」

答えは来ない。ベアトリス・フォーセンストルムはページをめくった。シビラは絨毯に目を落とした。東洋の絨毯の模様がかすんだ。シビラは頬に涙の跡が残らないように床に直接涙を落とそうとした。耳鳴りがする。

恥ずかしいことをしたのだ。

彼女は玄関ホールに戻り、階段を上って二階へ行った。これからどうなるか、わかっている。爆発するまで何時間も待つのだ。何時間も罪と恥と後悔の中で許しを待つのだ。やさしくて親切な神さま、どうぞ時間が早く経ちますように。やさしくて親切な神さま、どうぞ、お母さまが早くやってきてなぜ怒っているのか話してくださるように、そしてわたしがごめんなさいと言えるようにしてください。でもどうぞ、お母さまにはなにもわからないようにしてください。どうぞ、どうぞ、わたしから取り上げないでください。

しかし神はいつでも親切なわけではない。下の階のベルが鳴って、夕食の用意ができたとの知らせが響き渡っても、ベアトリス・フォーセンストルムは娘の部屋に現れなかった。

シビラは気分が悪くなった。茹でたジャガイモの匂いで吐きたくなった。

このあとなにが起きるか、彼女はわかっていた。母親にひざまずき、涙を流してなにが悪かったのかを教えてくれと懇願するのだ。

十分に懇願がおこなわれたとベアトリス・フォーセンストルムが判断したときに、

シビラはやっとなにが悪かったのか教えてもらえるのだ。

16

ストックホルム中央駅に戻ったとき、時計は一時二十五分を示していた。駅のキオスクに張り出された新聞のビラは、タイのチンパンジーのニュースで持ちきりで、グランドホテルの殺人事件のニュースは消えていた。スウェーデンの動物園で飼われていたチンパンジーが、タイの動物園に移されて小さな檻で飼われていることのルポで、人々の同情を買っていた。シビラはエスカレーターで上の階に行き、クラーラベリ高架橋へのドアから外に出、セーゲルストリィの広場のほうに向かった。いつもならクルチュールヒューセット館で日がな一日新聞を読んで過ごすのだが、今日は新聞を読む気がしなかった。

チンパンジーには関心がなかったし、グランドホテルの殺人事件のことはできればなにも知りたくなかった。それなのに、数分後彼女はストルムカイエンで桟橋のベンチに腰を下ろしていた。海を背にして座った目の前に、巨大なグランドホテルが立ちはだかっている。

非常警戒は解かれていた。ホテルは三日前、何の恐れもなく彼女が中に入っていったときと同じ姿をしていた。リムジンが一台玄関先に停まっていて、ドアボーイと車の運転手が並んで立ち話をしている。

「こんなところで自分の犯した罪を考えてるのか？」

その声に、彼女はまるでいきなり平手打ちをされたように跳び上がった。後ろにヘイノが全財産を引いて立っていた。ビニール袋や空き缶などの下に茶色い乳母車が隠されているはずだ。ヘイノがそれを盗んだとき彼女はそばにいたから知っている。だがいま見えるのは車輪だけだった。

「驚かせないでよ！」

ヘイノは顔をしかめて笑い、彼女の隣に腰を下ろした。体に染みついた臭いがすぐにあたりの空気を侵した。彼女はヘイノが気づかない程度に少しだけ体を離した。

彼はグランドホテルをながめた。

「あんたがやったのか？」

シビラは横から彼を見た。噂は早く伝わるのだ。ヘイノが新聞を読んだとは思えない。

「ちがうわ」

ヘイノはうなずいた。これでこの話題はおしまいらしい。

「なにか持ってるかい？」

彼女は首を振った。

「飲み物はなにもないわ。でも丸いフランスパンがあるから一つあげる」

ヘイノは真っ黒い手をこすり合わせて、うれしそうに彼女を見た。

「フランスパンか。いいな、上等上等」

彼女はリュックを開けて、朝食の残りのパンを取り出した。ヘイノは口を鳴らして食べはじめた。

「これに酒があれば、言うことないのになあ」

彼女は軽く笑った。もはやほとんど残っていないヘイノの歯には、フランスパンは硬すぎるようだった。なにか飲み物があったらよかったのに。

いかにもウスターマルム高級住宅街の住人、という格好をした二人の女性が、スコットランド縞柄の胴着を着せたネズミのような小犬を連れて散歩していた。ヘイノに気がつくと、片方の女性がもう一人に耳打ちし、二人は足を速めた。ヘイノは二人をながめていたが、ちょうど前を通り過ぎたときに立ち上がった。

「こんにちは。一口いかがかな？」

と言うと、彼は食べかけのフランスパンを二人の女性の前に差し出した。女性たちは聞こえないふりをして、急いでその場を立ち去ろうとした。駆け出すのも癪《しゃく》だが、かと言って急がなければなにをされるかわからないという様子だった。

シビラはほほえんだ。ヘイノは腰を下ろした。

「気をつけるがいい！　あんたたちの後ろをネズミが走ってるぞ！」

婦人たちはナショナル美術館まで一気に走っていった。そこまで行って初めて立ち止まって、追いかけられていないことを確かめた。興奮して二人が話をしているのが見える。すぐ近くのシェップスブロン橋のほうからパトカーがゆっくりやってきた。シビラは女性たちの身ぶりからパトカーを止めようとしているのがわかった。心臓の動悸が激しくなった。

「ヘイノ。一つお願いがあるの」彼女はすばやく言った。

パトカーが停まり、婦人たちは彼らの方角を指さしている。

「あんた、あたしを知らないことにしてくれない？」

ヘイノはシビラを見た。パトカーが動き出した。

「いいや、シビラ。おれはあんたを知っているよ。スモーランドの女王さんよ」

シビラはまっすぐに彼を見て言った。

「でも、いまは知らないことにしてほしいの。ヘイノ、お願い。あたしのことを知らないふりをしてちょうだい」

パトカーが彼らの前で停まった。警官が二人、車を降りた。男と女の警官だった。エンジンを吹かしたままだ。ヘイノは二人の警官を見ながら、残りのフランスパンを口に入れた。

「やあ、ヘイノ。ご婦人に悪さをしていないだろうな」

ヘイノは少し首をひねって、まだナショナル美術館の前に立っている女性たちのほうを見た。シビラは警官と目が合わないようにリュックに目を落とした。

「いいや、おれ、パンを食ってるからな」

いま言ったことを証明するように、彼はまだパンが入っている口を大きく開けて見せた。

「それはよかった、ヘイノ。続けてくれ」

ヘイノは口を閉めて、噛みつづけたが、すぐに鼻を鳴らした。

「フン、あんたたちにゃ、そんなことを言うのはかんたんだろうな」

シビラはリュックの外ポケットを探るふりをした。

「こいつ、なにか不愉快なことをしませんでしたか?」

シビラは警官たちが自分に話しかけているのに気がついた。彼女は見上げたが、とっさに目にゴミが入ったようなふりをした。

「わたしに? いいえ、なにも」

彼女はまた別のポケットを探すふりをした。

「おれは女王には手を出さないよ」ヘイノが少し考えてから言った。「とくにスモーランドの女王様には、な」

シビラはため息をついたが、その手はまだリュックの中をまさぐっていた。

「それがいいわ、ヘイノ」女性警官が言った。「その調子よ」

シビラは彼らが背を向けて車のほうへ歩き出したのを見て安心した。目を上げると、ちょうど警官がパトカーのドアに手を掛けたところだった。

「ベンチに座ってパンを食べているおとなしい市民に何の文句があるんだ？　ばあさんたちがネズミのような犬を連れて散歩してるのはおれのせいじゃねえよ。それとも、なにか？　おれのせいだとでも言うのか？」

「やめて！」シビラが低い声でヘイノを抑えた。

だがヘイノは興奮しだした。警察官たちは立ち止まり、振り向いた。

「教えてやろう。一八八五年九月二十三日、あんたたちはどこにいた？　ここに来れば役に立ったのに」

男の警官が戻ってきた。女の警官はすでに助手席に座っている。シビラはリュックを閉めた。引き揚げる潮時だ。ヘイノは立ち上がり、グランドホテルを指さした。

「そのとき、彼女がバルコニーに立った」

シビラが顔を上げた。

「彼女の歌を聴きに、ここからクングストレーゴーデン公園まで民衆が押し寄せたんだぞ」

シビラはヘイノから目が離せなかった。

「だれの歌を聴きにだって？」

ヘイノはため息をついて、汚れた両手を体の前に広げて肩をすくめた。

「クリスティーナ・ニルソンに決まってるじゃないか。スモーランドのウグイスだよ」

ヘイノはここでわざといったん黙った。助手席の女性警官は苛立ちはじめ、運転席の窓を下げて相棒を呼んだ。

「ヤンネ！」

「ちょっと待て」

ヘイノはうなずいた。ここからは彼の独壇場だった。

「クリスティーナ・ニルソンの歌を聴くために、四万人以上の男女が集まった。立錐の余地もないほどだった。柱に登った者もいたし、馬車に乗り込んだ者もいた。それでも静寂そのものだった。歌声はシェップスブロン橋まで聞こえたんだぞ。すごいだろ、え？　当時の人々はいつ黙るべきか知ってたと見えるな」

「ヤンネ、もういいでしょう！」

警官はすっかりヘイノの話に呑み込まれていた。こうなったら話をこのまま続けさせるよりほかはないとシビラは思った。ナショナル美術館のほうを見ると女性たちは姿を消していた。ヘイノは指を一本立てた。その動きで、彼の外套の臭いがあたりに振りまかれた。シビラは息を詰めた。

「彼女が歌い終わったとき、四万の聴衆はいっせいに拍手した。そのとき、工事中だったパルムグレン家の建物の足場が崩れたぞとだれかが叫んだ。人々はパニックに陥った。女が十六人、子どもが二人、人々の下敷きになって死んだ。百人ものけが人が病院に運ばれた」

ヘイノはうなずいた。

「そんときこそ、警官は現場に駆けつけるべきだった。そしたらそんなに大勢の人間が死なずにすんだだろうよ。おとなしくパンを食っているおれなんかに、文句をつけるひまがあったら」

ヤンネと呼ばれた警官はうなずき、笑った。

「うん、ヘイノ。おまえの言うとおりだよ。体に気をつけるんだぞ」

そう言うと、警官はヘイノがまた新しいことを思いつく前に車に戻り、発車させた。

シビラはヘイノに目を当てたまま、頭を振った。

「どうしてそんなに詳しく知ってるの？」

ヘイノは鼻を鳴らした。

「教養がちがうのさ。少し汚いかもしれないが、教養というものがあるんだ、おれには」

彼は立ち上がり、大きな荷物を引っ張ってクングストレーゴーデン公園で空き缶を集めに歩きだした。

「フランスパン、ありがとな」

シビラは少し笑ってうなずいた。ヘイノが歩きだした。シビラは百十五年前にクリスティーナ・ニルソンが歌ったというバルコニーを見た。いま、この町の中心は車の音以外なにも聞こえない。クリスティーナ・ニルソンの歌声はかき消されてしまうだろう。

17

最初のドライブのあと、午後になるとほとんど毎日彼女は散歩に出かけ、ミッケのいるＦＦＭＵの建物に寄った。そこにいる時間はしだいに長くなり、しまいに彼女はまっすぐそこに行くようになった。ほかのメンバーにも会った。みんなミッケと同じ年頃で、彼女は初めて人の集まりに受け入れられたように感じた。ミッケといっしょだったために、彼女は初めから何の抵抗もなく仲間に受け入れられた。男たちは彼女がフォーセンストルムの娘であることも気にしていないようだった。

だが、いちばんいいのは、自動車修理工場で二人きりになったときだった。そんなとき、ミッケはやさしく、エンジンや車について知っていることを全部教えてくれた。ドライブに連れていってくれることもあった。特別に機嫌のいいときは森の中の道を彼女に運転させてくれた。最初の運転のときは、彼の膝に座った。彼の腿《もも》を自分の腿の下に感じ、自分の尻の下に彼の腹がぴったり押し当てられた。体中が変な感じだった。温かくて、でもぴりぴりと神経が立っている感じ。ハンドルを持つ彼女の手に重ねられた彼の手。

その日、家に帰ると彼女は自分の部屋の椅子に彼の名前を書いた。彼女の秘密。彼女に不思議なほど力を与えた秘密。もしかするとそれが見えたのだろうか？　それともまわりの声が聞こえなくなったためだろうか？　学校で彼女をはやす者はしだいにいなくなり、毎日が辛くなくなった。

一日中、彼に会える時間だけが楽しみだった。ボンネットの中を見せるために彼女のそばに立つ彼の匂い。車のことなら何でも知っている彼、車の部分に触れて動きまわる彼の手にすっかり見とれるシビラ。

同じ部屋にいたいだけだった。

彼と。


夏が終わると、シビラは高等学校に通い始めた。高校はヴェットランダの町にあったので、どうしてもそこに行かなければならなかった。自分で選ぶことができたら、自動車技術コースを選んだだろう。だがそのことはミッケ以外のだれにも言わなかった。とくに母親には絶対に。母親はシビラを三年かかる経済コースに行かせるつもりだった。将来家族の会社の経営を手伝わせるために。それに何と言っても、高校で経済コースを学ぶのは聞こえがいい。

もちろん母親の望むようになった。

ときどきミッケが町で用事があると、シビラを学校に迎えに行き、家まで送ってくれた。彼女はわざと学校に残ってバスに乗り遅れ、少し歩いたところで待っているデ・ソトに乗り込んだ。うれしいのと得意なのとが半々入り混じった気分だった。助手席に乗り込むと、彼女はフルタリドまでの四十キロを運転させてもらった。家までは運転しなかった。家から見えるところまでは絶対に。

一度、家に帰る途中、ヴェットランダの町を出たあと、彼は森の中に車を乗り入れた。シビラは彼を見たが、彼はまっすぐ道路を見たままだった。二人ともなにも言わなかった。

彼女の中のなにかが、これからなにが起きるか、知っていた。それを長いこと待っていたような気がした。

彼が車を停めて、二人は外に出てみつめ合った。完全に彼と一つになる喜びで、彼女は彼を受け入れた。

彼女は選ばれた。

茶色い格子縞の毛布の上で、彼はそっと彼女の中に入った。

彼だけのもの。彼女だけのもの。

彼女は密かに彼の顔を見た。そして自分が相手に与える喜びに驚きを覚えた。まるで彼女の中に呑み込まれているようだった。彼の考えのすべてが彼女の中に集められているようだった。彼の体が彼女の上で、彼女のために、エクスタシーを迎えていた。

二人は繋がった。

いっしょになった。

この親密さのためなら、何でもします。

何でも。

ゆでたポテトが口の中で大きくなった。両親は黙って食事をしていた。

爆発前の苦しみ。

食べ物を呑み込むことができない。

手にフォークが二本握られているようだ。三本かもしれない。テーブルがぐらぐらと揺れている。

呑み込むことができない。

胃の中にある恐怖が口まで押し寄せている。

呑み込むのよ、お願いだから、呑み込むの！　これ以上ひどいことにならないように。

許してください。許して。どうしたら許してもらえるのか、言ってください。これ以上とても待てません。

お父様、お母様の許しを得るためなら、何でもします。

何でも。

18

シビラはブルドッグを連れた女性に助けられた。その女性の姿はずいぶん離れたところから見えた。グレースガータンの通りが終わり、エリックスダールの市民農園が始まるところで、その女性は手を大きく回して派手なジェスチャーで話していた。

少し近づいたところで、彼女の耳から黒いイヤホンのひもがぶら下がっているのに気がついた。それは携帯電話から発する電磁波が脳の一部に影響するのを防ぐためだと新聞で読んだことがあった。

「わたし、ものすごく怒っているんですからね！」

シビラは歩調を緩めて耳を澄ませた。ブルドッグは道路に座り込み、興奮している飼い主をめずらしそうに見上げている。

「この国は警察国家じゃないはずよ！　警察がだれを捜しているかなんて、わたしには関係ないわ。この国のどこを歩こうと、いきなり顔にピストルを突きつけられるなんて、どういうことよ、まったく！　信じられないわ！」

シビラは足を止めた。

「いいえ、落ち着いてなんていられないわ！　警察に抗議の申し立てをするつもりですからね。そのうえあの警官たち、謝りもしないんだから。わたしに身分証明書を見せろと迫ったのよ。見せなかったら、きっとまだつかまってたわ。もう、腹が立って……」

女性は黙り、しばらく相手の話を聞いていた。彼女の視線を感じてシビラは目を逸らせた。

「いいえ、引き下がりません。もしいまこの電話でわたしの抗議が受けられないのなら、別の警察署に抗議の申し立てをするだけの話よ」

会話が終わって、女性は携帯電話をポケットに入れた。犬が立ち上がった。

「カイサ、行こうか」

女性と犬は道路を渡った。シビラは反対側に立ち止まったままだった。

「そっちには行かないほうがいいわよ」

シビラは軽く笑いかけた。

「どうして?」

「警官がうじゃうじゃいるから。隠れているのよ。だからいきなり顔にピストルを突きつけられるまで気がつかなかった。なにをしているんだか知らないけど、ものすごく不愉快だったわ」

シビラはうなずいた。

「ありがとう。そっちには行かないことにするわ」

女性と犬は行ってしまった。シビラは深いため息をついた。

ウノ・イェルム。市民農園の自衛団を自ら買って出ているタレコミ屋。いやなやつ。すぐにもここから動かなければ。

いつまでこんなことをしなければならないのか。いつまで続くのか？

生き延びる。これは大事なこと。それは何とかいままでできてきた。しかし、逃げるとなると……。

彼女は階段を駆けだした。もうみつかって、追いかけられているような気がした。イェルムにどうしてわかったのだろう、わたしだということが？　新聞の写真からは絶対にわからなかったはずだ。まさか、彼にはわかったというわけではあるまい？　もしそうなら、もうおしまいだ。どこも安全ではない。

髪の毛を変えなければ。

リンゲンまで来た。通行人が大勢いた。彼女は目立たないように人込みの中にまぎれ込んだ。

人がじろじろ見ていないか？　いま歩道を歩いている男は、なぜこっちを見ているのだろう？　動悸が速くなった。シビラは目を伏せた。男が通り過ぎた。

もし彼女がありのままを話したら、人はもちろん信じてくれるはず。たまにはちゃんとしたベッドで眠りたいと思ったと彼女が言ったら、そのまま信じてくれるはずだ。あとでちゃんとお金を返すつもりでした。財布を落としただけなんです。本当なんです。

地下鉄の入り口は込み合っていた。

彼女はそのまま歩き続けた。

しかし、どこへ行くというのか？

レンシャルナスガータで階段を上ってヴィタベリィスパルケン公園へ出た。ソフィア教会が山のように目の前にそびえ立っていた。力強くたくましく。彼女は疲れていた。ちょっとでいいから休みたかった。後ろを振り返って見た。大きな通りまで人影は見えない。彼女をつけてくる者はいないらしかった。

教会は静まり返っていた。中に入ると横にあるガラス張りの部屋に年配の男性がいて、彼女にうなずいた。うなずき返すと、シビラはリュックを下ろした。

ポニーテールに頭髪をまとめた男が説教台の下のベンチに腰を下ろして眠っていた。それ以外に人影はなかった。シビラはその男をほかの教会施設で何度か見かけたことがあった。いま彼はあごを胸につけて眠っている。

彼女はリュックを後ろのベンチに置いて腰を下ろした。

目を閉じた。

静けさと平和。

望みはそれだけ。

ガラス張りの中の男が咳をした。その音が教会の四つの壁にぶつかって反響した。

神は祈りを聞きたもう。

シビラはこの言葉を教会の壁に貼りだされたポスターで見たことがあった。

目を開けて祭壇の後ろに飾られた巨大なキリストの絵を見た。何百年にもわたって大勢の人間がその命を彼にゆだね、このような壮大な教会を建立し、祈りを捧げた。

彼女自身、そうした。子どものときに。毎晩、同じ祈りをした。「子どもを愛してくださる親切な神さま、おねがいです、パパとママを長生きさせてください」。もしかすると、神は彼女の願いを聞き届けたのだろうか？　彼女の知るかぎり親たちはまだ元気に暮らしている。だが、「小さなわたしをお守りください」のほうは聞き届けられなかった。神もまた、彼らの側にいるのだろうか？

ほかの人たち、社会に適応した人たちの側に。

でもスティンセンは？　解毒の試みを四回も受けてもだめで、先月ヴェスターブロン橋から飛び降り自殺したスティンセンは？　彼の祈りはだれが受け止めたのか？

レーナは？　いつも救世軍のバスでやってきてホームレスにサンドウィッチとコーヒーをふるまってくれた親切なレーナは、手術のできない心臓の病気にかかったと突然知らされた。彼女がどんな悪いことをしたというのか？　長年惨めな暮らしをした後、祈りが届けられずに死んでいった大勢の人たちがいる。

だめだわ、神は。

それに、ユルゲン・グルンドベリは？　彼がどんなことをしたか知らないが、わたしを巻き込むことはないはずだ。

それとも、あなたもまたわたしを罰したいのか？　もしそうなら、いったいいつ罰し終わるのか？

彼女は立ち上がってリュックサックを背負った。ここに平和はない。

ガラスの内側の男のほうを見もせずに、シビラは教会を出た。

外に出ると、太陽が沈みかけていた。正面扉から少し離れて時計を見上げた。五時十五分。

今晩ばかりは本当にベッドで寝たい。しかしホテルは危険すぎる。放浪者のケアセンター、クラーラゴーデンも危ないだろう。眠れる場所は限られている。ベッドにありつけなかった者の中には犯罪者もいて、警察と取り引きすることもありうる。

どうしたらいい？

スコーネガータンへの歩行者通路を歩き出した。十メートルほど歩いたとき、真っ赤な垣根に緑色の戸口が見えた。この町の文化遺産の一部である。戸口の右に、老朽化した茶色い小さな木造の家の壁があった。彼女は足を止めた。その茶色い板壁の地面に近いところに釘打ちされて閉ざされている扉があった。だがそのすぐ上にもう一つ、棒で押さえられているだけの扉があった。

彼女はあたりを見まわした。

公園にはだれもいなかった。

すばやくリュックを下ろすと、扉板を押して中に入った。

19

木曜日は私たちの日だった。その日に彼は私のもとに来た。目を閉じると彼の姿が見える。彼が通りからやってきて垣根の門を開け、砂利の上を玄関まで歩いてくる姿が。胸が温まる光景。ドアマットでしっかりと靴の泥を落とすのが彼の習慣だった。

そして家の中に入ってくる。彼のたくましい腕。神よ、あれは罪ではなかった。愛だった。あなたがいつも人々に説く愛だった。神よ、私はその愛を経験できたことに感謝する。

私はいつも家中をきれいにして彼を迎えた。私がどんなに彼を待ちこがれていたか、わかってもらうために。彼が来たときはいつも、永久に私の許《もと》に留まるように望んだが、朝の四時には帰らなければならなかった。私はその日からふたたび七日七晩、彼を待ちこがれるのだ。いまでは、永久に。

それでも私はあなたに感謝する、神よ。彼をあなたの国に送ることができる手助けをさせてくれたのは、あなただから。私がそこへ行くときは、きっと彼が待っていてくれる。神よ、私は手伝いをさせてもらえたことに感謝する。あなたは人間の愚かな間違いを正すのを、私に手伝わせてくださった。

神よ、あなたと秘密を分かち合おう。人はみな、死の眠りに入るのではない。変わるのだ。一瞬のうちに、最後のトランペットの音を聞きながら。トランペットが鳴り響く。すると死者は不滅のものになり、変わるのだ。滅亡するものは不滅になり、限りある命は永遠の命となる。

不滅と永遠の命を得たとき、書き刻まれた言葉が真実になる。

「勝利は死を飲み込みたり」

「ああ、死よ、おまえの勝利はどこにある？」

「ああ、死よ、おまえの棘《とげ》はどこにある？」

死の棘は罪、そして罪の力は法である。だが、神は主イエス・キリストを通して、私たちに勝利をくださった。


神よ、私はもう一つ感謝したいことがある。あなたは私を守ってくださった。おこないをする私を一人きりにせず、私を守るために女を送ってくださった。彼女に自らの罪を償わせる、神聖なる目的のために。

神よ、私はこのことに感謝する　アーメン。

20

目が覚めたとき、彼女はどこにいるのかわからなかった。それ自体はめずらしいことではなかったが、その日はどこにいるかがわかるのに特別に時間がかかった。壁の隙間から光が漏れ入り、まわりのがらくたが見えたが、ソフィア教会の鐘が七時を打ったとき初めて彼女はいまいる場所がわかった。

起き上がって、最後のバナナをリュックサックから取り出した。

床はおがくずだらけだった。前の晩は土台の上に板を数枚渡して、寝袋の下に下敷きを敷いて寝た。喉の痛みはすっかり消えている。食べながら、彼女は空気の中に躍っている細かなほこりを見た。今日こそシャワーを浴びなければ。だがシャワー室のある中央駅に行く勇気はなかった。

グランドホテルに手帳を忘れてからというもの、日付や曜日がうやむやになってしまった。しかし、もし日にちの勘定に間違いがなければ、今日は母親からのお恵みが届く日だ。胸の貴重品袋から金を借りて染髪剤を買ったら、その足でドロットニングガータンの郵便局へ行って、私書箱から金を取り出せばいい。

七六番のバスはロプステン行きだ。彼女はふだんあまりバスを利用しなかった。地下鉄のほうが無賃乗車がバレにくい。貴重品袋から二十クローネ札を出して、レンシャルナスガータのバスストップに立った。

六年間で初めて、彼女は貴重品袋の中の金に手を着けた。

腹立たしいことだった。

最初バスを待っていたのは彼女だけだった。数分後、ほかにも人が立ち始めた。だれも彼女を見なかった。だがそれでも彼女は用心してほかの人と目が合わないようにしていた。

バスに乗ってみると、ラッシュアワーだったにもかかわらず人はまばらで空席が多かった。片道十四クローネ。一財産だ。

彼女は最後尾の席に座り、隣の席にリュックを置いた。スルッセンまで来たとき満席になって、女が一人、シビラの隣のリュックをにらみつけた。いつもなら知らんふりするところだが、シビラはいまだれにも注目されたくない心境だった。

彼女がリュックを膝に乗せると、その女は隣に座り、カバンから新聞を取り出した。シビラは窓の外を見ていた。ちょうどシェップスブロン橋の上だった。タバコ屋の前まできたとき、赤信号でバスは止まった。タバコ屋はちょうど今日の新聞のビラを張り出すところで、バスが動き始めたとき、タバコ屋が店に入り、広告ビラ全体が見えた。

シビラの目が無意識のうちにその言葉を読み、脳に送り込んだ。

真実であるはずがない！

シビラは長いことそのままま っすぐ外を見ていた。恐怖と困惑で、体中に心臓の音が響く。まるでゆっくりと綱が首に食い込んでいくようだ。

バスの乗客の一人が彼女の顔を見た。それで金縛りが解かれた。本能的に彼女はリュックを持ち上げて顔を隠した。リュックの位置が動いたために、隣の女の膝にあった新聞が丸見えになった。彼女は見たくなかった。が、ふたたび目が勝手に動いた。見出しを見ただけで気分が悪くなった。

彼女はもう読む気がしなくなった。そのあとはただリュックをみつめるばかりだった。隣の女が新聞を閉じて下車するまで目を上げなかった。

終着点では、乗客は彼女一人だった。降りようとして立ち上がったときに、隣の新聞が残されていることに気がついた。

読みたくない。だが、読まなければならない。

腹立たしいことこのうえない。

彼女は新聞をリュックに押し込んでバスを降りた。

ニムロスガータンへ行く途中、コンビニエンスストアに寄って黒の染髪剤を買った。今日二度目、貴重品袋を開けて、宝物を取り出した。郵便局に行って金を取り出したらすぐに、元に戻す決心だった。

ニムロスガータンの賃貸アパートは彼女にとって、またほかにも彼女と同じような暮らしをしている者たちにとって、めったにないありがたい存在だった。知っている者はこのような恩恵を決してほかの者に悟られないようにした。彼女自身は以前高い代償を払ってここの存在を知った。

金ではなかった。

玄関ドアには二十四時間鍵がかかっていなかった。建物の中のアパートにはシャワーがなく、そのためにシャワールームが数室、地下に備わっていた。湯が使い放題使え、トイレには紙もある。

シャワールームには、いつも鍵がかかっている。

しかし、彼女はその鍵の位置を知っているごく限られた人間の一人だった。一階から地下に半分下りたところに地下室の入り口があってその外側の壁に作りつけの鉄箱があった。アパートの住人たちはその中にシャワールームの鍵を入れておいた。鍵には五十センチほどの長い棒がついていて、だれもそれを外に持ち出すことができないようになっていた。

その鍵は金銀にも値する貴重なものだった。もしかするとそれ以上かもしれなかった。

中に入ったら、内側から鍵をかけることができた。

彼女はまずトイレの洗面台に水を張って下着を洗った。シャンプーの数滴を石けん代わりに使えばすむ。それから服を脱いで、シャワーを全開にした。運がいい。だれかがリンスを忘れていった。

目をつぶった。だがバスの中から見かけた新聞のビラがまぶたに浮かんでくる。

いつになったら終わるのか？

この悪夢からいつ目が覚めるのか？

グランドホテルの女、二人目を殺害。儀式殺人、新たにヴェスタヴィークで。

21

「いつからだ？」

めずらしく、彼女に話しかけたのは父親だった。

シビラはつばを呑み込んだ。目の前のテーブルは依然としてぐらぐら揺れている。

「何のこと？」

ベアトリス・フォーセンストルムがフンと鼻を鳴らした。

「とぼけるのはやめなさい。何の話か知ってるでしょう」

そのとおりだった。ミッケの車に乗っているのをだれかに見られたにちがいない。

「この春から」

両親の視線がテーブルの上を行き交った。まるで二人の間に電気が流れているようだった。

「名前は？」

訊いたのはまた父親だった。

「ミカエル。ミカエル・ペアソン」

「ペアソンの親は、わしの知っている人か？」

「知らないと思います。少し離れたヴェルナモに住んでいるそうだから」

沈黙。シビラは少しでも休もうとした。

「その男はフルタリドでどんな仕事についているのだ？　働いているのだろうが？」

シビラはうなずいた。

「自動車修理工。車のことなら何でもわかる人よ」

「そうか、なるほど」

両親がまた視線を交わした。彼らの間にまた電流が激しく走った。赤や緑の光線がピカピカ光った。二人にはもはや顔がなかった。シビラはうなだれ、テーブルを見下ろした。

「うちの娘が与太者の乗るような車に乗るのはふさわしくない」

デ・ソロよ。五九年型ファイアードム。

「母さんとわしは、おまえにあのような者たちとつきあってほしくないのだ」

頭が鉛のかたまりのように重い。片方に傾いてしまったが、もう元に戻す力がない。

「でもわたしの友だちなの」

「親が話しているときは、ちゃんと座りなさい！」

言われて頭は自動的に上に伸びたが、首がついていけなかった。頭は後ろにのけぞり、高い椅子の背にぶつかった。

「どうしたの、シビラ？　いったいなにをしているの？」

母親が椅子から立ち上がった。シビラの目の隅に母親が近づく姿が映った。頭が椅子の背にくっついてしまった。母親がそばまで来たとき、頭が横にずれだし、体もそれに続いて床に倒れた。

「シビラ、どんな具合なの、シビラ？」

シビラはやわらかいものの上に寝ていた。部屋には母親の声だけが響いた。冷たい濡れたものが額にあった。彼女は目を開けた。そこは自分のベッドで、母親がベッドの片端に腰を下ろしていた。父親は部屋の真ん中に立っていた。

「シビラ、ほんとうに驚かされたわ」

シビラは母親を見た。

「ごめんなさい」

「その話はまたあとでしょう」

ヘンリー・フォーセンストルムがベッドに近づいた。

「どんな気分だ？ ヴァルグレン先生を呼ぼうか？」

シビラは頭を横に振った。父親はそれを見てうなずき、部屋を出ていった。シビラは母親に目を戻した。

「気絶してごめんなさい、という意味だったのよ」

ベアトリス・フォーセンストルムは濡れたタオルを娘の額から外した。

「そんなことはしかたがないことよ、シビラ。謝るようなことじゃありません。でも、さっき話していたもう一つのことについては、お父様とわたしが決めるとおりにしなさい。二度とあそこに行ってはいけません」

シビラは泣き出しそうになった。

「お母さま、おねがい」

「どんなに大騒ぎしても同じことです。これはあなたにとっていちばんいい解決なのよ」

「でも、わたしにはあの人たちしか友だちがいないのよ」

母親が背中をまっすぐにした。シビラは母親の我慢の限界に近づいてしまったことに気がついた。これで話し合いは終わりになる。

いつもどおりに。

22

ゆっくりと心ゆくまでシャワーを浴びれば、たいていの場合気分が晴れる。今回はそれがまったく役に立たなかった。

シャワーブースから出て体を拭いても、気分はますます落ち込むだけだった。まるで希望が排水口から流れ出てしまったかのように。

洗った下着を絞ると廊下の向かい側の洗濯室へ行った。長い棒についた鍵はそこでも使えた。使ったタオルと下着を乾燥機に入れると、またシャワーブースに入って鍵を閉め、新しいヘアスタイルに取りかかった。

肩まであった髪の毛をハサミで切った。首の後ろを切るのがむずかしかった。切ればと切るほど、こんな頭ではホテルでただの食事にありつくのはむずかしくなると思った。

だが、そんな可能性はどっちみち彼女にはもうないにちがいなかった。

使用書にあった染髪の手順をしっかり読むと、一部の毛を黒く染めて試した。全部染め終わると、ちょっと年のいったパンクスタイルのロックスターのようだった。

これならウノ・イェルムでもわからないだろう。

シャワーブースを徹底的に片づけた。それはこの贅沢が享受できる選ばれた者に課せられた厳守のマナーだった。外部の者が使っているという痕跡が少しでもあったら、ここのアパートの人たちは鍵をほかの場所に移してしまうだろう。

片づけ終わり服を着て、彼女はトイレの椅子に腰を下ろした。タオルと下着はまだ乾かない。新聞は折りたたまれたままトイレの外の床にある。まだ読んでいなかった。少しでもと先延ばしにしていた。だが、いまが読むときだった。彼女は深いため息をつくと、床から新聞を拾い上げた。

関係記事は六、七、八ページ、それに見開きのページにあった。

グランドホテルでユルゲン・グルンドベリ（五一歳）を殺害した容疑で二日前に逮捕

令状が発せられたシビラ・フォーセンストルム（三二歳）は、昨日午後、ふたたび残虐な殺人を犯した。日曜日の午後三時ごろ、ヴェスタヴィークの北のサマーハウス地帯で六三歳の男性が家の中で殺された。たまたま一人だった男性は昼寝をしていたときに殺人犯に襲われたとみられる。手口はグランドホテルの場合と同じらしいが、警察は捜査の都合上、詳細を発表していない。しかし、殺害方法は処刑を思わせるものらしい。二件とも死体は激しく損傷され、内臓の一部が切り取られているという。警察はそれがどの部分であるか発表していない。シビラ・フォーセンストルムは殺人罪だけでなく神聖冒瀆の罪にも問われることになろう。まだ殺人の理由は判明していない。犠牲者は行き当たりばったりに選ばれているのではないかと見られている。

それ以上読む気がしなかった。ページをめくって真っ先に目に入ったのは、自分の似顔絵だった。心配になるほど似ている。ホテルのレストランのウェイターは記憶力が抜群なのだろう。イェルムもまた協力したのかもしれない。いまのヘアなら、彼にもわからないだろうと思っても、腹立たしさはおさまらなかった。そもそも、なぜ自分はこんなことに巻き込まれたのか？

警察は依然としてシビラ・フォーセンストルム容疑者の足跡を追っている。現在、ストックホルムのいわゆる闇社会に協力を呼びかけている。一般からはいまのところ、中央駅とエリックスダールの市民農園付近で容疑者らしき女を見かけたとの通報がある。ヴェスタヴィークの殺人事件で、容疑者は全国に指名手配された。未確認情報では、女は殺人現場に宗教的意味合いのある言葉を残しているという。動機は依然として判明しない。

シビラは立ち上がって、洗面台に吐いた。

全国の警察が頭のおかしい殺人鬼を捜索中のときに、髪の毛を染めたぐらいで逃げられるはずがない。

体がもっと吐き出したがり、体中に波が押し寄せたが、もう胃は空っぽだった。水を飲み込もうとしたとき、ドアにノックの音がした。

「ハロー、まだ時間がかかるかな?」

彼女は顔を上げて鏡を見た。顔は灰色、黒く染めた毛はめちゃめちゃだった。まるで麻薬中毒者だ。

「シャワー中よ!」

彼女は目をつぶり、ドアの外の男がほかのブースに行ってくれるよう祈った。だが、もちろんそう都合よくはいかなかった。

「急いでくれる？　ほかのブースもふさがってるんだ」

「わかったわ」

ドアの外が静かになった。リュックサックから化粧道具入れを取り出し、頬と唇に紅を差した。それ以上よくはならなかったが少なくとも努力しているようには見えた。

トイレットペーパーを使って、さっき吐き出したバナナをすくってトイレに捨てた。それからドアに耳を当てて廊下の様子をうかがった。聞こえるのは向かい側の洗濯室の乾燥機が回る音だけだった。

どうしたらいい？　格好がひどければひどいほど、人は疑いの目を向けるだろう。シビラは思い切ってドアノブをねじってドアを開けた。

「これはまた、ずいぶん早かったな。そんなに急がなくてもよかったのに」

男が一人、廊下に座り込んで本を読んでいた。彼女の姿を見て、立ち上がった。シビラは無理に笑い顔を作った。男の視線から、リュックを見て驚いているのがわかった。

「洗濯物の入れ物よ」彼女は説明した。

男はうなずいた。シビラは五十センチもある長い棒がついている鍵を手に持って、洗濯室のドアを開けようとした。手が震えて鍵穴になかなか入らない。

「引っ越してきたばかり？」

やっと鍵が開いたとき、男が訊いた。男の視線を避けて、彼女は乾燥機のほうに向かった。

「そうか。それじゃようこそ、だ」

ぐずぐずしてないで、いい加減シャワーを浴びたらどうなの、殴りつけられないうちに!

彼女は乾燥機を開けて、中からタオルと下着を取り出した。目の隅で彼がシャワーブースに足を踏み入れたのが見えた。これ以上できないくらいの速さで彼女はまだ半分濡れている洗濯物をリュックサックに詰め込み、背中に背負った。振り返ると、男がこっちを見ている。左手には新聞を握っている。その瞬間、足がコンクリートの床に釘付けになってしまったように彼女はその場から動けなくなった。

一瞬、男は頭が混乱したような顔をした。それから新聞を彼女に差し伸べた。

「そんなに慌てないで。これ、きみの?　と訊こうとしただけだよ」

23

その年のクリスマス・パーティー。

十七歳。

お偉方のテーブル。

シビラはパーティーに出ない許可をもらおうと懇願した。母親が驚いて跳び上がった。

「外に出るのは久しぶりでしょう。楽しいわよ。もう何カ月もうちに閉じこもっていたのですから」

ええ、もちろん、そのとおり。六十三日と九時間、彼女はミッケに会っていなかった。グン＝ブリットがヴェットランダに毎日ルノーで迎えに来てまっすぐに家に帰る。散歩は親の信頼を裏切ったということで禁止されていた。

「行きたくないの」

母親は衣装戸棚を開けて、娘にふさわしいドレスを広げて見せた。

「なにをばかなことを言っているの。もちろんあなたも行くのですよ」

シビラはベッドの端に腰を下ろして、母親がドレスを選び出すのを見ていた。

「若者たちの席に座ってもいいのなら、行きます」

ベアトリス・フォーセンストルムはこの決意を聞いて一瞬黙り込んだ。

「それで、なぜそこに座りたいのです、理由は？」

「わたしと同じ年頃の人たちの席だから」

母親は見慣れない表情を浮かべて娘を見た。シビラは動悸が激しくなった。彼女は決心していた。ミッケのところに逃げることができる。もはやわたしは一人じゃない。あと七カ月で十八歳になる。そうなったら自分の好きなようにできる。それまでは潰されないように頑張る決心だった。

「みんなといっしょに座るのがだめなら、わたし、行きません」

その声は震えてさえいなかった。母親は聞きちがいかと思った。シビラ自身、信じられなかった。母親の表情が読めないことが心配だった。不安が皮膚の下に忍び込む。かすかな恐怖を感じた。

「今日がお父様とわたしの一年でいちばん大切な日だということ、わかっているわね。それなのにいまこんなことを言い出す。あなたはどうして自分のことしか考えることができないの！」

雷が落ちた。

シビラは地震を起こそうとしていた。地震がだれを襲うことになるかに迷いはなかった。だが、いま彼女は急に不安になった。もしかするとそれが顔に表れたのかもしれない。ベアトリス・フォーセンストルムはそのチャンスを逃さず、話を終わらせた。

「パーティーから帰ってきたときにちゃんと話をしましょう」

そういって母親はシビラの部屋を出ていった。

彼女はまたも娘の気持ちを踏みにじった。

販売部長がテーブルの隣に座った。

フォーセンストルム社長が中央に着席した。

ドレス姿でお偉方の席に座らせられたシビラは、居心地が悪かった。部屋がぐるぐる回っているような気がした。音はときどき波のように打ち寄せ、そしてなにも聞こえなくなった。すぐ近くの人たちの声しか聞こえなかった。斜め前に座っている母親から発せられる怒りの波はまるで電流のように彼女を襲った。その勢いで二人の間に並んでいるグラスが倒れないのが不思議なくらいだった。シビラは食事に手をつけなかった。ほかの者たちはほとんど食べ終わっていた。母親は同じテーブルの者たちにほほえみかけ、乾杯した。だが、シビラの視線と合うと、まるで重力の法則に逆らえないかのように口の端が下がった。

そのときだった。洗練されたお仕置きが皮肉な表情で発せられたちょうどそのとき、シビラはもうこれ以上我慢できないと思ったのだった。いままでの怒りが大きな力となって彼女の全身を満たした。斜め前に座っている女、自分をまるで囚人のように家の中に閉じ込めてきたこの女が、急に不気味な怪物に変わった。この女がわたしを産んだのだ。でも、だからってどうだというのか？　わたしがこの母親を選んだわけではない。神がなぜこの女に子どもを生ませたのかは謎だ。ベアトリス・フォーセンストルムが唯一望むことは、フォーセンストルム家の栄光だけだ。すべてを思いのままにすることだ。しかし、そうさせてなるものか。シビラは突然、母親がいままでずっと彼女に求めてきた従順さ、少しでも反抗したら折檻《せっかん》、懲罰というのは、じつは遊びで、母親はそれを楽しんできたのだと気がついた。この女は娘のわたしを気の向くまま好きなようにもてあそんで楽しんでいるのだ。わたしの精神を支配することができるのを。わたしの恐怖を操って楽しんできたのだ。

「最近、学校はどんな具合ですか？」

販売部長がいつもどおりの質問をした。答えには何の期待もしていないのだ。自分の靴についている汚れほどにも。

「変わりありませんよ」シビラは声を高くして答えた。「ま、たいていみんな酔っぱらうか、エッチしてるかですけど」

最初彼は礼儀正しく笑いながらうなずいた。だが、一秒後、彼女の答えが彼の脳に届いた。彼は戸惑ってあたりを見まわした。お偉方のテーブルは静まり返った。父親はまるでエッチするという言葉の意味がわからないかのように彼女をみつめ、母親の顔色は紫色に変わった。シビラはまったく落ち着いていた。

ぐるぐる回っているのはまわりだけだった。目の前に口まで注がれた販売部長のスナップス（訳註 芋で造る強い酒）のグラスがあった。彼女はそれを手に取ると、母親に向けて乾杯した。

「スコール、ママ。どう、椅子の上に立ってなにかクリスマス・ソングでも歌ったら？ ねえ、みなさんも聞きたいでしょう？」

彼女は一気にスナップスを飲み干した。部屋中が静かになった。シビラは立ち上がった。

「ねえ、みなさん、どう思います？ このへんでかわいいベアトリスちゃんになにか歌ってもらいましょうよ」

部屋中の目が彼女に注がれた。

「いやなの？ まあ、かわいいベアトリスちゃん、そんなこと言わないで。ほら、夜になるとうちの台所であんたが歌ってる下品な歌、あれなんかいいんじゃない？」

そのとき父親がやっと金縛りから解かれた。彼の太い声が部屋中に響いた。

「座りなさい！」

シビラは彼に顔を向けた。

「わたしに話しかけているのかしら？　ああ、あなたがわたしの父親という人ね？　夕食のときに見かけたことがあるわ。わたしの名前はシビラというのよ。よろしく」

彼は口を開けたまま娘を見た。

「なに、今日はこれ以上面白いことはないの？　それじゃわたしはもう行くわ。みなさんどうぞ、楽しい晩を！」

七十六人の目が、シビラがお偉方の席から下り、テーブルの間を縫って自由な世界へ進む姿にいっせいに注がれた。

外に出て戸を閉めたとき、シビラは生まれて初めて息を吸ったような気持ちがした。

24

新聞はロプステンの地下鉄駅で最初に見つけたゴミ箱に捨てた。いつもならリーディングー電車のほうから地下鉄のプラットホームに入り込んで無賃乗車をきめるのだが、いまは人の目をできるだけ引きたくなかったので、またもや貴重品袋から大枚二十クローネ札を取り出して切符を買った。

この十五年間に払った交通費より今日一日で払った金額のほうが多い。

午前十一時半。車両に人は少なかった。電車がトンネルに入るとすぐ、彼女は暗いガラス窓に映った自分の見慣れぬ顔を見た。この髪で少し時間を稼ごう。少なくともこれからどうするかを決めるまで。

まず郵便局へ行って私書箱から金を取り出すのだ。袋から取り出した金はすべてきちんと返す。これだけは必ず守る。

彼女の大事な私書箱。

大変だ！

あるアイディアが電流のように体中を走った。危ないところでわなに掛かるところだった。なぜこんなことに気がつかなかったのだろう。彼女と社会のたった一つの接点、それは私書箱だ。警察がそれに気がつかないはずはないではないか。私書箱の番号は、彼女が唯一、社会の側に登録しているものだった。言い換えれば、彼女の名前はそこにしかない。きっと、みつけられているにちがいない！

もう金を取り出すことはできないということに気がつくと、彼女は無性に腹が立った。

恐怖が怒りに取って代わった。こんなことをさせてたまるか。彼女の名前を新聞に載せることだって、すべての規則に違反しているはずだ。もし彼女が社会の容認する規範の内で暮らしている普通の市民なら、このように容疑者として名前が公表されることはなかっただろう。

彼女は社会になにも要求しないで生きてきた。これからもそうするつもりだった。もうこれ以上我慢はしない。

彼女は社会と戦うことに決めた。

トーマスの船はロングホルメンの船着き場に停泊していた。ホーンスツルで地下鉄を降りると、シビラはポールスンデットに架かる橋まで歩いた。トーマスはいま彼女が助けを求めることができる唯一の人間だった。十年前、彼が船を手に入れる前のことだが、トーマスとはルグネットの工場地帯でいっしょにキャンピングカー暮らしをしていた。警察がときどき退去命令を見せて彼らを追い出しにきたが、そんなときは車を手で押して百メートルほど動いた。そして次の退去命令が来るまでそこで暮らす、そんな日々を過ごした。だが、全体的に見れば、静かに暮らしていたと言っていい。

愛情関係とは言えなかった。むしろ、だれかといっしょにいたいという気持ちからの共同生活だった。二人ともそれを求めていて、それで十分というつきあいだった。最初、橋から彼のボートが見えなかった。最後にここに来たのは数年前のことだ。だが、橋のたもとまで戻って振り返ると、灰色の軍隊の船の陰に彼の船があった。船着き場沿いに停泊する場所を確保するのは大変なのかもしれない。

彼女はリュックを下ろして、船着き場にあった荷台の上に濡れないように置いた。そのとき急に迷いが浮かんだ。

ここまで来たのに、不安を感じた。トーマスは信頼できる。それはわかっている。ただ、それは彼が飲んでいないときに限る。酒を飲むと人柄が変わる。彼女の体に残っている当時の傷痕がそれを語っていた。彼女は深く息を吸い込み、こぶしを握って、さっき地下鉄で感じた強さをもう一度よみがえらせようとした。

「トーマス！」

彼女はあたりを見まわした。船着き場に人影はなかった。

「トーマス、あたしよ！　シッラ！」

軍隊の船の向こうに頭が見えた。最初彼だとわからなかった。最後に会ったときにはなかったあごひげを蓄えていた。彼女を見て眉を寄せたが、その顔にパッと笑いが広がった。

「こりゃまた驚いたな！　まだ捕まってないのか？」

彼女は笑い返さずにはいられなかった。

「一人？」

「もちろんだ」

来いというしぐさはない。だがしらふだった。経験からわかる。

「船に乗せてくれる？」

返事はすぐにはなかった。彼女を見て笑っている。

「そんなことしてもだいじょうぶかな？」

「やめて。あたしじゃないってこと、知ってるくせに」

笑いが大きくなった。

「オーケー。ただ、鋭い刃物はすべて甲板に置いて入ってくれよ」

船の向こうの顔が消えた。シビラはリュックを持って歩きだした。トーマスは友だちだった。もしかするとたった一人の。それはとくにいまはかけがえのないものだった。

甲板の昇降口のふたが開いていた。彼女はリュックを中にいるトーマスに渡し、そのあとから梯子《はしご》を下りて船の中に入った。もとは積み荷用の大きな倉庫だったのだろう。いまは大工仕事と食事や寝床のスペースになっていた。床はおが屑と木片で埋まっていて、ここ百年、掃除されたことがないように見えた。

この様子では少なくともいまは彼以外に住人はいないだろう。よかった。

シビラの視線を追って、彼はあたりを見渡した。

「前とあまり変わってないだろう?」

「ええ。そのときも掃除されたばかり、とは言えなかったけど」

彼は苦笑すると、台所と思われるところへ行ってコーヒーをいれようとした。テーブルが一つ、壊れた椅子が三脚、冷蔵庫が一台、それに電子レンジが一台。だが空っぽの酒瓶はどこにも見えない。それもまたよいことだった。

「コーヒーはどう?」

彼女はうなずいた。トーマスはコーヒーメーカーのガラスの器に入っていた残りのコーヒーをバケツに捨てた。ガラスの器は真っ黒で、そのまま水を足しても何の違いも見えないにちがいなかった。シビラはいちばんまともに見える椅子に腰を下ろした。

トーマスはポリバケツから水を汲んだ。

「いったいどうしておまえさんが人殺しってことになったんだ?」

シビラはため息をついた。

「でしょう?　あたしだって知らないのよ」

彼が振り返った。

「髪の毛、どうしたの？」

彼女は答えなかった。彼は紙屑かごからのぞいているアフトン・ブラーデット紙を指さした。

「あれのほうが美人だよ」と言いながら、彼は古いコーヒーフィルターを屑かごに放り投げた。フィルターの中のコーヒーかすの半分が床にこぼれた。

「あんたに手を貸してもらおうと思って来たの」

「なに？　アリバイがほしいのかい？」

彼女は急に腹が立った。神経質になると彼には冗談を言う癖があるのは知っている。いままではいつもそうだった。でも限界線がどこにあるかは知っている男だった。これは行きすぎだ。

「グランドホテルにいたことはいたのよ。あんたが知っている理由でいたわけだけど、それを警察に言うことはできないわ」

トーマスは彼女の向かい側に腰を下ろしていた。彼の後ろでコーヒーメーカーがぼこぼこ音を立て始めた。

彼女が別の調子で話しだしたのに気がついたのかもしれない。彼は真顔になった。

「ただで泊まろうとしてた、ってことか？」

彼女はうなずいた。

「あの男のおごりでか？」

トーマスは屑かごの新聞を指さした。シビラはまたうなずいた。

「運が悪かったな。それで、ヴェスタヴィークのほうは？」

彼女は頭を反らせて目を閉じた。

「それがぜんぜん見当もつかないの。ヴェスタヴィークなんて生まれてから一度も行ったことがないところよ。なにがなんだか、まったくわからないわ」

彼女は目を開けてトーマスをみつめた。彼は首を振った。

「とんでもないことに巻き込まれたな！」

「そう。ほんとうにそのとおりなの」

彼はあごひげを撫でて、また首を振った。

「それで、あんたの用事っていうのは？」

「おふくろからの送金を私書箱から持ってくること。郵便局まで行く勇気がないの」

彼らはテーブル越しにうかがい合った。おふくろからの送金というのは、トーマスにも覚えのあるものだった。キャンピングカーでいっしょに暮らしていたころは、二人してその金でとことん飲んだものだった。彼は立ち上がってコーヒーを取りに行った。戻ってくる途中でコーヒーカップを一つ手に取った。耳が欠けていた。一度も洗っていないかと思うほど汚れたカップだった。

「今日なにか食べたかい?」

「ううん」

「冷蔵庫にパンとソフトチーズがあるよ」

彼女は食べ物を取りに立ち上がった。食欲はなかったが、食べ物があるときに食べないのはもったいなかった。テーブルに戻ると、彼がコーヒーをいれてくれた。また髭を掻いている。彼女はパンのかたまりとソフトチーズのチューブをテーブルの上に置いた。

「どうしようもないほど困っていなかったら、あんたのところへは来なかったわ。でも、あの金がないと生きていけないのよ」

彼はうなずいた。

「オーケー……」

その先を言う前に、彼はコーヒーを一口飲んだ。

「……。わかった。やってみるよ。昔からのつきあいだからな」

彼らはテーブル越しにみつめ合った。しらふでいるかぎり、彼の友情は彼女にとってこの上なくありがたいものだった。世の中で唯一の信頼できる人間関係だ。

だが、ひとたび飲み始めたら、見返りを要求するだろう。

それも昔からのつきあいで知っていた。

25

集会所を出ると、彼女はまっすぐＦＦＭＵの建物へ向かった。止める者はだれもいなかった。母親はいまごろ大慌てで、一年に一度のハイライトの日に起きた不祥事の後始末をしていることだろう。

シビラは上着を着ていなかったので、外の寒さに震えた。が、そんなことはどうでもよかった。雪が紙吹雪のようにひらひらと天から舞い落ちてきた。彼女は顔を天に向けて、口で雪を受けようとした。

彼女の中ではすべてがすっきりしていた。世界には何の心配もないかのように。もうなにもかもがどうでもよかった。もうじきミッケに会えること。それだけが大事だった。すべてが彼女の思いどおりになるのだ。

道の両端に白い服を着た人たちが立っていて手を振っている。先週の土曜日にテレビで見た映画とそっくりだった。彼女は光の中を歩いた。天から差す光の輪の中を、彼女は一歩一歩前に進んだ。歓声を上げる人々に手を振り返し、光り輝く雪の中を彼女はくるくる回り、踊った。

デ・ソトは建物の外に停めてあった。そこにミッケがいないかもしれないなどということは、まったく思いもしなかった。

いまはすべてが彼女の思いどおりになるのだ。

もちろん、彼はそこにいるに決まっている。

後ろからついてきた観衆におじぎをして、ドアを開け、中に入った。懐かしいモーターオイルの匂いを胸いっぱいに吸い込み、喜びが体中にわき上がるのを感じた。

「ミッケ!」

彼女はまだ光の輪にいて、明るい光の中を物音のほうへ進んだ。タイヤの山の後ろからミッケの顔がのぞいた。

「やあ……、こんなところでなにしてるんだ?」

心のずっと奥のほうで、彼の声はうれしそうではないと感じた。むしろ苛立っているようだ。彼女はほほえんだ。

「あなたのところに来たの」

彼は彼女のほうからは見えないもののほうに向きなおり、見まちがいかもしれないが、ズボンのボタンを掛けるようなしぐさをした。

「シビラ、いま、ちょっと具合が悪いんだ。明日戻ってきてくれないかな?」

明日？

どうして？

彼女はタイヤの陰の彼のところまで行った。タイヤの山の後ろにあの茶色の毛布があった。そしてマリア・ヨーアンソンがそれにくるまっていた。

彼女のまわりの光の輪が消えた。

彼女は選ばれた。

彼だけのもの。彼女だけのもの。

彼の体が彼女の上で、彼女のために、エクスタシーを迎えていた。

二人は繋がった。

いっしょになった。

この親密さのためなら、何でもします。

何でも。

シビラは彼を見た。顔がなくなっている。彼女は後じさりした。

「シビラ……」

背中が壁に当たった。ドアは右手にある。ドアノブを押す。

歓声を上げて彼女を迎えた人々の姿はなく、彼女は一人きりだった。目の前にデ・ソトが停まっていた。三〇五馬力。車のドアに鍵は掛かっていない。鍵はイグニションについている。

遠くへ、遠くへ、遠くへ。

26

二時間近く経って、トーマスが戻ってきた。シビラは心配で、追いかけられた幽霊のように船の中を歩きまわって、希望と絶望、不安と確信の間を行ったり来たりした。警察が私書箱を見張っていたら？　トーマスがそれに気がつかなかったら？　彼女の隠れ場所まで跡をつけられてしまったら？

だが、こんなことは彼にとって初めてではなかった。もちろん、彼は用心するにちがいなかった。

彼が捕まってしまったらどうしよう？　だからこんなに時間がかかっているのか？

体中の細胞が待ち受けていたにもかかわらず、頭の上の甲板を踏む音がすると彼女は縮み上がった。

甲板のふたが開いた。

彼女はモーターソーの後ろに隠れて目をつぶった。わなにはまったネズミのように。もうだめか。

だが、彼は一人だった。階段を下りてくると、あたりを見まわした。

「シッラ？」

彼女は立ち上がった。

「ずいぶん時間がかかったのね」

トーマスはまっすぐコーヒーメーカーに行った。カップに残っていたコーヒーをバケツに捨てた。

「跡をつけられているかどうか、確かめたんだ」

「つけられてた？」

彼は首を振って、コーヒーを少し注いだ。

「いや、まったくだいじょうぶだった」

コーヒーメーカーのガラスの容器を黙って差し出した。シビラは首を振った。彼は深く息を吸い込んだ。シビラは不安になった。

「シッラ、金はなかったよ」

彼女は目を見開いた。彼は見返した。

「どういうことよ？」

彼は両腕を前に出し、首をすくめた。

「私書箱は空っぽだった」

嘘だ。

十五年間、千五百クローネは毎月、遅くとも二十三日までには必ず送られてきていた。彼女は屑かごの中の新聞を開いた。三月二十四日、月曜日。振り返ってトーマスをにらみつけた。

「ひどいじゃない、トーマス。あんただけは信じていたのに」

トーマスは彼女をまじまじと見た。

「それ、どういう意味だ？」

その目は前にも見たことがあった。酔っぱらって怒りが爆発するときに、そんな目になるのだ。だが、いまは恐れてなどいられなかった。

「それはあたしの金よ！　あたしはそれなしにはやってけないのよ！」

最初は呆然として彼女を見ていたトーマスが、次の瞬間、半分コーヒーの入っているカップを壁に叩きつけた。壁に掛かっていた大工道具が床に落ち、茶色いコーヒーが壁に飛び散った。

シビラは激しい音に首をすくめたが、目は彼から逸らさなかった。トーマスは落ち着きを取り戻すかのように深く息を吸い込んだ。そのあと、壁についている小窓から外をながめた。彼女に背を向けたまま、彼は話し始めた。

「たしかにおれは、いままでいいことばかりしてきた人間じゃない。だがもしあんたが、おれが金を取ったと責めているんなら、とんでもないまちがいだぜ」

彼は振り返った。

「おふくろさんが猟奇殺人事件の犯人に金を送る気をなくしたのかもしれない、ってことは、あんたは一度も考えたことがないのか？」

彼の言葉が耳から脳まで伝えられる間に、シビラはまさにそのとおりにちがいないと思った。そのとおりのことが起きたにちがいないのだ。

もうお情けの金は送られてこない。

ベアトリス・フォーセンストルムは、良心の呵責はもう十分に償ったとしたのだ。

すべてが空っぽになった。

シビラはゆっくりとテーブルに歩み寄り、椅子に腰を下ろした。両手で顔を覆って静かに泣きはじめた。

これで負けだ。

すべてがむだになった。

彼女には初めから勝ち目などなかったのだ。少しでも勝ちそうに見えたとき、運命はまた彼女の足元をさらってしまった。

一度敗北者になったら、一生敗北者なのだ。彼女は社会のシステムに挑戦して、彼女用の場所ではないところに座ろうとした。なんて恥ずかしいことをしてしまったのだろう、シビラ・ヴィレミーナ・ベアトリス・フォーセンストルム。かつておまえには何でもあったのだ。なのに、それで満足するだけの賢さがなかった。それでは足りないように見えたのか。おまえは空腹を味わう必要などまったくなかったのに、そんな自分の居場所を自ら放棄したのだ。

自分から悪運と交換してしまったのだ。永久に。

「どうした？」

彼の手が肩に回った。

「さんざんだな、シビラ。だが、きっとなんとかなるさ」

そうね、まずかるーく終身刑を受けて、あとはどうともなれ、ってとこね。

「いまおまえさんに必要なのは、強い酒だな」

彼はうれしそうだった。

そうね、いい考えだわ。思いっきり酔っぱらってしまおう。頭を麻痺させるんだ。いっときなにもかも忘れてしまうんだ。

トーマスはすでにウォッカの瓶を一本、棚から取り出していた。

シビラは瓶を見た。そしてその上にある彼の顔を見た。やさしそうに見えた。彼女はうなずいた。

「ありがとう。いいじゃない?」

27

もう少しでヴェットランダ、というところまで来たとき、警官に捕まった。赤い光が目の前の道路で点滅しているのを見て、彼女はスピードを落として路肩に車を停めた。車の前に警官が二人現れ、彼女は窓の自動ボタンを押した。警官の一人は窓から体を乗り入れて、車のキーをねじり、取り上げた。体を車の外に戻すと、中腰のまま彼女の顔をのぞき込んだ。

「それで? どんな具合だね?」

シビラは怖くなかった。なにも感じなかった。

「車を降りてくれるかい?」

警官がドアを開け、シビラは外に出た。デ・ソトの後ろに車が急停車し、ミッケが車から降りて彼女に駆け寄った。

「コンチクショー！　もし車が壊れていたら、殺してやるからな！」

マリア・ヨーアンソンは運転席に座ったままだった。

警官がミッケの肩に手を掛けた。

「少し落ち着けよ」

ミッケは運転席に飛び乗り、故障がないかどうか点検した。車が無事であることを確認してから車を降りると、一人の警官が彼にキーを渡した。ミッケは憎らしそうに彼女をにらみつけた。

「イカレた女め！」

彼女はぼんやりと、警官に両脇から抱えられてパトカーに導かれたのを覚えている。頭を押さえつけて、警官たちは彼女を後部座席に座らせた。片方の警官が彼女の隣に乗り込み、もう一人は運転席に座った。

どちらもその後はなにも言わなかった。


「シビラ・フォーセンストルム、というのがきみの名前だね？」

この部屋はなぜこんなに変な匂いがするのかしら。

「なぜ他人の車に乗ったのだ？」

これ、ガスの匂いだったら、大変だわ！

「運転免許は持っているか？」

なぜあの壁にひびが入っているのかしら？

「話ができないのか？」

机の向かい側の男はため息をついて、傍らにあった書類をめくった。黒い服を着た男が四人、壁から出てきて彼女を見た。

「犯罪歴はないようだな。こんなことをしたのは初めてか？」

黒い服の男たちはさらに近づいた。中の一人は真っ赤に熱したスパナを持っていた。

「役所の福祉係と連絡を取らなければならない。だがその前にきみの両親に電話をかけて迎えに来てもらうことにする」

この男たち、わたしをバラバラにしてしまうんだわ。スペア部品は残して、ほかの機械に使うんだ。スパナを持った男がなにか言ったが、彼女には聞こえなかった。

彼女は机を挟んで向かい側に座っている男を見た。彼には顔がなかった。顔に丸く穴が空いていた。いま彼女にはなにも見えなかった。

なぜ彼女は床に寝ているのだろう？

椅子を引く音がした。だれかが叫んでいた。

「ラッセ、ラッセ！　手を貸してくれ！」

走る音が聞こえた。

「この娘、どうかしてしまったのだろうか？　急いで救急車を呼んでくれ！」

28

彼女は脇を蹴られて目が覚めた。特別に強く蹴られたわけではなかったが、目が覚めるのに十分なほどではあった。トーマスが下着姿ですぐそばに立っていた。一瞬のうちに彼女は二つのことを見て取った。

彼は酔っぱらっている。そして片手に二万九千クローネを握っている。

本能的に彼女は胸に吊していた貴重品袋を探した。が、手に触れたのは皮膚だけだった。彼女は裸にされていた。

彼の顔に嘲笑が浮かび、もう片方の手を広げて見せた。そこに貴重品袋があった。

「おまえが探しているのはこれか？」

彼女はつばを飲み込んだ。口の中がカラカラに乾いている。強い酒はもう何年も飲んでいなかった。自分ではそんなにたくさん飲んだ覚えはなかった。が、テーブルの上の瓶は空っぽだった。

「売女《ばいた》！　おれを郵便局へ送っておいて、自分はここでふんぞり返ってあの金がないとやっていけないだと？」

彼女は必死で考えた。ブラジャーがすぐそばにあった。手を伸ばそうとしたが、彼のほうが速かった。彼の足がブラジャーをすくい、彼女が届かないところまで放り投げた。彼女は寝袋で体を隠そうとした。

「トーマス、お願い……」

彼はにやりと笑ってその口調を真似した。

「トーマス、お願い」

彼の目が細くなった。

「てめえ、よくもおれを郵便局へ送り込んだな。おれは捕まったかもしれなかったんだぞ、わかっているのか？　しかもてめえは、首のまわりに一財産巻いて寝てるとくらあ」

彼は手の中の札束をぐにゃりとひねった。

「それはわたしが貯めたお金よ」彼女は低く言った。

「よく言うぜ」

「家を買うために」

これを聞いて彼は最初、まじまじと彼女を見た。が、そのあと頭をのけぞらせて大笑いした。その動きで彼はバランスを崩し、そばの梯子にしがみついた。突然弱みを見せたことで、彼はよけい腹を立てた。だが、彼が口を開く前に、シビラは寝袋の端を開けた。

「トーマス」できるかぎりやさしい声で話した。「こんなことでケンカするのはやめようよ。あんたにはお金を見せるつもりだったのよ」

彼女は吐き気がした。彼はまだ梯子につかまっていた。まっすぐに立つことができない。

「あたしがここに来たのは、あんたに会いたくてたまらなかったからよ」

彼の目が彼女の胸に移った。その目がまるで手のように胸を撫で回しているのを感じて、彼女は鳥肌が立つのを必死にこらえた。彼は貴重品袋を床に投げ出した。彼女は懸命にほほえんだ。彼は彼女が未来のために必死で貯めた金を汚い床に落とした。札がおが屑の中に舞い落ちた。

次の瞬間、彼が覆い被さってきた。シビラは早く終わるように神に祈った。

29

神よ。空っぽな日々を生きる勇気を与えたまえ。次の数時間、次の日、終わりのない空っぽの残り時間を生きる勇気を与えたまえ。

どこか大きく遠い場所で、彼は私が来るのを待っている。私は彼のところに行き、ふたたび宝物を見つけるつもりだ。私の心はつねに彼と共にある。

真実に、真実に私は言う。私の言葉を聞き、私を送り込んだ神を信じる者は、永遠の命を得ると。その者は最後の審判を受けない。そして死から生へよみがえるのだ。その瞬間が来たとき、死者たちは神の声を聞き、墓の中から立ち上がる。善をなした者は命を得、悪をなした者は審判にかけられる。

私は一人では何もできない。聞こえるとおりに審判を下すだけだ。私の審判は公平だ。自分の意志ではなく、私を送り込んだ神の御心《みこころ》に従うからだ。

30

神は今回も彼女の祈りを聞き入れなかった。しまいに、トーマスは力尽き、彼女の上に重いふとんのようにのしかかったまま眠りに落ちた。そっと、そっと、静かに彼を横にずらして、彼女は起き上がった。

裸のまま、彼女は床の上に散らばったしわだらけの札を集めた。腿《もも》の上で札を伸ばして、元どおりに貴重品袋の中にしまい込んだ。

トーマスは口を開けたまま体を横にして眠っている。口の端から一筋よだれが垂れている。それはもじゃもじゃのあごひげの中に入り、マットレスに吸い込まれていく。寝袋の下に下敷きを敷かなくてよかったと思った。もしそうしていたら、置いていかなければならなかった。寝袋は隅のほうに押しやられていて、彼の足をちょっと持ち上げれば、そのまま持っていける。

もう少しで服を着終わる。シャワーを浴びて彼の跡を流してしまいたい。

どこか、水のあるところに行かなければ。早くそうしなければ、気が狂いそうだ。

自分のものを集めてリュックに詰め込んだ。半分しか乾いていなかったタオルと下着はリュックの中で酸っぱい臭いを発していた。もう一度洗わなければならないだろう。

しかし、どこで？　これからどこへ行ったらいいのか？

すぐにでもそこから出たかったが、のどが渇いていたので、ポリバケツから水を飲む時間だけ留まることにした。水を飲みながら、ついでに手を洗い、顔も洗った。水を吸い込んだおが屑とコーヒーのかすで床がぐじゅぐじゅに濡れていた。トーマスが足を動かした。彼女は彼が確実に眠っていることがわかるまで、その場で体を硬くして様子をうかがった。

急いで梯子を登る。ふたを開けて、さあ……。

さあ、もう自由、と言いたくても、いまの彼女に自由はなかった。

いまいましいことだった。

外は暗くなっていた。反射的に彼女は動かない腕時計を見た。スーダー・メラーストランドの道路に自動車の影はなく、近くの家々の窓にもほとんど明かりが見えなかった。まだたいていの人が眠っている時間だった。

よかった。できるだけ人に見られたくない。

彼女はつま先で甲板を歩き、隣の軍隊の船に移った。まもなく船着き場に下り、橋のほうへ歩きだした。

足だけが自動的に動いた。彼女はどこへ向かっているのかわからなかった。いつもなら、それも別におかしくなかった。彼女の生活では、それが普通のことだった。彼女の日常。ときどき、計画が立てられないのは若いときの病気と関係があるのだろうか、と彼女は思った。脳の一部に欠陥ができて、計画が立てられなくなってしまったのかもしれない。彼女の暮らしの中でどうしてもしなければならないことというのは、毎日少し食べ物を食べることと、寝袋を広げることができる静かな場所をみつけることだけだった。それ以上の高い要求がなければ、何の問題もない生活だった。放浪する暮らしの核となっているのは、いつのときも自由だった。だれにも押しつけられない生活。自分の好きなようにできる暮らし。好きなときにどこにでも行ける気ままな暮らし。

いまは、なにもいつものとおりではなくなってしまった。いまは、どこに行けるかさえもわからなくなってしまった。

ヘレネボリィスガータンに入った。建物がなくなると、シンナルヴィクスパルケン公園を通り抜けて歩き続けた。外が明るくなってきた。男が一人、傍らで犬が用を足している間、景色をながめていた。男も犬も、砂利を踏む彼女の足音を聞いて振り返った。男は規則を守る市民の義務を果たすように、かがみ込んで犬の糞をビニール袋に取った。彼女になにか言われることを恐れるような態度だった。

彼女は歩き続けた。ホンスガータンの角で、焼きたてのパンを積んだ車が一台レストランの前に停まっていた。一つぐらいなくなってもかまわないにちがいない。


いま彼女に必要なのは、数日間隠れることができる場所だった。だれにも邪魔をされず、だれも彼女が隠れているとは気づきもしないような場所。ずっとつきまとっている不安感にすっかり疲れてしまっていた。ゆっくり休みたかった。十分に眠らないと、脳がちゃんと働かないということは、経験から知っていた。もし判断力を失えば、すぐに捕まってしまうということもわかっていた。

記憶の中でいままで眠った場所をたどっていった。だが、いまのむずかしい状況に耐えられるほど静かな場所はほとんど思いつかなかった。


道路に車が出てきた。車を避けてホンスガートプッケンに上がることにした。マリア教会が右手に見えた。彼女は塔を見上げて時間を見た。

そのとき、隠れ場所を思いついた。

31

昼も夜も、顔のない人間たちが外国の言葉で話しかけてきた。彼らには下から忍び寄ってくる危険がまったくわかっていない様子だった。

顔のない人間たちが部屋に入ってきては、シビラに手を差しのべ、毒の入った薬を飲ませようとした。ラジエーターからの声が彼女をあざ笑った。ベッドの下には悪魔がいて、彼女が足を床に下ろすのを待ちかまえていた。足が床に着いたらすぐに、悪魔はベッドの下の穴に足を引っ張り入れるのだ。穴の下の地下室には黒い男たちが真っ赤に熱した鉄の道具を手にして待っている。

彼女は眠りたくなかった。だが、毒入りの薬のために、むりやり眠らせられた。眠っている間に彼らに何をされるのかわからなかった。だから彼らは眠らせようとするのだ。

終わりのない悪夢。

起き上がるのを拒むと、彼らはシビラの下腹になにかを差し入れて、また新しい毒を送り込んだ。毒は黄色で、袋に入ってベッドの脇に垂れ下がっていた。悪魔がまた必要なときに毒を入れることができるように。

彼女が管を抜こうとしたので、彼らは彼女の両手を縛り上げてしまった。白い服を着た男が入ってきて、話をしてくれと言った。親切を装って、彼女から秘密を聞き出そうとしているのだ。秘密は地下で待ちかまえている男たちに伝えられる。

暗さと明るさがくるくると入れ替わった。時間は止まったままだったが、新しい手が次々と伸びてきて彼女に毒入りの白い錠剤を無理やり飲ませた。

ある日、シビラはほかの人たちの話が突然わかった。彼らは彼女にやさしく話しかけ、できるだけ快適に過ごすように望んでいるようだった。彼女を守っているようだった。一人がベッドを動かして床に穴がないことを見せてくれた。しまいに彼女は起き上がってトイレに行くのを嫌がらないようになった。彼女の下腹から管が抜かれ、ベッド脇の毒入りの袋が取り払われた。

翌日、彼女の部屋に出入りしていた人々に顔が戻った。みんなが彼女に笑いかけた。シーツを伸ばし、枕を叩いたりしながら、おしゃべりした。だが錠剤だけはそれからも飲まされた。病気だと言われた。ここは病院で、すっかりよくなるまで当分ここにいるのだと。

そのあとは？　シビラはそのあとがあることは考えないようにした。

また何回も昼が過ぎ夜が過ぎた。ラジエーターからの声が聞こえなくなり、彼女をおびやかさなくなった。

ときどき病室の外の廊下を歩いた。一方の端にテレビがあった。ほかの患者はだれも話しかけてこなかった。どの人も自分だけの世界にいるようだった。彼女はたいてい自分の病室で冷たい鉄格子に額をつけて外の世界を見ていた。世界は外で続いていた。彼女なしで。

たまに病院の庭に出ることが許された。もちろん付添人といっしょに。雪が解け、庭には春の花が咲き始めていた。

ベアトリス・フォーセンストルムが面会に来た。立派な身なり。ただ、目の下に黒い隈があった。もう一人、いつもシビラに話をさせようとする男がいっしょにやってきた。彼らは二人並んでシビラのベッドのそばに座った。ベアトリスはハンドバッグを膝においた。

いつもシビラに話をさせようとする男が笑いかけた。やさしそうに見えた。

「気分はどうかな?」

シビラは母親を見た。

「少しいいです」

男は満足そうだった。

「なぜここにいるのか、わかる?」

シビラはつばを飲んだ。

「わたしがばかなことをしたから?」

男は口に手をやった母親を見た。

まちがった答えをしてしまったとシビラは思った。母親はいまがっかりして悲しくなったにちがいない。

「いいや、そうじゃないよ、シビラ」男は言った。「きみは病気だった。だからここにいるんだよ」

シビラは膝の上の手をみつめた。みんな黙っていた。しまいに男は立ち上がり、シビラの母親に向かって言った。

「しばらくお二人で話をしてください。私はちょっと席を外します」

彼女たちは部屋の中に二人だけになった。シビラは手をみつめ続けた。

「ごめんなさい」

母親が立ち上がった。

「やめなさい」

また彼女を怒らせてしまった。

「あなたは病気だったのですよ。病気を謝る必要はないわ」

母親はまた腰を下ろした。一瞬、彼女たちの目が合った。今度は母親のほうが目を逸らせた。

だがシビラはいま母親の頭の中になにがあるのかはっきりとわかった。娘のおかげで自分がこんなに恥ずかしい状態にいなければならないことに対する激しい怒り。そして自分がそれに対して何もできない悔しさ。

シビラはふたたび自分の手に目を落とした。

ドアにノックの音がして、さっきの男が戻ってきた。片手に茶色いホルダーを持っている。男がベッドの足元に腰を下ろした。

「シビラ、きみのお母さんといっしょに、きみと話をしたいことがあるんだ」

男はシビラの母親の視線を求めたが、母親の目は床に釘づけになっていた。ハンドバッグを握っている拳の関節が真っ白になっている。

「ボーイフレンドがいるのかい？」

シビラは大きく目を見開いた。彼は質問を繰り返した。

「そうなのかい?」

彼女は首を横に振った。彼は立ち上がって二、三歩前に進み、ベッドの端に腰を下ろした。

「きみの病気は体のことが原因で起きたのかもしれないのだよ」

ふーん、そうなの。

「きみの検査をしてみたのだが」

ふん、知ってるわ、あんたたちがそれをしたってこと。

「その結果、きみが妊娠していることがわかった」

最後の言葉が彼女の頭の中でまるでエコーのように何度も響いた。目に見えたのは茶色い格子縞の毛布だけだった。

彼女は選ばれた。

彼女だけのもの。彼女だけのもの。

いっしょになった。

この親密さのためなら、何でもします。

何でも。

彼女は母親を見た。母親はすでに知っていた。

話をさせようとする男は、シビラの手の上に自分の手を置いた。手に触られたことでシビラは身震いした。

「子どもの父親がだれか、わかるかい？」

二人はいっしょ。繋がった。永遠に。

シビラは首を振った。母親がドアを見た。彼女は体全体でそのドアから出たがっていた。ここから離れたがっていた。

「もう二十七週目に入っているので、産むしかない」

シビラは手を腹の上に置いた。彼女に話をさせたがる男はほほえんだ。が、うれしそうではなかった。

「気分はいい？」

シビラは彼を見た。気分はいいかですって？

「きみのお母さんとは十分に話し合った」

シビラは母親を見た。唇が真っ白だった。

「わたしたちの意見は、すでにいまの段階でその子をどうするか、決めておくほうがいいということで一致している」

隣の部屋でだれかが叫び出した。

「きみは未成年者なので、またきみをいちばんよく知っているのはご両親なので、ご両親の意向がこの場合尊重される。私はきみの担当医だ。私としてはご両親の結論は正しいと思う」

シビラは彼をまじまじと見た。なに、結論って？　わたしの体のことを、まさかあの人たちが決めるわけじゃないでしょうね？

「子どもは養子に出されるのがいちばんいいということになった」

32

シビラはセブン‐イレブンで買い物するなどという贅沢は、めったにしたことがなかった。値段もほかの店よりずっと高かったが、いまは文句を言っている場合ではなかった。数日間隠れるために食べ物が必要で、それも朝の早い時間に用意ができていなければならなかった。用意ができたら、ソフィア・スコーラという学校の門が開くのを近くで待つつもりだった。廊下に生徒たちが溢れ、小うるさい教師たちがやってくる前に。

七時ちょっと過ぎには、煮豆の缶詰、バナナ、ヨーグルト、クネッケ・ブレッドを買って、警備員など学校が信頼している人間が門を開けてくれるのを待った。

ここならきっとだれにも気づかれないだろう。

七時二十分、彼女は隠れている場所から、学校が信頼している人間が義務を果たすのを見た。彼の姿が見えなくなると、彼女は道路を横切って校門の中に入った。石段を上り、学校の廊下を歩いた。だれにも出合わなかった。学校は古い石の建物で、建物の中のほかの場所の音が壁を通して伝わってきた。

屋根裏に通じるドアは覚えていたとおりのところにあった。「関係者以外立ち入り厳禁」の札の下に、安全責任者が「床がもろくなっていて崩れ落ちる危険あり」と手書きの注意書きを貼り出していた。

ますます都合がいい。

ドアにはありきたりの錠前が下ろされていた。いまこそ小型ナイフが必要だったのに。今ごろはどこかの警察署に証拠品としてしまわれていることだろう。彼女はため息をついた。錠前は四つのネジで壁の金具に取り付けられていた。彼女はかがみ込み、持っているものの中になにか使えるものがないか探した。爪ヤスリはどうだろう？うまくいった。上のネジに触るか触らないかのうちに、ねじが床に落ちた。ほかのネジに触ってみたが、どれも緩んでいた。一瞬、疑いが頭を横切った。自分以外にもこの学校の屋根裏がいい隠れ場所になることを知っている者がいるのだろうか？　だが、いまは考えているときではなかった。階下から生徒たちのガヤガヤという声が聞こえてくる。爪ヤスリをポケットに入れると、ドアを開けた。中にはまず数段の階段があって、壁に小さな手すりがついていた。シビラは中に入ってドアを閉めた。

前に来たときとは様子が違っていた。いまから六、七年前のことだ。そのあと学校は補修工事をしたにちがいない。それは中に入ったときに気がついたことだった。前には屋根裏の床には古い教科書や不用の物が積まれていたが、床が弱くなったためにそれらはすべて片づけられたらしく、片隅にほんの少し古い教科書が残っているだけだった。あのときは夏だった。断熱材の張られていない屋根の下で、蒸し暑さに悩まされたことを思い出した。だからこそ、だれもここに近づかなかったにちがいない。

いまは暑さは問題ない。むしろその反対だった。

だが時計は覚えていたとおりのところにあった。

ソフィア・スコーラの時計は内側から見ると巨大だった。時計の中に電球が二つあって時計の表面を明るくしていた。これも前に来たときにはなかったものだ。あのときこの時計は壊れていたが、今回はここに来てすぐに長針が動いているのに気づいた。こんなに大きな時計は、しょっちゅう、時間合わせをしなければならないのだろうか、という心配が一瞬頭をよぎった。

頭を振って、そんな心配を追い払った。時計と反対側の壁沿いに荷物を置けば、万一人が時計を合わせにきても、隠れるだけの時間はあるだろう。

さっそく寝袋用の下敷きを敷き、その上に寝袋を広げた。まだ湿り気のある下着とタオルは電気の導線の上に広げた。今晩にでもだれもいなくなったときを見計らって階下に宿直室を探し、シャワーを借りよう。そのときにまた洗濯しなおせばいい。だが、その前に酸っぱい匂いが始まったら、どんなことをしても匂いはなくならない。

彼女はまだ体が汚れていると感じていた。トーマスの手が体中にべたべたとした感触を残していて気持ちが悪かった。いまごろはもう起きて彼女がいないことに気づいているだろうか。彼女がいなくなったことを知って、彼はどうするだろう?

いま彼女はここにいる。

屋根裏に隠れている。

身を縮め、名誉を傷つけられ、ゼロの存在にされて。

いままでも、もうおしまいだと思ったことが何度もあった。だが、なにかがいつももう少し頑張ってみようという気にさせた。

だがいまこそ、ほんとうにもうおしまいだと思うだけの十分な理由ができたのではないだろうか。おしまいにしたら、ホッとするのではないだろうか? こんなことになったことこそ、彼女がほんとうにまちがった存在であることを最終的に証明するものではないだろうか。

階下から生徒たちの声がガヤガヤと聞こえてきた。

シビラ、シビラ、バカで間抜けのシビラ、ソーセージのシビラ、食ってしまえ、シビラ、殺してしまえ、シビラ。

子どものときにみんなが歌ったはやし歌。

もしかするとみんなが正しかったのだろうか。もしかすると本当にそうなのかもしれない。

彼らは彼女が劣っていることを子どもながらに嗅ぎつけていたのかもしれない。大人になってからも、人々は本能的にわかったのかもしれない。彼女はもともとみんなといっしょに生きることなどできないということを。だれもが初めからそれを知っていたのだ。みんなが。彼女以外のみんなが。彼女だけは教えられなければわからなかった。なにかもっとよいもののために生きようとする彼女の頑なな努力は、初めからむだで、まったく意味のないものだったのかもしれない。シビラやヘイノやほかの者たちは初めから社会のクズとしてつくられたのかもしれない。標準的市民が彼らと自分の暮らしを比べて、自分のほうがましだと思えるように。彼らの失敗と比べて自分たちの人生は成功だったと思えるように。

もっと悪くもなり得たのよ、ほら、あの人たちのように。

シビラたちの存在は、社会にバランスをもたらすためなのかもしれない。できそこないの種子は初めからふるいにかけられて別にされているのだ。そうすれば多くを要求しない暮らしに慣れるようになると思われているのだ。

彼女は下敷きに横になった。授業のベルが鳴り、階下は静かになった。

何もかもあきらめるのは、簡単なことだろう。自分ができそこないの種子に属することを受け入れ、生きる努力をやめればいいのだ。自分から警察に出頭するつもりはなかった。それ以外にもあきらめる方法はいくらでもある。

ヴェスターブロン橋まで行く力が残っていなかったら、この屋根裏でもできることだ。

33

二週間後、シビラは退院した。大きな屋敷は静まり返っていた。グン＝ブリットはやめさせられていた。シビラのおなかが大きくなるのをほかの人に見られる恥ずかしさに母親は耐えられなかったのだろうとシビラは思った。必要な人間以外には絶対に、彼女のおなかが大きくなるのを見られてはならない。

散歩は厳しく禁じられた。暗くなると外に出ることは許されたが、それも塀の内側だけだった。

父親はたいてい書斎で仕事をしていた。階下の石の床の上を歩く父親の足音がときどき聞こえてきた。

食事は自分の部屋で食べた。それは退院直後、下の食堂で両親と沈黙の中で気まずい食事をした後、自分で選んだことだった。だが彼女に彼らを責めることができただろうか？　彼女は親たちが望んだのとまったく反対のものになった。人に自慢するような娘にはならなかったし、フォーセンストルム家の繁栄と威厳を将来にわたって保障するような存在にもならなかった。それどころか、フルタリドの村人たちのいじわるな嘲《あざけ》りの目から隠さなければならないような、恥ずかしい、完全な敗北者になったのだ。

そんなふうに見られるのがいやで、彼女は一人で食べることを選んだ。

シビラはミッケのことはあまり考えなかった。彼は彼女が見た夢だった。ほかの世界で出会った人で、もう存在しない人だった。

以前あったものはなにもかも存在しなかった。

すべてが変わるのだ。

彼女は精神を患った人間。

彼女はもはや前とは別の人間だった。心の病気をした人間だ。すべてが前とは変わる。彼女はほかのだれとも共有できないような経験をした。それはだれにも理解できないだろう。だれも理解したくないだろう。


だが、シビラの中のどこかに、これは正しくないという感覚があった。日を追うごとにその感覚は強くなり、しまいに彼女の体全体をその感覚が占領した。

彼女はここにはいたくなかった。

できることなら、両親から離れたかった。

すべてが彼女のせいにされたし、彼女は彼女で彼らの視線から逃れることができるなら何でもするという気持ちだった。それなのに、日々、彼らのもとで、大きくなるおなかを見つめてただただ待っていた。

なにを？

いったいなにを待っているのだろう？

彼女はいま自分の意思をもたない道具だった。子どもをほしがっている夫婦の夢を満たすために子どもを産む道具だ。

自分の体を使って。

急にみんなが彼女の健康に気遣いだした。驚いたことに彼女の母親まで親切に振る舞おうとした。シビラはどんどん大きくなるおなかの陰に隠れた。だが、これがなくなったらいったいどうなるのだろう？

そのとき、彼女はどうなるのだろう？

養子に出す。

出すということは、なにかを始末することだ。だが、養子は？　これもまた単なる言葉と言える。パーセントとか民主主義とかいう言葉と同じだ。

言葉自体には何の価値もない。何の内容もない。

シビラはそれを養子に出すのだ。彼女の許可なしに体の中に入り込み、彼女のおなかを大きくしたそれを。静かに座っているときや横になっているとき、彼女はそれがおなかの中で動くのを感じることがあった。大きく張ったおなかの皮膚を内側から蹴る。それはまるでここにいるということを知らせたがっているようだった。

ドアにノックの音がした。

シビラは頭をひねって時計を見た。夕食の時間だった。

「どうぞ」

母親が食事のトレイを持って入ってきて、机の上に置いた。シビラは母親がなにか言いたがっているとすぐにわかった。食事を運び入れるのは普通すぐに終わるのだが、この日にかぎって母親は部屋に残ってぐずぐずと皿の位置を置き換えたりしていた。シビラはベッドに横たわって本を読んでいたが、起き上がって母親の背中を見た。

「きのうは野菜を食べなかったわね？　野菜は大事よ。食べなければだめですよ」

「どうして？」

母親の動きが途中で止まった。答えるのに数秒間があった。

「それは……」

彼女は口ごもった。

「おなかの子どもにとって大事だからよ」

やっぱり。子どもにとって大事。その言葉は母親の心のずっと奥のほうにあったので、口までのぼってくるのに時間がかかった。それは背中を見ていてもわかった。

シビラは急に腹が立った。

「それで、なぜおなかの子が元気になるのがそんなに大事なの？」

母親がゆっくり振り返った。

「好き勝手なことをして妊娠したのはわたしではないわ。自分の行動に責任を持ちなさい！」

シビラは黙った。言い返したいことは百もあった。

母親は気を取り直そうとした。野菜のことを言いに来たわけではないらしい。運悪くいまそれが話題になってしまっただけだった。シビラは母親が話を切り出すのを見ていた。

「おなかの子どもの父親がだれなのか、言いなさい」

シビラはなにも言わなかった。

「車の男なの？　あのミカエル・ペアソンとかいう？　あの人なの？」

「あの人だったかもね。どうして？　それがどうしたというの？」

シビラは我慢できなかった。母親は怒りを必死で抑えていたが、シビラはおとなしく引き下がるつもりはなかった。いまとなっては、もう。

「言っておきますが、あの男ならもうフルタリドにはいませんよ。あの建物はお父様の所有しているものだから、取り壊すことに決めました。あのミカエルという男はもう引っ越しましたよ」

シビラは笑わずにはいられなかった。ＦＦＭＵが取り壊されるためではない。いま初めて母親の頭がおかしいとはっきりわかったからだった。母親には絶対の力があると真実、自分は信じていたのに。

「あなたが知っておくべきだと思ったから話したのよ」

話は終わったらしく、母親は部屋を出ようとした。ドアの近くまで来たとき、娘が訊いた。

「あなたはなぜ子どもを産んだの？」

ベアトリス・フォーセンストルムの左足が宙で止まった。突然シビラは母親の目に新しいものを見た。いままで一度も見たことがないもの、いままでそこになかったものだ。

彼女は怖いのだ。

自分の娘が。

「おばあさまが子どもを産むべきという意見だったから？」

母親は引き続き答えなかった。

「あなたは母親であることがうれしい？　娘がいてうれしい？」

二人の目が合った。シビラはおなかの子どもが動くのを感じた。

「おばあさまはわたしがこんなふうになったことを何と言ってるの？　あ、もしかして、なにも教えてないの？」

突然、母親の下唇がわなわなと震えだした。

「おまえはどうしてわたしにこんなことをするの？」

シビラはかっとなった。

「あたしがなぜあんたにこんなことをするか、だって？　あんた、頭がぶっちぎれているんじゃないか！」

この言葉を聞いでベアトリス・フォーセンストルムは逆に冷静になった。

「そのような言葉は、この家では使いません」

「へっ、あんたは使わなくても、あたしは使うよ。チクショー、チクショー、チクショー！」

母親は後じさりした。階下に走って、病院に電話をかけなければ！　家に頭のおかしい娘がいます！

「さあ行けば？　急いで電話をかけたらいい。そしたらもう、一生あたしに会わなくてもすむんじゃないの？」

母親がやっとドアまでたどりついた。

「その間にあたしはせいぜい野菜を食べましょう。元気な子どもが生まれますように」

ベアトリスは最後に恐怖でおののく目をシビラに向けると、姿を消した。母親が階段を駆け下りる音を聞くと、シビラは二階の廊下に走り出た。母親が父親のフォーセンストルム社長の書斎に向かって一階ホールを走っていく姿が見えた。

「さっきの問いに答えてよ！」

答えは来なかった。

シビラは部屋に戻って、食事のトレイへ向かった。茹でたニンジンと豆。彼女は両手で皿を持つと屑かごに捨てた。そしてスーツケースを取り出すと、荷造りを始めた。

34

シビラはドアが開く音で目を覚ました。彼女が動く前に階段を上る足音がして、そのあと屋根裏の床に足を踏み出す前に耳を澄ませている気配がした。

まだ彼女をみつけていない。

彼女は横たわったまま、その人を観察した。

金髪、細身、銀縁メガネをかけている少年だった。

彼は大時計の前の板まで上り、顔を時計盤につけた。両腕を横に伸ばしている。逆光の中で、彼はアンテナをつけたキリストのように見えた。

大時計の針が二つとも上を指している。十二時二分前。

そのままの姿で、彼はあたりを見まわした。

このまますぐ逃げれば間に合う。が、荷物はおいていかなければならない。彼は危険な場所に立っていた。バランスを崩したら、まっすぐ下に落ちてしまう。数秒が過ぎた。キリストのアンテナの長針のほうがカチッと一針動いた。

体が動くのを恐れて彼女は息もできなかった。

しまいに彼は両腕を下ろして、両脇に垂らした。体の向きを変えた瞬間、彼の目が彼女の姿をとらえた。

シビラは少年が恐怖を感じたのがわかった。怖いのと、だれかに見られた恥ずかしさと。

二人ともなにも言わなかった。が、どちらも視線を逸らさなかった。彼女は彼の顔がよく見えなかった。逆光のため、顔が黒い影に隠れていた。

どうやってこのピンチから脱出するか？　少年は強そうには見えなかった。話をしよう。ちゃんと話をする前に少年を逃がしてはならない。彼女はゆっくり起き上がった。立ち上がれば、少年を威嚇することができるかもしれない。

「なにをしているの？」彼女は穏やかに訊いた。

少年はすぐには答えなかった。だが、少し警戒を解いたようだった。

「別に」

「そお？　ここからはずいぶん危なく見えたけど？」

彼は肩をすくめた。

「そっちは？　ここで何してるの？」

そうね。何してるんだろ。

「ちょっと休んでいるだけ」

少なくとも嘘じゃない。

「浮浪者？　外をうろつく人なの？」

彼女の顔に笑いが浮かんだ。はっきりものを言う子だわ。たいていの人は奥歯に物が挟まったような言い方をするものだけど。

「いまは家の中にいるわ」

「ちがうよ、ぼくの言ってるのはほら、ホームレスという意味だよ。住むところがない人のこと」

否定する必要があるだろうか？　ほかになぜここにいるかを説明できる言い訳があるだろうか？

「そうね。そう言ってもいいかもしれない」

少年は大時計の前の板から一段下りた。

「クール《かっこいい》。ぼく、卒業したらホームレスになるんだ」

彼女は目を瞠《みは》った。

「どうして？」

「かっこいいじゃない？　だれからも当てにされないし、何々をしろなんて怒られなくてすむし」

なるほどね。そういう見方もできるかも。

「将来何になるかを考えるのなら、ほかにあるんじゃない？　やるべきことが」

「そう思う？」少年は鼻の先で笑った。

彼女は少年にからかわれているのかどうか、はっきりわからなかった。

「麻薬もやってるの？」

「いいえ」

「ふーん。ホームレスはみんな麻薬をやってると思った。だからホームレスになるんじゃないの？　おふくろはそう言ってるけど」

「お母さんはすべてを知っているわけじゃないのよ」

「うん、知ってる」

そう言いながら、彼はまたフンと笑った。恐怖心は消えたらしかった。彼が近づいてきたので、彼女は立ち上がった。

「これが全財産なの？」

「そう。そのとおりよ」

彼の目が敷物からリュックのほうへ移った。彼女はその動きを目で追った。

「クールだな」

いつもとは逆に、あこがれの目で見られるのは、おかしな気分だった。だがこっちの話はこのくらいにしてもらおう。

「ここになにをしに来たの？　床が崩れ落ちるかもしれないってこと、知らないの？」

「わっ、大変だ！　落ちるぞう！」

床のことなど気にもしていないことを見せるために、少年は数回ジャンプして見せた。彼女は彼の腕をつかんだ。

「やめなさい。もしほんとうに床が落ちたら大変よ」

「へッ」

彼は体をひねって腕をほどいたが、ジャンプはやめた。彼女は黙って彼をながめた。この少年が隠れ家に急に現れたのは、具合が悪かった。問題は、これがどれほど危険なことかである。この子がここを引き揚げる前に、それだけははっきりさせなければならない。彼女は床の上に落ちている印刷された紙を拾いながらさりげなく訊いた。

「あんたたち、よくここに来るの？」

答えが来るのが、少し遅れた。

「たまに」

少年は嘘をついていた。が、その理由は彼女にはわからなかった。

「学年は？」

「八年生」

「ほかの子たちは？　こっちに向かってるの？」

彼は首を横に振った。これで嘘がバレた。彼は一人なのだ。彼がたまにここに来るということなのだ。ほかにはいない。

「そう。じゃ、錠前のネジを緩めたのはあんたなのね？」

彼は息を吸いながら言った。

「そうだよ」

「学校は好き？　授業は面白い？」

あんた、頭がおかしいんじゃない？　という目つきで彼は彼女を見た。

「もちろん！」

反対言葉だ。いままでにも経験があった。若者たちの間で流行《はや》っている話しかた。何でも反対のことを言うのだ。少なくともいままで彼女が話した子どもたちはみんなこの話しかたをする。

彼は足元にあった本を蹴った。それは彼女の寝袋の下敷きにぶつかって止まった。

三年生の数学、と表紙が見えた。

「生活保護手当もらってるの？」

彼女は首を振った。彼は将来ホームレスになったときの権利をいまからチェックしているると見える。

「それじゃ、何を食べてるの？　まさかごみ箱からと言うんじゃないよね？」

彼は気持ち悪そうな顔をした。

「そういうこともあったわ」

「ぎゃあ、気持ちわりいよー」

「将来浮浪者になるというのなら、あんたにもその覚悟がなくちゃね」

「食べ物とかそういうものに自治体からお金がもらえるはずだよ」

彼女は答える気もしなかった。そんなことをしたら、ああしろこうしろと命令する人間が必ず出てくると言ってやりたかった。

授業のベルが鳴った。彼はまるで聞こえないようだった。

「でも、ぼくもまだわかんない。もしかするとテレビの仕事のほうがいいかもしれないな」

「いま授業が始まるんじゃないの？」

彼は肩をすくめた。

「そうかも」

彼はため息をついて出口に向かって歩き始めた。シビラはまだこの子がこれから自分のことをほかの人に話すかどうか、不安だった。もう時間がない。シビラはいちばん簡単なのは訊くことだと思った。

「なにか言うつもり？」

「何について？」

「あたしについて。あたしがここでしばらく寝起きすることについて」

考えたこともなかったらしい。

「なぜぼくがそんなことを？」

「わからないけど」

彼は屋根裏からの出口の階段を下りた。

「名前はなんていうの？」

彼は振り返った。

「タッペン。そっちは？」

「シッラ。そのニックネーム、自分でつけたの？」

彼は首をすくめた。

「覚えていない」

彼は出口の取っ手に手を掛けた。

「本当の名前は?」

「なにこれ、テレビのクイズゲーム?」

彼女は両手を広げて肩をすくめた。彼が何を言っているのか、彼女にはわからなかった。

「ただ訊いただけよ」

彼はため息をついて、ドアの取っ手を放し、振り返って彼女を見た。

「パトリック。パトリックという名前だよ」

シビラは彼にほほえみかけた。一瞬ためらったが、彼も笑い返してきた。それからまたドアに向かい、取っ手を引っ張った。

「そんじゃ」

「またね、パトリック。また会うかもしれないわね?」

次の瞬間彼はドアの向こうに姿を消した。

35

もちろん、彼女はまた病院へ送り返された。野菜のことがあってからわずか数時間後、屋敷の外の車寄せに車が一台停まった。すぐにドアベルの音が響いた。ベアトリス・フォーセンストルムが玄関扉を開けたとき、シビラはすでに荷造りしたカバンを持って階段のいちばん上に腰を下ろしていた。

だれも彼女に気づかなかった。

「すぐに来てくださってありがとうございます」

シビラの母親がドアを開け、男二人を家の中に入れた。若いほうの男が立派な玄関ホールに気圧《けお》されたように小さくなった。御殿のような玄関に驚いている。その顔つきはまるで、こんな立派な家で精神の病いにかかる人間がいるのだろうかと思っているようだった。

フォーセンストルム夫人はそんな疑いを一気に振り払った。

「わたしの手に余ります。わたしたちにはまったく完全にもう、なにもできませんわ」

年上のほうの男が真剣な面もちで相づちを打った。

「病気が再発したかどうか、わかりますか?」

「さあ、どうでしょう。わたしを責め立てるんです。興奮させてはいけないことを知ってはいるのですが……」

母親は目頭に手を当てた。シビラは父親の書斎のドアが開くのを聞いた。その前に彼のスリッパが石の床を歩く音が聞こえた。彼は男たちに近寄ると、手を差し出した。

「ヘンリー・フォーセンストルムだ」

「ホーカン・ホルムグレンです。お嬢さんを引き取りに来ました」

父親がうなずいた。

「ああ。そうしてもらうのがいちばんだろう」彼はため息をついた。

シビラは立ち上がり、階段を下り始めた。

「荷造りはできてるわ」

全員の目が彼女に注がれた。母親は夫の陰に体を寄せ、彼はいたわるように彼女の肩に手をまわした。娘が突然攻撃を仕掛けてくるとでも思ったのだろうか。シビラが階段を下り終えると、ホールの人間たちは彼女を通すために真ん中を空けた。外の石段まで来て彼女は振り向いた。二人の男たちはまだ固まったままだった。

「なにか、待っているの?」

ホーカン・ホルムグレンと自己紹介した男が彼女のほうに一歩足を踏み出した。

「いや、もう出発するよ。必要なものは全部持ったのだね？」

シビラは答えなかった。彼女は玄関のうちの人々に背を向けると、石段の下に停まっていた車のほうへ進んだ。そして無言で車の後部座席のドアを開けて乗り込んだ。ほかの人間たちは少し経ってから彼女に続いた。出発する前に、いまの彼女の状態を両親から聞く必要があったのかもしれない。

シビラは親たちのほうを一度も見なかった。

石の床に立っている、娘を裏切った親たちを。


シビラは数日後、個室に移された。入院した彼女を見て、患者の一人がすぐに聖母マリアが現れたと言った。彼女のおなかに新しいイエス・キリストが宿っていると。看護人たちは患者が勝手に思い込むのはしかたがないことだが、罪人の贖罪《しょくざい》について説教を垂れるのに閉口し、いちばんいいのはシビラを個室に移すことだということになったのだった。シビラは心の内で病気の女性に感謝し、個室に移されることを喜んだ。

なによりもいまは一人になりたかった。

おなかが大きくなった。

ときどき助産師が鉗子《かんし》をもってやってきて、おなかの中の子どもが順調に育っていることを確かめた。それにまちがいなかったのだろう。助産師は頻繁には来なかった。シビラは妊娠と出産についての本をもらったが、キャスター付きのベッドテーブルの引き出しにしまった。

ここでは病院の敷地内を散歩することも許された。体を動かすことはよいことだというわけで、彼女は毎日何時間も外で過ごした。外側の塀に沿って歩けば、散歩はけっこうな運動になった。白い石造りの病院は外から見ると、とくに離れてみると美しかった。目を細めて見れば、城の庭園を散歩しているように見えないこともなかった。

彼女に話をさせようとする男もまた、頻繁には来なかった。彼女よりも重い患者がいるのだろう。彼女はもはや頭が病気ではなかった。妊娠しているだけだった。彼女の家ではこの二つに大きな違いはないと見なされているのを彼が知らなかったとしても、責めることはできない。

全体的に見れば、シビラは自分のことは自分でするように任されていた。

本格的な痛みが始まったのは予定より二週間も前のことだった。急に棒で殴られたような激しい痛みがあったかと思うと、すぐに痛みが引いた。彼女は部屋の中で恐怖を抱いてベッドに横たわっていた。いったいなにが起きたのか？　そしてまた激痛が襲ってきた。激しい、容赦ない痛み。体のどこかが壊れたにちがいないと思わせるような痛みだった。

突然、脚の間からなにかが流れ出した。これで死ぬのか？　これが最後の罰か？　なにかが壊れて、血が噴き出したのだ。

ふたたび痛みが引いたとき、彼女は両脚を見た。血の跡はない。失禁してしまったのか？

次の痛みが襲ってきたとき、彼女は叫び声を上げた。一分後、ドアが開き、女性の看護師が駆け込んできた。彼女が濡れたシーツに触るのを見て、シビラは恥ずかしかった。

「お願い、助けて。あたし、どこか壊れてしまったみたい」

だが看護師はにっこり笑った。

「だいじょうぶよ、シビラ。あなたはいま子どもを産むところなのよ。待っててね。いま車を呼んでくるから」

看護師は飛び出していった。車？　わたしはどこに連れていかれるのだろう？

「幸運を祈るわ、シビラ！」

と声をかける病院のスタッフを後ろに、担架に載せられたシビラは救急車の中に押し込まれた。

いま彼女は別の病院に一人で横たわっていた。

「ご主人に電話をかけましょうか？」

シビラは首を振った。気まずい沈黙になった。

「だれかほかに電話をしてほしい人はいますか？」

シビラは答えなかった。目をつぶり、次の陣痛が押し寄せるのを何とか防ごうとしたが、無駄なことだった。どんなことをしても襲いかかってくる痛みをコントロールすることはできなかった。いま彼女は体だけになった。体の中からそれを出そうと穴を大きく開かせる未知の力に支配されてしまった。意思は奪われ、目的を果たすまでは彼女を休ませない、この容赦ない強引な力になにもかもが占領されてしまった。

彼女は新しい命を与えるのだ。

向かい側の壁に白い時計が掛かっていた。世界がどこか別のところで動いていることを示すたった一つの証拠は、ときどき長針が一定の時間をおいてほんの少し動くことだった。

長い間隔だった。

何時間も経った。

ときどきだれかが部屋をのぞき、彼女の様子を見にきた。隣の部屋でほかの女の人が叫ぶ声がした。

母親がわたしを産んだときも、このようだったのだろうか？　だから彼女はわたしを受け入れることができなかったのだろうか？　これほどの痛みの原因となった子どもが、どうして母親に愛してくれと要求することができるだろう？

長針が文字盤を四回まわったとき、そして頑張りすぎて意識がもうろうとなったとき、病院のスタッフが部屋に入ってきて、また彼女の中に指を入れた。やっと分娩が始まる。穴の口が十センチ開いたと言う。なにかの間違いだろう。体が壊れ始めたのだ。もうばらばらだ。

彼女は分娩室に移された。脚を大きく開かせられたまま、下半身を人の目にさらしたまま、息むように言われた。

彼女は言われたことに従おうとしたが、そのとおりにしたら上から下までまっぷたつに割れてしまう。彼女は陣痛を和らげてくれるように神に祈ったが、神は陣痛の側に加勢した。彼女に休みをくれなかった。

突然、頭が見えるという声がした。息まないで、静かに、そのまま。

頭が一個。頭が一個見える。彼女の中から頭が一個出てくるのだ。

もう一回息んで。そうすれば出てくるから。突然部屋の中に赤ん坊の泣き声が響き渡った。そして激痛が引き潮のように引き揚げていった。始まりも突然だったが、終わりもまた突然だった。

頭を回すと、看護師に抱かれた小さな黒い毛の頭がドアから出ていくのがチラリと見えた。

長針がまた一つ動いた。まるですべてがいつもどおりだというように規則正しく。

いま、彼女の中から一人の人間が生まれたのだ。

小さな頭に黒い毛を生やした小さな人間。

許可なしに彼女の体の中で育ち、許可なしにそれはいま彼女から離れるために彼女の体を裂いて生まれてきた。

頭を背当てに重くもたれさせ、まだ分娩台で両脚を開いたまま、彼女は時計の長針がまた一つ動くのをながめた。

そして、なぜなにもかもわたしの許可なしで進むのだろうと思った。

36

寒い屋根裏で昼が過ぎ夜が過ぎた。巨大な時計の針が何度も白い文字盤の上を回った。

シビラは階下でシャワールームを見つけた。鍵はかかっていなかった。毎晩彼女はそこに忍び込み、温かいシャワーをたっぷりと浴びた。湯はゆっくりと彼女の体を温めていったが、憂鬱な気分は変わらなかった。

彼女は突然の招かれざる客が姿を消したあと、すぐにでも荷造りしてここを引き揚げようと思った。

だが、どこへ行けばいいのか？

救いようのなさから、彼女は完全に無気力になってしまった。

もうどうでもいい。

なるようになるさ。

それでも念のため、彼女は荷物を持って暖房用のダクトの後ろに移った。それで出入り口からは少し遠くなったが、少なくともさっきのように簡単にみつかりはしないだろう。

三日目、少年は戻ってきた。シビラはドアが開き、そして閉まる音を聞いた。彼女は横になったまま動かないで耳を澄ませた。

「シッラ?」

彼にまちがいなかった。彼女はホッとして少し緊張をほどいた。だが、ドアはそこから見えなかったので、彼が一人かどうかわからなかった。

「シッラ、タッベン……、ううん、パトリックだよ。いる?」

彼女はダクトの陰から顔を出した。それを見て彼の顔がパッと明るくなった。一人だった。

「よかった。ほかに移ってしまったのかと心配したよ」

彼女はため息をついて立ち上がった。

「そうね、わたしもそれは考えたんだけど、安全な隠れ場所ってそうないものなのよ」

そのとき彼が小脇に寝袋用の敷物を抱え、背中にリュックを背負っていることに気がついた。

「どこかへ行くところなの？」

「うん。ここに」

「ここに？」

「今晩はここに泊まろうと思って。もしよかったら」

彼女は首を振った。

「どうして？」

「面白そうだから。どんな感じか試したいんだ」

彼女はため息をつきながらあたりを見まわした。

「これは遊びじゃないのよ、パトリック。わたしはここに寝るのが面白いからここにいるわけじゃないんだから」

「それじゃ、どうしてそうしてるの？」

彼女は苛立ち始めた。

「いまここにいるわけは、ほかに行くところがないからよ」

彼はリュックを下に置いた。ここは説得しなければならないと感じたのだろうか。

次の瞬間、彼はグリルバーから買ってきた袋をシビラに見せた。

「骨付き豚肉のグリルだけど、どう？」

彼女はしょうがないわねというように笑った。この子は賄賂まで用意してきたんだわ。そしていま首を傾《かし》げてもう一度訊いている。

「今晩ここに泊まってもいいよね？」

彼女は両腕を前に広げた。

「しかたがないわね。でも、あんたが帰ってこなかったら、家の人たちは何と思うかしらね？」

「ちぇっ、そんなこと」

突然彼女は心配になった。まさか家の人にここに泊まることを話したわけではないだろうけれど？

「お母さんたちはあんたがここにいること、知ってるの？」

彼はまた、バカかあんたは、という目つきで彼女を見た。

「親父は夜中タクシーを運転するし、おふくろはなんかの講習を受けてるんだ」

「だれかほかの人に、話さなかった？」

少年はため息をついた。

「ずいぶん心配性なんだね。いや、だれも知らないよ、ぼくがここにいること」

あんただって、もしいまいっしょにいるのが全国手配されている猟奇殺人事件の容疑者だと知ったら心配になるでしょうよ。

「それならいい。歓迎するわ」

それ以上言う必要はなかった。パトリックはすぐに荷物を広げる場所を探し、大時計の下の位置に決めた。シビラは彼が張り切って荷物を運びベッドを作るのをながめた。彼女自身は寝場所をダクトの反対側に移して、お互いが見えるようにした。寝床を作ると、彼は満足そうにながめ、そこに腰を下ろして、期待に満ちた目でシビラを見た。

「おなか空いてる?」

まあね。煮豆にはもう飽きたわ。

「わたしの分まであるの?」

彼は袋を破いて自分の前に置いた。それから魔法使いのような手つきでポテトサラダとチップスとコカ・コーラを二本、リュックから取り出した。

「どうぞ!」

すごいごちそうだわ! シビラは彼の隣に腰を下ろした。彼もまた彼女と同じほど空腹だったらしく、二人はしばらく黙々と食べた。肉が舌と歯ですっかりきれいにされた骨は、袋の上のまだ食べられていないもののそばにおかれた。目の前にきれいになった骨が積み上げられ、シビラは満腹になって、後ろに手をついた。

「もういいの? 特別にたくさん買ってきたのに」パトリックが訊いた。

「そうらしいわね。でも残りはまた明日食べましょう」

彼はシビラの腹をチラリと見た。

「胃が小さくなってしまったのかもしれないね」口中を食べ物でいっぱいにしながら彼は言った。「いつも少ししか食べないと、縮んでしまうんだって」

うん、そうかもしれない。彼の胃袋はその心配はないようだ。シビラにそう言いながらも、パトリックは次の骨付き肉に手を伸ばしていた。肉の脂が頬までついている。

「べたべたしてしまったな。どこで手を洗うの？」

シビラは肩をすくめた。

「そう。ホームレスになるということは、そういうことに慣れるということなの。蛇口から流れる水は贅沢なものなのよ」

彼は脂だらけの自分の手をながめた。それから彼女の手に目をやった。彼女は彼によく見えるように手をかざした。片方の親指と人差し指だけに脂がついていた。彼はすばやく指をなめると、ズボンの脚で拭いた。

それから彼はあたりを見まわした。

「それで、このあとはなにをするの？」

「なんのこと？」

「ずっと座ってることもできないよね。シッラは普段なにをしてるの？」

この、背丈だけは大人に近い子どもは、ほんとうになにもわかっていないらしい。

「あんたはいつもなにをしてるの？　屋根裏で浮浪者ごっこをしていないときは？」

「コンピューターの前に座っている」

彼女はうなずいて、コカ・コーラを一口飲んだ。

「それは、住む家がなくなったらむずかしくなるわね」

彼は鼻にしわを寄せて笑った。

「もしかして、やっぱりテレビの仕事のほうがいいかな？」

シビラは自分の場所に戻って敷物の上に横になり、寝袋を上に掛けた。温まるために、腕を寝袋の中に入れた。それからパトリックのほうを見て様子をうかがった。彼は早くも退屈していた。それははっきり現れていた。ほかにすることがないので、彼は食べ散らかしたものを片づけだした。

彼の後ろの大時計が六時十分を示していた。

片づけ終わると、彼女の真似をして、彼はリュックから寝袋を取り出した。それは安いタイプで、これでは今晩は寒さに震えるだろうと彼女は思った。それでいい。それできっと一晩以上ここに寝るのはごめんだと思うことだろう。いま彼は組んだ両手を頭の下にして天井を見上げている。

「どうしてホームレスになったの？　一度も家に住んだことないの？」

彼女はため息をついた。

「住んでいたわよ」

「どこに？」

「スモーランドに」

「どうしてそこから移ったの？」

「長い話になるわ」

パトリックはくるりと頭をひねって、シビラを見た。

「そう？　それじゃ聞かせて。時間は十分にあるからね」

37

人の手を借りてシャワーを浴びたあと、彼女はまた移動ベッドに横になり、新生児と母親たちの棟に運ばれた。その部屋にはベッドが五つあって、一つは空いていたが、ほかの四つはどれも生まれたての赤ん坊と母親たちで占められていた。彼女の横たわったベッドがやってくると、どの母親も親しげにあいさつした。彼女のベッドは窓にいちばん近いところにおかれた。窓に向かって横になれば母親たちを見ないですんだが、音は閉め出すことができなかった。

シビラのそばには青と白の縞模様のカーテンが掛かっていた。すそ飾りの端がほつれていた。

だれも彼女に話しかけなかった。どの母親も赤ん坊のことで手いっぱいだった。

生まれたての赤ちゃん。

シビラのおなかはまだ大きいままだったが、空っぽだった。それははっきり感じられた。うつぶせに寝ることをあんなに待ち望んでいたのに、それはまだ無理だった。それに、乳房が痛かった。

数時間後、病院スタッフが彼女を迎えにきた。まず彼女をベッドの上に起こして座らせ、そのあと床に足を下ろさせた。歩くと痛みが走った。縫い合わせた糸が引きつって、しみる。

医者と話をするのだと言われた。椅子を勧められたが、彼女は立ったままでいるほうを選んだ。医者はうなずき、カルテの入っている茶色いホルダーを開いた。

「さあてと、うまくいったね、なんとか」

彼女は医者を見た。

彼女がなにも言わないので、医者は見上げたが、手はそのままカルテをめくっていた。

「いまの具合は？」

空っぽ。ぽっかりと穴が空いている。見捨てられた感じ。

「どっちでした？」シビラは聞いた。

医者が彼女を見上げた。

「え？」

「性別はどっちでした？」

医者は明らかに不快そうだった。質問は彼がするもので、彼女がするべきではないのだ。

「男の子」

と言ったっきり、医者は顔を上げずにカルテを読み続けた。

男の子。黒い髪の毛の小さな男の子を産んだのだ。

「子どもを見てもいいですか？」

医者は咳払いした。どうもこの会話は彼が望んだようには進んでいないようだった。

「いや、ダメだ。こちらに手順があって、このような場合、そうすることはふさわしくないことがわかっている。これはあなたのためを思ってのことだよ」

彼女のため。

なぜだれも彼女のためになにがいちばんいいのかを、彼女に直接訊かないのか？

どうしてほかの人たちのほうが彼女よりも、なにがいちばんいいのか知っているというのか？

医者はそそくさと会話を切り上げた。部屋に戻ると、母親たちはまたいっせいに彼女にほほえみかけた。看護師の手を借りて彼女はベッドに横たわり、母親たちに背を向けた。


午後の面会時間になると、父親や赤ん坊のきょうだいがどっとやってきた。背中を向けて寝ているシビラにはだれ一人気がつかなかった。

夜になった。眠っているのはシビラの隣のベッドの母親だけだった。ほかの母親たちは赤ん坊のために眠れなかった。シビラは母親たちが赤ん坊にささやく声を聞いた。この子はまだ最初の便が出ていないのよ、だからこんなに泣くんだわ。この子ったら、いつも片方の乳ばかりしゃぶるのね。まあ、なんてあなたはかわいい子なんでしょう。

彼女はゆっくりと起き上がった。体を横にして起きれば、床に足がつくときに少し痛いだけだった。


廊下にはだれもいなかった。

看護師の詰め所の前を通ったが、だれも彼女に目を留めなかった。

その隣の部屋が新生児室だった。彼女はそっとドアを開けた。部屋は空っぽだったが、キャスターのついた台に載ったプラスティックの大きな箱が一つだけ真ん中にあった。それは彼女の部屋の母親たちのベッドの横にあるのと同じものだった。

動悸が激しくなった。静かにドアを閉め、一歩その箱に近づいた。

小さな頭。黒い毛の小さな頭だった。彼女は全身に震えを感じた。小さなベッドのそばまで来た。小さな頭の上にある札に書かれた市民番号を読んだ。

彼女の番号だった。ここに寝ているのは彼女の子どもだ。

彼女の息子だ。

叫び声を上げないように、彼女は自分の口を押さえた。

この子は彼女の体の中で大きくなったのだ。彼女の体の一部だったのだ。そしていま、彼はここにまったく一人で寝ていた。

たった一人で、見捨てられて。

彼はほんとうに小さかった。横向きに寝ていて、頭がとても小さく、彼女の手のひらにおさまりそうだった。

そっと彼女は人差し指で彼の髪の毛を撫でた。彼はビクッとして、まるで泣いたあとのように小さくしゃくり上げた。彼女はかがみ込んで、鼻を彼の耳につけた。

そのとき急にすべてがいっぺんにやってきた。

こんなこと、絶対にさせるものか。これは自分の子どもだ。この子を取り上げるのなら、わたしを殺してくれと言おう。彼女は一気に、なにがあってもこの子を裏切らないと決心した。これからは決してこの子を一人でプラスティックの箱の中で泣きながら寝入らせたりしない。

この決心は彼女を勇気づけた。彼女はそっとその小さな体の下に両手を入れて抱き上げた。体にぴったりと抱きしめた。体全体でこれが正しいのだと感じた。

彼はまだ眠っていた。彼女は赤ん坊の匂いを嗅いだ。涙が滝のように流れ、両頬を濡らした。

彼女は子どもをしっかりと抱きしめた。

もう彼女は一人ではなかった。

ドアが開いた。

「なにをしてるの?」

シビラは身動きしなかった。

昼間医者の部屋までいっしょに行ってくれた看護師が彼女に近寄った。

「シビラ。赤ちゃんを下に置きなさい。さあ、部屋に戻りましょう」

「わたしの息子よ」

女性看護師が落ち着かない様子を見せた。両手を伸ばしてシビラから赤ん坊を取り上げようとした。シビラは背を向けた。

「わたしはこの子を手放すつもりないわ」

看護師の手がシビラの肩に伸びた。シビラはその手を振り払おうと体をひねったが、そのとたんに赤ん坊が目を覚ました。泣き出しそうな赤ん坊を見て、シビラはやさしく頭を撫でた。

「だいじょうぶよ、わたしの赤ちゃん。ママはここにいるわ」

看護師は部屋から出て行くところだった。シビラは赤ん坊の頭の下に手を入れると、少し自分から離してながめた。目を開けている。小さな濃い青色の瞳が焦点を合わせようとして動いていた。

次の瞬間、さっきの看護師が戻ってきた。今度は四人だった。そのうちの一人は男性で、シビラにつかつかと近づくと大声で言った。

「赤ん坊を下に置きなさい！」

「この子はわたしの子です」

男性看護師は一瞬うろたえたが、すぐにそばの椅子を持ってきた。

「ここに座りなさい」

「いいです。座れませんから」

女性看護師の一人が前に進み出た。

「シビラ。こんなことをしても何にもならないわ。もっと状況を悪くするだけよ」

「状況って？」

四人は顔を見合わせた。一人ずつ。中の一人が部屋を出ていった。

「生まれた子どもが養子に出されることに同意したでしょう？　だいじょうぶ、この子はとてもいい暮らしをするようになるわ。心配することはないのよ」

「同意した？　わたしはなにも訊かれていないわ。わたしはこの子を自分の手で育てます」

「ごめんなさいね、シビラ。とても辛いかもしれないけど、わたしたちにはなにもできないのよ」

彼女は追いつめられたと感じた。彼らは三人で、いま出ていった一人はもっと人を呼びに行ったのかもしれない。そろって彼女に向かってくる。みんな向こう側の人だ。みんなが。いま胸に抱きしめている赤ん坊だけが味方なのだ。

彼女と赤ん坊対世界だった。なにがあってもこの子を渡すつもりはない。

「いいか、二つしか方法がない」男性看護師が言って、椅子を脇に引いた。「自分からその子を下に置くか、われわれが取り上げるかだ」

胸の動悸が激しくなった。

彼らはまた赤ん坊を取り上げるのだ。

「お願い。わたしはこの子の母親よ。あなたたちもそれを知っているでしょう？　わたしからこの子を取り上げることはできないわ。この子はわたしのすべてなの！」

涙が溢れた。体が震え、頭がぐらぐらした。彼女は目をつぶった。

ここで具合が悪くなっちゃだめ、しっかりするのよ。

目が開けたとき、すべてが終わっていた。

男性看護師が彼女の息子を腕に抱えて、ドアを出るところだった。追いかけようとする彼女をほかの二人の看護師が両脇から押さえた。息子の泣き声が廊下の向こうに消えた。

そして彼女は二度と息子に会えなかった。

38

「ひどいな！　そんなことやっていいのか！」

シビラは答えなかった。それより、なぜこの話をこの子にしたのだろう、と思った。いままで一度もこの話を人にしたことがなかった。子どもを失ったことは彼女の中にいつもあって、じくじくと傷口が痛んでいた。悲しみがガラスの破片のようなものになって、いつも彼女を内側から傷つけ、傷口は乾くひまがなかった。だが、いままで一度も、その悲しみを言葉にしたことはなかった。

もしかすると、少年が自分の子どもとほぼ同じくらいの年頃だからだろうか。それとも、いまの状況のせいだろうか。

絶望の状態。

逃げも隠れもできない状態。

「それで、そのあとはどうなったの？」

彼女はつばを飲んだ。それは彼女がいままで忘れようとしてきた記憶だった。

「わたしは閉じ込められたわ。半年近く、精神科病院の部屋に。それ以上は我慢できなくなって、逃げ出したの」

「なんで？　頭がおかしくなったから閉じ込められたの？」

彼女は答える気力がなかった。二人とも少しの間沈黙した。

「でも、逃げ出したって？　脱出したってこと？」

「ええ。でも、本格的な捜索はなかったみたい。わたしは別に一般の人にとって危険なわけじゃなかったから」

いまとは違って。

「おふくろさんとおやじさんは？　なんて言ってた？」

「それね。うちに住むことはできないとだけ言われたわ。成人なんだから、自分で生きていけばいいって」

「ひどいな。ひどい人たちだ」

そう。

「そのあとは？　そのあとはなにをしたの？」

彼女は頭をひねって彼を見た。

「あんた、いつもこんなに好奇心があるの？」

「だって、いままでホームレスと話したことないんだもの」

彼女はため息をついて天井を見上げた。よく聞きなさい。そして学ぶのよ。

「まず最初の場所はヴェックシューだったわ。みつけられて病院に送り返されるのじゃないかといつもびくびくしていた。二カ月ぐらいそこにいたかしら。地下室に隠れて、手に入るものなら何でも食べたわ」

「何歳だった？」

「十八歳になったばかりだった」

「ぼくから三歳上だ」

「ぼくより」

　少年は首を傾げて彼女を見た。

「なに？」

「ぼくより三歳上、と言うのが正しいのよ」

　少年が鼻の先で笑った。

「なんだい？　学校では級長だったとか？」

　彼女は暗闇で笑った。いいえ、級長になったことはなかったわ。級長に選ばれはしなかった。

「ううん。でも国語の成績はよかった」

「なぜちゃんとした仕事に就かなかったの？」

「それはわたしが名前を言いたくなかったからなの。名前を知っている人がいるのを恐れたの。そのころはわたし、全国手配されていると思っていたから」

　そう言ったとたんに、彼女は現在に戻った。いったいわたしは何をしているのだろう？　もう話はやめよう。

「おやすみ」

　彼は片ひじで起き上がった。

「まだだよ！」がっかりした声が響いた。「いま話をやめちゃだめ！」

　シビラはダクト向きに体を横たえ直した。

「もう十一時よ。わたしは疲れてるの。おやすみ」

「でも、それじゃ、どうしてストックホルムに来たのかだけ、話してくれない？」

彼女はため息をついてまた体の向きを変えた。大時計を照らしている二つの電球の光が屋根裏にも反射していたが、隅のほうまでは届かず、真っ暗だった。

「これだけは言えるわ。わたしがあなたなら、テレビの仕事に就くように勉強するってこと。いままでわたしが見たことや、やってきたことをぜんぶあんたに話したら、きっと眠れなくなるわよ」

彼女は黙った。言葉を選んで話すことにした。どこまで自分をさらし出すか？

彼女は起き上がった。

「六年という時間が無意味に過ぎたわ。わたしは自分がなにをしていたか、思い出すこともできないくらいよ。だれに会ったとか、どこで寝たとか。ものが考えられないほどいつも酔っぱらってた。そうしないではいられなかった。そしなかったら、辛くて生きてはいけなかったわ。一度路上で生きるようになったら、もう戻れないものよ。なぜって、もう社会に適応する力がなくなってしまうから。いえ、そうじゃないわ。社会に適応したくなくなるから。そのあとはもうだめ。社会の輪は閉じられてしまうのよ。世の中をよく知っているわたしの言葉に従うのよ、パトリック。なにをしてもかまわないけど、ホームレスになりたいなどと人に言って歩くのだけはやめなさい。なぜって、あんたにはそれがどういうことなのか、わかっていないからよ。おやすみ！」

彼女はまた横になった。彼女の勢いに、パトリックはなにも言えなかった。ほんとうにこの子は一晩中ここにいるつもりかしら、と彼女は思った。機嫌を悪くしたかもしれない。

静かになった。彼がもそもそ動いている音がした。薄い下敷きの上でどのように寝たら寝心地がいいのか、探しているにちがいない。しまいに屋根裏は静かになった。彼女は落ち着かなかった。次々といろいろな光景がまぶたに浮かんだ。パトリックの好奇心に満ちた質問のおかげで、長い間ふたをして考えないようにしていた経験がよみがえった。

しまいに、なんとか食べていけるようにとストックホルムへ移った。人間の多いところに紛れ込むために。だが、金もなくコネもないところで足場を作るのは簡単ではないことを知るに至った。とくに本名を使うことができない彼女にはなおさらのことだった。だれかにみつけられて病院へ送り返されるのがなによりも怖かった。姿を消したのを気にする人がいるとでも思っていたのか！　市民番号を使う勇気がなかった。それで職業斡旋所に行くことができなかった。何度か、レストランの皿洗いの不法労働をしたことがあるが、だれかが彼女の名前や出身を聞いたりしようものならすぐにそこをやめた。互いにあだ名でしか呼び合わない者たちとつきあうようになった。だれもなにも訊かない。飲み物があるかというぐらいのことしか。

そしてある日彼女は空腹と疲労困憊の極限に達して、ついに誇りを捨てて家に電話をかけ、両親に助けを求めたのだった。許しを請い、家に戻りたいと頭を下げて頼んだ。

「お金を送るわ。住所を教えて」

思い出すだけで胃が痛くなる。あの電話をかけなければよかったと何百回思ったことか。その経験はそれまで彼女がくぐってきたどんな苦労や屈辱よりも耐え難いことだった。母親との最後の話が、彼女の許しを請うことになってしまったことが。

だが、金はまちがいなく送られるようになった。それは最低生活をしている彼女の最低具合を少しだけ引き上げるのに役立った。その金のおかげで、そして彼女の方言のせいで、彼女はスモーランドの女王というあだ名で呼ばれるようになったのだった。

そのあと、記憶から消えてしまった日々が始まった。なにもかもどうでもよいと思えるように、全エネルギーがつねに酔っぱらっていることに費やされた。頭が働かない状態にいるかぎり、すべてが我慢できた。すべてが崩れてしまった生活の中で、その状態にいることに安心さえ感じた。どんなこともあり得たし、だれもなにも訊かなかった。徐々に、しかし確実に、彼女はそばを通る一般市民からのさげすみに満ちた視線にさらされることに無感覚になっていった。それは一般社会に属さないということの証明書のようなものだった。それは同時に、彼女が同じ状態にいる者たちに属することの証明でもあった。

六年経った。時間の外で暮らした六年間。

そして曲がり角が来た。スルッセンのベンチの下で、酔っぱらい、自分の吐瀉物《としゃぶつ》と排泄物にまみれて目を覚ましたとき、彼女は目を大きく瞠った保育園の子どもたちに囲まれていた。

「せんせい、どうしてこのおばさん、ここに寝てるの？」

「どうしてこんなにひどい臭いがするの？」

人生の裏を初めて見て驚いている子どもたちの目が彼女を囲んでいた。彼女と同じ年頃の女があわてて子どもたちを追い立てた。

「見るんじゃありません！」

そのとき、自分の息子がこの子どもたちの中にいるかもしれないという恐怖が彼女を襲った。

そして、いまの自分は、母親の選択が正しかったということの何よりの証拠になってしまったという思いもまた彼女の胸を突き刺した。

シビラは頭を動かして、予期せぬ同室者となった少年を見た。やっと眠ることができたようだ。彼女は寝袋から抜け出して彼のもとへ行き、寝袋の上からヤッケをかけてやった。彼は仰向けになって、少しでも体を温めるために両腕を胸の上に組んで寝ていた。

こんなに若い。

これから人生が始まる人だ。

息子もどこかでこんなに大きくなっているはずだ。

彼女は自分の寝袋に戻った。

もうこの屋根裏にはいられない。何日かしたら、きっと頭がおかしくなってしまうだろう。

そう思った瞬間に、彼女は今晩ここでなにかが自分の中で起きたことに気がついた。なにかいいことが。彼女は頭をひねって、また夜の同室者を見た。彼はなにかをここにもってきたのだ。骨付きの肉とコカ・コーラだけではなく、なにかもっと大切なものを。人間としての彼女に対する尊敬と称賛のようなもの。なぜかはわからないが、この屋根裏に来て彼女を発見したのはこの少年だったのだ。だれでもあり得たときに。彼の称賛の目が、不思議なことにここ何日かの絶望から彼女を救い出し、また生きていく勇気を奮い起こさせた。

状況に逆らって、また生き続ける意志。

もっとも深くて暗い闇はもう抜け出した。彼女はまた闘志が湧いてきたのを感じた。

ふん。今度もまた叩きのめされなかったぞ。

まだ自分は追跡されているのだろうか、と彼女は思った。

明日こそ新聞を買わなければならない。

39

そして私は新たなる天と新たなる大地を見た。なぜなら、以前の天と以前の大地が消え、海がなくなったからだ。そして私は聖なる町、新しいエルサレムが天から、神の御手から下ってくるのを見た。まるで花婿のために美しく飾られた花嫁のようだ。

そして私は玉座からの偉大な声を聞いた。

「見よ、神の住処《すみか》は民の中にあり。神は民の中に住まいたもう。そして人々は神の国の民となり、神ご自身が民と共におられ、人々の目から涙を拭《ぬぐ》いたもう。そして死はもはやなく、悲しみも嘆きも苦しみも存在しなくなる。なぜなら以前存在したものが、いまはもう過去になっているからだ」

そして玉座におられるお方はまた次のように言われた。
「見よ、わたしはすべてを新しく創る。私はアルファでありオメガである。始めであり終わりなのだ。書き記しなさい。なぜならこれらの言葉は貴重なものであり、真実のものだから。私はアルファでありオメガである。始めであり終わりなのだ。のどの渇いている者には、命の泉の水を与えよう。勝利する者には行く末まで勝利する運命を与えよう。私は彼の神となり、彼は私の息子となる。だが、臆病な者、信仰のない者、汚れた者、殺人者、姦淫者《かんいんしゃ》、魔術師、偶像崇拝者と嘘つきに関しては、その運命を業火と硫黄の燃えさかる湖に沈める。それが彼らの二度目の死になるだろう」

神よ、私は義務を果たした。
あとはただ待つばかりだ。

40

彼が起きるまで、シビラは長いこと目を覚まして待っていた。横になったまま、ときどき彼を盗み見た。彼女のヤッケを着ているところを見ると、夜中、寒くて目を覚ましたにちがいない。

寝ながら彼をながめて、彼女は決心した。明け方、彼女は一つの結論に達した。彼女にチャンスがあるとすれば、いま彼にすべてを話すことだ。

彼の助けが必要だ。

寝返りを打ったり体を伸ばしたりしながら、彼女は言葉少なく彼に説明する文章を、頭の中で作っては消し、消してはまた作りなおしていた。

目を覚ましてパトリックが最初にしたのは、体を伸ばしてメガネを手に取ることだった。メガネをかけてから起き上がって、彼女のほうを見、寝袋を引き上げた。

「寒かったね！　ヤッケで助かっちゃった。いま、返してほしい？」

「しばらくはいいわ。わたしの寝袋はそっちのよりも温かいから」

彼の後ろの大時計は九時十分を示していた。

「授業は何時に始まるの？」

彼は彼女を見て笑った。

「ブー。今日は土曜日だよ」

彼女は笑い返した。ブー、という表現は彼女には新しかった。

彼の片手が寝袋から伸びて、骨付きグリル肉が入っている紙袋をつかんだ。膝の上に置くと、中をのぞき込んだ。

「朝食に骨付き肉か」

「クネッケ・ブレッドがあるわ。それにヨーグルトも」

そのほうがよかったらしい。彼は紙袋を床に戻すと、寝袋の中に入ったまま立ち上がり、ぴょんぴょんと跳ねながら、彼女のほうへ向かった。

「やめなさい。床がほんとうに崩れ落ちたらどうするの？」

「ヘン、だ」

彼女の前まで来ると、ドシンと音を立てて床に倒れた。彼女は彼を見て首を振り、肩をすくめた。彼はにやっと笑って、クネッケに手を伸ばした。

彼はほんとうに空腹だったらしく、七枚目のクネッケを食べ始めたとき、彼女は包みを取り上げた。

「明日もあるのよ」

「ふん、また買えばいいじゃん」

彼女は彼を見返した。それで彼はばかなことを言ったとわかったらしかった。

「ぼくが新しいのを買うから。食べた分は払うよ」

「いいえ、いりません」

いまが話をするときだ。だが、どう始めたらいいのだろう?

彼女は自分を勇気づけるために深く息を吸った。

「新聞読むことある?」

彼は肩をすくめた。

「ときどき。おふくろはダーゲンス・ニーヘッターを読むようにって言うんだけど、厚いんだもの。何時間もかかってしまう。おやじが帰ってくるときに持ってくるエクスプレッセンをときどき見るぐらいだよ」

彼はシビラを見た。

「そっちは?」

「読むわ、手に入ったときは。クルチュール・ヒューセット館で読むこともあるわ。あそこにはどんな新聞でもあるから」

それは知らなかったらしい。彼はうなずいただけだった。

彼女は話を進めた。

「きのうはなにか新聞読んだ?」

彼は首を振った。

「あ、ちがう。金曜日の特別版というのを読んだ」

このあとはどう話をもっていったらいいのか、わからなかった。この子に話すことは、ほんとうに正しいのだろうか。寝ていたときのほうがずっと確信があった。

「あなたは自分がやってないのにやったと責められたこと、ある？」

「うん、あると思うよ。ヨーグルトもあるんだっけ？」

彼女はため息をついて、紙パックのヨーグルトを彼に渡した。

「直接口をつけて飲んでもいい？」

「ええ。もし家から皿を持ってきていなかったら」

彼はまたにやっと笑って、ヨーグルトを飲みだした。

彼女はもう一度大きく息を吸い込んだ。

「わたしはあるわ」

彼はヨーグルトを飲むことに集中している。紙パックの底のほうに固まっていて、なかなか飲むことができない。パックの底を手で叩いている。

「シビラって名前、聞いたことある？」

彼はうなずいたが、やっと飲めるようになったヨーグルトに気を取られている。

「怖くならないでね、パトリック」

一瞬だけ最後の迷いを感じたが、思い切って話を切りだした。

「わたしがシビラなの」

最初はなんの反応もなかった。そのあと言葉が彼に届いた。彼女がいま何と言ったかがわかったとたん、彼は全身を硬直させた。ヨーグルトの紙パックの口がゆっくり彼の唇から離れた。怖くなったのがわかった。

「わたしじゃないの、パトリック。そのときに偶然グランドホテルにいただけなのよ。神に誓ってわたしは無実よ」

その言葉を聞いても、彼の顔に安心は浮かばなかった。まるで逃げ出す道を探すように彼女から目を離した。彼にわからせなければならない。まったく予想外の展開になった。言葉が自然に口をついて出てきた。あらかじめ用意していたものとはまったく違う言葉が。

「わたしが猟奇殺人事件の犯人じゃないということ、わかるでしょう? もしわたしなら、あなたはいまここにこうしているはずがないもの。一晩中いつでもやろうと思ったらやれたんだから」

これはまずい話しかただった。じつにまずかった。パトリックは急に立ち上がって逃げ出そうとしたが、寝袋に入ったままだったので動きが取れなかった。

いま彼を行かせるわけにはいかない。いまはまだ。

シビラは次の瞬間、彼に跳びかかった。敷物に倒し、膝で彼の腕を押さえつけた。彼の息づかいが激しくなり、いまにも泣きだしそうになった。

ああ、こんなつもりじゃなかったのに!

「お願い、なにもしないで」

彼女は目をつぶった。自分はいったい何をしようとしているのだ?

「なにもするつもりはないわ。でもわたしの話を聞いてちょうだい。わたしがこの屋根裏にいるのは、スウェーデン中の警官がわたしを捜しているからよ。警察はわたしが犯人だと決めてかかっている。わたしに勝ち目はないわ。昨日話したとおりよ。わたしのような者にはなんの権利もないの。パトリック、聞いてちょうだい。あなたが信頼できると思ったから話したのよ。あなたならわたしの話を信じてくれるかもしれないと思って」

彼は泣きやんだ。

「わたしがこの話をしたのは、あなたの助けが必要だからなの。わたしは買い物にも怖くて行けないのよ」

パトリックはやっと彼女を見た。恐怖に見開かれた目で。

シビラはため息をついた。

「まったくね。悪かったわ」

いまだれかに見られたら? 自己防衛もできない哀れな十五歳の少年の上に乗っかっている姿を。彼女は彼をつかんでいた手を放し、立ち上がった。

「行きなさい」

彼は身じろぎもしない。息を吸うこともできないように見えた。

「行けって言ってるのよ！」

彼女が叫ぶのを聞いて、彼はビクッと体を縮めた。寝袋から出ると、入り口に向かって歩きだした。また彼女が跳びかかってくることを恐れているようだ。

「わたしのヤッケはおいてって」

彼はその場で立ち止まり、ヤッケを脱いで床に落とした。そのまま歩いていって階段のところまで行くと、階段を駆け下り、廊下を走っていく音が聞こえた。

彼女は目を閉じて、敷物の上に沈み込んだ。

ここを出なければ。

彼の物から片づけ始めた。リュックの中に全部入れると、下敷きをきっちりと丸めた。それから自分の物に取りかかり、数分後には全部用意ができた。

ドアのところで立ち止まり、大時計を見た。

さよなら。

廊下に出て階段を下りた。

ドアの取っ手に手を掛け、一瞬ためらった。ドアを外の世界に向けて開けるだけでも、気分が悪くなる。絶え間ない恐怖で、彼女は打ちのめされそうだった。

校庭側の出入り口を選んだ。道路の側に出る勇気はなかった。ドアが背中で閉まった。もう中へは入れない。

シビラはヴィタベリスパルケン公園へ抜けるために校庭を横切った。そのあとどこへ行くかは、まったく見当がつかなかった。

校庭の半分ほどまで来たときに、声がかかった。彼女はぎくっとして立ち止まり、すばやく目を走らせて隠れ場所を探した。

「待って、シッラ！」

パトリックだった。ボンデガータンのほうから姿を現し、彼女のほうへ走ってきた。彼女は足元のアスファルトに目を落とし、彼を待った。追いついてからも、彼は最初なにも言わなかった。彼女は歩きだした。

「ごめん。話を信じなくて。でも、とても怖くなってしまったんだ」

彼女は振り返った。彼の目に新しい表情があった。前にはなかった真剣さが加わっていた。息切れしながら、うつむいた。怖かったと言うのが恥ずかしそうだった。

「気にしてないわ」

彼女はそのまま歩き続けた。

「シッラがほんとうのことを話しているのはわかっている」彼は続けた。

彼女は足を止めなかった。もう一度この話をする気になれなかった。彼は後ろから急いでついてきた。

「シッラ。ぼく、いま、コンスム・スーパーのところで今日の新聞の広告ビラを見た」

そう言って彼は口をつぐんだ。今度は彼が言葉を選ぶ番になったらしい。

「警察はシッラが昨日の夜、また一人殺したと思っているようだよ」

41

「ほんとうに眠っているのね?」

「そうだよ」パトリックが苛立った声で答えた。「夜勤のあとは、いつも一時くらいまでは起きないんだ」

そう聞いてもシビラはいやな気分だった。もしパトリックの父親が目を覚まして、息子の部屋にリュックを背負った黒い髪の毛の女が入り込んでいるのがわかったら? しかも母親と同じくらいの年齢ときている。

彼らはパトリックのアパートの廊下に立った。鍵はすでに鍵穴に入っている。二人はひそひそと話をした。

「それで、お母さんが帰ってこないというのは確かなのね?」

「明日の夜までは帰ってこないはずだよ」

それでも彼女は不安でならなかった。

彼を巻き込んでほんとうによかったのだろうか？


校庭でパトリックから今日の新聞の広告ビラの話を聞いたとき、彼女は近くのベンチに行って腰を下ろした。人の姿がまったくない校庭を前に、彼女はまたもやすっかり生きる勇気がなくなるのを感じた。

彼は後ろからついてきた。初めはなにも言わず、彼女の邪魔をしなかった。彼女は校舎の塔の大時計を見上げ、ここに来たときの決心に従っていればよかったと思った。

あの屋根裏から動かなければよかった。

「昨日の晩、シッラはぼくといっしょだったと警察に言ってやるよ」

彼は明るい口調で言った。彼女の気持ちを軽くさせたがっているようだ。

だが、彼女は鼻の先で笑った。必要以上にいじわるに聞こえたような気がして、彼女はパトリックに少しほほえんだ。

「そんなことをしたら、わたしは児童誘拐の罪にも問われることになるわ」

「ぼくはもう十五歳の誕生日を過ぎているから、児童じゃない」彼はむっとして言った。

まあ、それは失礼、とでも言えばいいの？

「パトリック。わたしにはもうまったく勝ち目がないわ。警察へ行って、告白して、なにもかも終わりにしてしまうほうがよっぽど楽だわ、きっと」

彼はまじまじとシビラを見た。

「頭がおかしくなったの？」

彼はほんとうに腹を立てたようだった。

「自分がやりもしないことをやったと言って自首するなんて、そんなのだめだよ！」

「それじゃどうしたらいいと言うの？」

彼は考え込んだ。

「警察へ行って、自分じゃないと言えばいいんだよ」

「そんなこと言ったって、同じことよ」

「ちがうよ！」

「まだわかんないの、パトリック？　もうみんなが、犯人はわたしだと決めているのよ。わたしにはもうどうしようもないじゃない」

彼女は前にかがみ込んで、顔に両手を押し当てた。

「わたし、閉じ込められるのだけは、絶対にいやなのよ」

その口調は静かだった。

「警察にほんとうのことを言えば、そうはならないよ、きっと」

だがその声はあまり自信がなさそうだった。

シビラは彼にユルゲン・グルンドベリの話をした。彼の鍵に彼女の指紋がついたわけ、彼女が忘れたカツラとナイフのこと。そのほかのことも彼女のいままでの経歴といっしょにされて、格好の犯人にされてしまったこと。以前精神病院にいたこと、ホームレス、社会生活を支え合う隣人がいないこと。完璧なのだ。警察官が両手をこすり合わせる姿が想像できた。この女にちがいない。たとえ彼女ではないことがわかっても、真犯人がわかるまで彼女は拘禁されるだろう。そうされたら彼女は今度こそ本当に頭がおかしくなってしまう。閉じ込められた経験があるから、そうされることがどういうものか、彼女はよく知っていた。

「それにこの人殺し、わたしをはめようとしているのよ。ヴェスタヴィークではわたしの名前で告白を残しているのよ」

パトリックはゆっくりとうなずいた。

「ボルネースでも」

シビラは彼に目を戻した。

「昨日の夜のはボルネースなの？」

「ううん。ボルネースはおとといだと思う。昨日の夜のはどこだか知らない」

彼女は頭を後ろのリュックにもたせかけた。

おととい。彼女が学校の屋根裏に隠れて寝ている間に、もう一件起きていたのだ。ということは、いま彼女は四件の殺人事件の容疑者になっているのだ。

パトリックが彼女を見た。

「え？　おとといのは知らなかったんだ？」

彼女はため息をついた。

「うん」

二人ともしばらくなにも言わなかった。これはそう簡単なことではないことがやっと彼にもわかったようだった。

「わかった」彼はしまいに声を上げた。「ぼくの家に行こう。そしてインターネットでこの事件について新聞に書かれていることを全部調べ出すんだ」

「あんたの家に行くって？」

「そうだよ。ネットでチェックするんだ」

彼女は新聞で読んだことがあった。インターネット。彼女が一度も経験したことのない新しい驚異の世界。インターネットもこの少年の家に行くのも、シビラは気が進まなかった。

「ネットを見たら、シビラじゃないことがわかる証拠を見つけられるかもしれないよ。

新聞に何が書かれているのか、全部知ってるの？」

「いいえ」

パトリックは立ち上がった。

「それじゃ、やらなくちゃ」

彼女はまだためらっていた。

だが、ほかにどんな方法があるというのか？


玄関に入った。押し込み強盗になったような気がして、心臓が激しく打ちだした。

「こっちだよ」パトリックがささやいた。

突き当たりのドアに金属のプレートが掛けてあった。「立ち入り禁止。この先は自己責任」。

まさにそのとおり。

大きな居間を通った。次の部屋のドアは閉まっていた。パトリックは唇に指を立てて、そこが父親の寝ている部屋だと知らせた。

彼女は引き揚げたくなった。これはまちがいだという気がした。だがパトリックは自分の部屋のドアをすでに開けていて、手招きしている。

彼女は黙って彼の言うとおりにした。

部屋はまるで大嵐のあとのようだった。床には脱ぎ捨てられた服や漫画、カセットテープのケース、本などが散らばっていた。

彼女はリュックを下ろすと、散らかった床の上に置いた。

そして彼を見た。

「おふくろに掃除すると約束したんだけど、忘れちゃった」

「うん、そのようね」

彼らはまだ小声で話していた。

パトリックは机の上のコンピューターに向かい、ボタンを押した。小さなメロディーが鳴った。シビラは音を小さくするように頼んだ。コンピューターが働き始めた。

シビラは部屋の中を見回した。コンピューター関係の機具がおいてある机以外にベッドと本箱があった。シーツと上掛けが起きたときのままに乱れている。彼女の視線を感じてか、パトリックはベッドに行ってカバーを掛けた。部屋は一瞬にして片づいた印象になった。

コンピューターが働いている音が続いている。スクリーンにさまざまなアイコンが現れた。パトリックは椅子を引いてコンピューターに向かった。

窓には水の入っていない水槽があった。シビラはガラスの中をのぞいた。

「それ、バットマンという名前。ギリシャの陸ガメだよ」

バットマンは箱の隅でサラダ菜の葉を食べていた。シビラは顔を近づけて観察した。小さな脳のカメはこの小さなガラスの箱にいて、ほかのことはなにも知らない。一瞬だけ、彼女はカメがうらやましくなった。

パトリックはキーボードを打った。彼女は机のそばに行ってスクリーンに現れたものを読んだ。

猟奇殺人事件。シビラ。

パトリックは矢印を押して検索に入った。

コンピューターが命令を受けて動き出した。数秒後、検索が終了した。

六七件。

「ビンゴ!」

彼の顔全体が笑っている。

「これ、どういう意味」

「猟奇殺人事件とシビラについて、六七件、書かれたものがあるということ」

ほんとうだろうか? 彼女は自分の知らないうちにこの世の一部になっていたのだ。

パトリックは見出しの一つを押した。

「みつけたものを全部印刷するよ。あとでゆっくり読めるように」

シビラはよくわからなかったが、この子は自分がなにをしているのかわかっているようだった。机の上のもう一つの機械が音を立て、そのあと、紙が一枚飲み込まれた。字が裏側に印刷されて出てくる。紙一枚全部印刷されて吐き出されるまで、シビラには何が書かれているのか見えなかった。

その紙を受け取ると、彼女はパトリックのベッドに腰を下ろした。パトリックがまたクリックした。するとまた印刷が始まった。

彼女は手にした紙を読み始めた。

〈グランドホテル事件の容疑者、犠牲者の妻を脅す〉

レーナ・グルンドベリは快適に整った家で居間のソファに体を丸めて震えている。一週間ほど前までは愛する夫ユルゲンといっしょだった。先週の木曜日ユルゲン・グルンドベリはグランドホテルで連続猟奇殺人事件の最初の犠牲者になった。容疑者は現在警察が必死で追跡している冷血の殺人鬼、三二歳の精神異常の女である。残忍なグランドホテル事件からわずか二日後、容疑者の女は失意のどん底にいる未亡人を訪ねていた。

レーナは涙を流しながらそのときの話をしてくれた。

「ほんとうに恐ろしい。その女はドアベルを鳴らして、自分も夫を亡くしたばかりだと言って家に入ってきたのです。ほんとうの用事はなんだったのか、いまだにわかりません。でも、警察の似顔絵を見たとき、すぐに彼女だとわかり……」

シビラは途中で読むのをやめた。

失意のどん底にいる未亡人？

だれが？

まだまだ何枚も読まなければならない紙がある。シビラは印刷された紙の束をつかむとベッドにふたたび腰を下ろした。


〈猟奇殺人事件の犯人は通常人体に関する知識に通じている〉

スウェーデン国内の数カ所で猟奇殺人事件を起こして、行方不明のまま逮捕令状が出されている三二歳の女に警察は困惑している。六〇年代から現時点までスウェーデンで起きた猟奇殺人事件を調べると、犯人の大半が食肉処理業者、医者、狩猟者、獣医である。法心理学者のステン・ベリマンによれば、その理由は一般の人間が死体の切断に関して抱く恐怖心をこれらの職業に従事する人間たちは職業上ほとんどもたないからだという。彼らには技術的な知識がある。警察の調査では三二歳の容疑者はこの点で異なる。警察は容疑者にはこれらの職業との接点も経験もないはずと見ている。だが、死体を切断する犯罪を犯すのは、もちろん上記の職業に関係する者だけではない。心理的欠陥は、他人の痛みが理解できない性格や、他人の生命に対する激しい軽蔑をもたらすことがある。また深刻な精神的疾患も原因になりうる。犠牲者と自分との間に距離をおくことができないこともある。三二歳の女のケースがそうである可能性がある。犠牲者を思い出させたり犯行そのものを思い出させる記念品がほしいのだ。今回の犠牲者たちはいずれも激しい暴力を受けている。犯行を隠すとか捜査を困難にするとかの目的で軽度に損傷されるのとは違う。今回の四件では後者の傾向はまったく見られない。容疑者の唯一の関心は犠牲者を切り刻むことにあるようだ。警察は犠牲者たちのどの部分が切り取られているのか、依然として発表していない……。

シビラは立ち上がって紙を床に投げつけた。

「なによ。こんなもの、読んでられないわ」

彼女の声の大きさにパトリックが振り向いた。

「シーッ」

シビラはまた腰を下ろした。機械はどんどん印刷した紙を吐き出したが、彼女はもう読む気がしなかった。こんなことを人は書いているのだ。いままで一度だって彼女に関心を持たなかった人々が。いま彼女は、スウェーデンでいちばん注目され、書き立てられている人間になっていたのだ。

ひどい。

「もう行くわ。もうここにはいられない」

彼はまた振り返って彼女を見た。

「ここを出てどこへ行くって言うの？」

彼女はため息をつき、なにも言わなかった。

どこかで部屋のドアが開く音がした。二人はぎくっとして見つめ合った。そのまま身じろぎもしないで耳を澄ませた。水を流す音がした。シビラは隠れ場所を目で探した。

「トイレに行っただけだと思うよ」パトリックが安心させようとして言った。

だが彼女はまったく安心などできなかった。水の音が止まったとき、彼女はベッドの下に飛び込んだ。次の瞬間ドアがノックされた。

「パトリック？」

彼は答えなかった。シビラは彼の足がベッドの上にあげられるのを見た。そしてドアが開いた。毛ずねの脚が部屋に入ってきた。

「眠っているのか？」

「うーん」

「もう昼近いぞ」

そのとき机の上の機械から印刷された紙が遅れて一枚吐き出される音が聞こえた。

「それは何だ？」

毛ずねの脚が近づいてきた。次の瞬間パトリックのジーンズの脚が彼女の鼻先に下りた。紙の音が聞こえた。

「別に」

「ふーん。なんだ、服のまま寝てるのか？」

「だって起きてたんだもの、さっきまで。いまはちょっと休んでいただけだよ」

「そうか。なにを印刷してたんだい？」

「ネットでちょっと調べもの」

シビラには父と子の沈黙が長い時間に感じられた。

「それじゃまた寝るとするか。今日は家にいるのかい、パトリック？」

「まだわかんない」

「十時前に帰ってきなさい。それから、どこにいるのか電話で知らせるんだよ」

パトリックのため息が聞こえた。毛ずねはドアのほうに歩きだしたが、突然止まった。

「そのリュックは何だね？」

シビラは目をつぶった。パトリックの返事はなかなか来なかった。どこかでみつけたとか、盗んだとか、何でもいいから言ってちょうだい！

「ヴィクトールのだよ」

そうそう、その調子。

「それがどうしてここにあるんだ？」

「あいつ、学校に忘れてったの。ぼくが届けるって約束したんだ」

脚がまた歩きだした。

「それじゃ、またあとでな。ママが帰ってくる前に部屋の中を片づけるのを忘れるなよ」

「うん」

やっとドアが閉まった。パトリックの笑顔がベッドの下をのぞき込んだ。

「怖かっただろ？」彼がささやいた。

シビラは這い出た。

「ドアに鍵はかけられないの？」彼女は服についたほこりを払いながらささやき返した。

パトリックはベッドに座り直して、父親から隠した紙を読みだした。シビラは彼の視線を追った。

殺人者の追跡。

彼は考え込む表情になったが、しばらくして彼女を見上げた。

「これからどうしたらいいか、わかったよ」

彼女は答えなかった。

「考えて。警察はシッラだけを追いかけてる。それじゃいったい、だれが真犯人を捜し出すんだ?」

そんなこと、知るわけない。

「わかんないの? ぼくたちだよ。ぼくたちが真犯人を捜し出すんだ」

42

最初彼女は無性に腹が立った。ドアのところへ行きリュックを持ち上げた。だが、ドアの取っ手に手をかけてからためらった。

まだ外に出る勇気はなかった。

リュックを床に戻して、大きくため息をついた。

「これはスリル満点のゲームじゃないのよ、パトリック」

彼女は小声で言った。

「わかってるよね？　ほかになにかいい考えはないの？」

彼女は取っ手から手を放して、パトリックに向き直った。彼は床に下りて彼女が投げつけた紙を拾い集めていた。彼女はそれを見ていたが、しまいに彼のほうへ行って手伝った。何とか集めた紙を机の上に全部拾い上げたとき、彼女はまたベッドに腰を下ろした。

「それで、どうしたらいいと思うの？」

彼は前のめりになって話しだした。

「聞いて。警察はシッラだけを捜してる。だからぼくたちが警察に代わって真犯人を捜し出すんだ」

「だから、どうやって？　わたしたちはなにも知らないじゃないの」

彼は姿勢を戻した。

「怒らないって約束してくれる？」

「そんな約束、できるわけないじゃない」

彼はためらった。シビラは好奇心が湧いた。この子はどんなことを言うつもりなのだろう、わたしが怒るのをこんなに心配するなんて。

「ぼくのママ、警察官なんだ」

彼女はまじまじと彼を見た。彼は息を詰めたまま動かない。言葉の意味が脳に届くと、シビラの心臓は張り裂けそうになった。

彼女は立ち上がった。

「もうここにはいられないわ。廊下にだれもいないか、見て」

「ちょっと待って」

「いますぐよ、パトリック！」

その声が必要以上に高かったので、パトリックはため息をついて言われたとおりにした。ドアの隙間から廊下をのぞき、それから大きく開けた。

彼女はリュックを持って彼の前を通り抜けた。


「話だけでも聞いてくれない？」

シビラは歩道を歩いていた。パトリックはそのすぐ後ろまで追いついた。いま角を曲がり、フォルクンガガータンに出た。彼女はまったく耳を貸すつもりはなかった。ぼくのママは警察官！　よく言うよ。スズメバチの巣にわたしを連れていったようなものじゃないの！　彼女は急に足を止めて彼に向き直った。彼は予期していなかったので、彼女に突き当たってしまった。

「あんたの母さんが帰ったきたら、どうなったと思うの！」

彼女はまだアドレナリンが体中を激しくまわっているのを感じた。

「ママは講習会に出ていると言ったじゃないか！」

シビラは少年を見て首を振った。この子はまだ子どもなのだ。わたしはなにを期待しているのか？

「これはわたしにとって生きるか死ぬかのことだと、あんたにはわかんないの？　あんたの母さんは気分が悪くなって早く帰ってきたかもしれないし、何だって起き得たのよ！　そしてわたしはバカみたいにあそこにいたんだわ！　それとも、初めからそう仕組んでいたの？」

彼は二、三歩下がって彼女を見た。

「そうか。そこまで言うんなら、勝手にどこへでも行って、死ぬほど酔っぱらえば？」

彼女の体から怒りが消えた。彼女にはたった一人しか味方がいない。その味方までいまなくそうとしていたのだと気がついた。彼は上着さえも着ていない。着る時間もなく追いかけてきてくれたのだ。いま彼は少しでも寒さから体を守るため両腕を抱えている。

彼女には考える力がなかった。状況が厳しすぎてそんな余裕がなかったのだ。だが、いま彼女はこの少年の行動にも責任を感じた。しかし、自分の姿が見えなくなったら、この子がなにをするかわかったものではないではないか？　だが、それもしかたがない。信じた自分が悪いと思えばいい。この子をこの状況に引き込んだのは自分なのだから。

彼女は大きくため息をついた。

「うちに帰って上着を着てらっしゃい」

彼は信じられないように見返した。

「どうして？」

「震えてるじゃない」

彼はシビラをまっすぐに見た。

「戻ったときシッラがいなかったら、ぼくががっかりすると思わないの？」

「そのあとどうするの？」

二人は互いをさぐり合った。パトリックのほうが行動に出た。シビラに近づくと、ズボンのポケットから財布をとりだし彼女のヤッケの胸ポケットに入れた。

「ぼくが戻るまで、これ、持っててくれる？」

シビラが顔を上げたときには、すでに彼は五、六メートル先の建物の角を曲がるところだった。あのはなたれ小僧、ばかじゃないわね。将来もきっと心配ないわ。彼女は財布をポケットから取り出して、手のひらの上に乗せて重みを量った。それから目を閉じた。笑いを抑えることができなかった。

43

「わたしは中に入らない。ビュンス・トレーゴーデン公園で待っているから」

まだ彼女が姿を消してしまうのではないかという不安があるらしかった。シビラは彼のためらいがわかった。

「待つと約束するわ」

彼女は本気だった。彼はうなずくとユートガータンを渡った。彼女は彼の姿がメドボリャープラッツェンの図書館の中に消えるまで見送った。


上着を持って戻ってきた彼の顔がうれしそうにはじけているのを見たら、どんな猟奇殺人の犯人の心も解けてしまっただろう。彼女は笑い返さずにはいられなかった。彼は最初の一手として考えていることを話してくれた。警察にメールを送って、彼女のアリバイを教えるのだ。彼女はそれを聞いてためらった。そしていま彼らのいる場所と、なによりも彼の名前を知らせないと約束してくれと頼んだ。彼はそれを聞くとまた、あんたバカ？　決まってるじゃないかという顔つきをして、もし自分の正体を報《しら》せるつもりなら、家のコンピューターから送信すればいい。それを隠すために図書館のコンピューターから送信するのじゃないかと言った。

いまシビラはビュンス・トレーゴーデンの広場でベンチに腰を下ろして彼を待っていた。メドボリャープラッツェンを土曜日に散策する人々であふれていたが、ほかのベンチには幸い知っている顔はなかった。

十分も経たないうちに彼が戻ってきた。

「なんて書いたの？」

「シビラ・フォーセンストルムはいまメドボリャープラッツェンの図書館にいる。しかし彼女は無実である、と書いたよ」

一瞬彼女は彼がほんとうにそうしたのだと思った。だが、次の瞬間、ふーっと大きくため息をついた。

「悪い冗談言わないで、パトリック」

「こう書いたんだ。自分は匿名でこれを書くが、猟奇殺人事件の犯人はシビラ・フォーセンストルムではないことは百パーセント確実だ、と」

彼女は一言言いたくなった。

「そんなこと、どうして言えるの？　昨日の晩以外の殺しはぜんぶわたしがやってるかもしれないじゃないの？」

「ふん、シッラはほんとに危険人物に見えるよな」

彼女は引き下がらなかった。

「いえ、冗談抜きに。もしほんとうにわたしだったら?」

彼の額にしわが寄った。彼女の顔をまじまじと見た。

「ほんとうにそうなの?」

彼女はすぐには答えなかった。それからにっこり笑った。

「ちがうわ。でも、わかったでしょう? あんたでさえわたしじゃないなんて言い切れないのよ」

「それはちがうよ。確信してたのに、シッラがうるさく言うから」

彼は苛立った。それは彼女も同じだった。彼女にしてみれば、彼がちょっとの間引っぱり回して遊ぶマスコットのような存在になるつもりはまったくなかった。

「わたしはただ、何でも簡単だと思わないようにと、注意したかっただけよ」

彼の額のしわが深くなった。彼女の言葉がますますわからなくなったらしい。

これでいい、と彼女は思った。

ここは主導権を握っていたい。彼に譲るつもりはなかった。

彼は彼女のそばに座り込んだ。二人はしばらく黙って座っていた。人が彼らの前を通り過ぎたが、この変な組み合わせの二人に目を留める者はまったくいなかった。

警察の車が二台、ユートガータンからスピードを上げてメドボリャープラッツェンに入ってきた。サイレンは鳴らさなかったが、人々が道を空けるように青い光を点滅させている。車が停まると、警官たちが飛び出し、図書館に駆け込んでいった。

もうここを動かなければ。

二人は顔を見合わせて立ち上がった。シャルホヴスガータンにそって階段を駆け上がり、モセバッケ広場のほうへ上がった。二人は黙ったままベンチに腰を下ろした。太陽はこの日数週間ぶりに厚い雲の間から顔をのぞかせた。シビラはリュックをそばに下ろし、ベンチにもたれかかって顔を太陽に向け、目をつぶった。ああ、外国へ行きたいな。一年中太陽の照る国へ、だれにも追いかけられない国へ。彼女は一度もスウェーデンの国境の外に出たことがなかった。まだ子どものころ、両親はマヨルカ島へ数回行ったことがあったが、彼女はパスポートさえもない。

十五分ほど経ってから、パトリックが彼女を見て話しかけた。

「警察署のおふくろの机に行って、コンピューターをチェックしようと思うんだ」

よくそんなこと、簡単に言うね。

「だめよ」

「そんなことわかってるさ。でも、やろうと思う」

「やっちゃだめだと言ってるでしょ。あなたを巻き込みたくないのよ」

彼は鼻を鳴らした。

「もうとっくに巻き込まれてるよ」

そうね、そのとおりだわ。でももし彼にこれほど行動力があると知っていたら、きっと真実を話したりしなかっただろう、とシビラは思った。彼の年頃のとき、彼女はおとなしく座って、大人たちの賢い言葉に耳を傾けていたものだ。

そう。そしてその結果がこのとおり、というわけ。

「ほんとうにみつけられずにそんなことできるの？」

「母に用事がある、と受付で言う。そしておふくろの部屋で待たせてもらうんだ」

「でも彼女は講習を受けているから、いないんじゃなかった？」

「それは受付の人は知らないと思う」

「でも、もし知っていたら？」

彼女のやる気のなさに、彼は苛立ち始めた。

「そのときはまた、なにか口実をみつけるさ」

この子、頭が回りすぎるわ。ぜんぜんよくない。

「それで、もしだれかにみつかったら？」

「みつからないよ」

「もしって、言ったでしょ？」

答えるつもりがないらしかった。彼は両膝を叩くと立ち上がった。

「それじゃ、行こうか？」

「どこへ？」

彼は、なぜ何でも二回繰り返さなければならないのかという顔で彼女を見た。

「おふくろの職場だよ！」

彼女は黙って彼を見返した。この子は救いのエンジェルか、地獄へ送り込む使者なのか。でもそれは、あとになってみなければわからない。

「あんたが警察に突入するとき、わたしは遠慮するけどいいかしら？」

彼はにやっと笑った。

「どこで落ち合おうか？」

44

シビラはパトリックが来たことに気がつかなかった。スタッツヒューセットの裏の桟橋で待っていた。リッダルホルメン教会の時計の長針がひと回りしたとき、彼女は本気で立ち去ることを考えた。

が、まだその場所を動かずにいた。

それから三十分後、彼女の鼻先に一枚の紙が差し出された。

彼は後ろから忍び寄ってきた。彼女が振り向くと銀縁メガネの得意そうな顔がそこにあった。

彼女はさっそくその紙を読み始めた。ユルゲン・グルンドベリの名前がいちばん上にあった。その下に三人の名前が続いていた。男が一人、女が二人だ。まったく知らない四人の人間を、警察は彼女が殺したものと決めていた。

「犠牲者の四人だよ。市民番号も住所もある」

パトリックは彼女の肩越しにのぞき込んだ。

「昨日の晩のは、ストックスンドらしい。ストックスンドって、ストックホルムの一部じゃなかったっけ？」

彼女はうなずいた。アリバイがあるなどとはとても言えない。パトリックがソフィア・スコーラの屋根裏で眠っている間に往復できる距離だ。シビラは彼を見た。彼はそのことに気がついていないらしい。少なくともまだ。いまは情報を引き出すことに成功したことで得意になっている。

彼女は紙を膝におくと、リッダルホルメン湾をながめた。海水が太陽の光に反射している。アヒルが数匹、ベンチに腰かけた二人のそばを泳いで通り過ぎた。

「なるほど。それで次の行動は？」

彼はポケットに手を突っ込み、たたんだ紙を数枚取り出した。

「みつけたものを書き写したんだ」

「だれにも見られなかった？」

「うん。でも、おふくろのコンピューターは使わなかった。隣の部屋のケンタのが作動してたから。彼がトイレに行っている間にこれだけ印刷してきたんだ」

シビラは首を振った。

「やり過ぎよ」

「ケンタのトイレ時間、けっこう長かったよ」パトリックは笑った。「でも、彼もおふくろもこの事件の担当者じゃないみたいだよ。ケンタのメールにあったのは警察内の一般情報のようだった」

彼は紙を開いて、いちばん上の紙を彼女に見せた。

「ほら見て。犯人はこんなものを現場においていったらしい」

モノクロの写真はキリストの磔像《はりつけ》のついた十字架だった。黒っぽい木でできていて、イエス・キリストの姿は銀のような金属で作られていた。ミリ単位で寸法がそばに書き込まれていた。

シビラは二枚目の紙を見た。

またモノクロ写真。花模様の壁紙の部屋。下のほうに乱れたベッドが写っている。黒い大きな染みがあった。そしてベッドの上の壁にはっきりと文字が見えた。

罪のない人間の権利を奪う者に罰を！

彼女が眉間にしわを寄せて彼を見ると、彼は最後の紙を渡した。透明のビニール手袋の写真。ヌーテックス８とそばに書き込みがある。

「病院なんかで使うやつだね」

彼女はうなずいた。これで事件は解決、といきたいところだけど。

「これしか引き出せなかった。とにかくこれで四人の名前はわかった」

「それで、なにをしようと言うの？」

シビラの横に座っていたパトリックは、あらためて彼女の顔をのぞき込んだ。彼の膝が彼女のほうに向いた。彼は少したためらった。慎重に言葉を選んでいるようだった。

「ぼくの思っていることを教えようか？　シッラはもうあきらめているようだってこと。まるで解決なんて望んでいないみたいだ。どうなろうと知ったこっちゃないって感じ」

「もしそうだとしても、おかしくないんじゃない？」

「ぼくがそんなふうになると、なにもしないで自分を哀れがってちゃだめだっておやじに言われる。いまいましいことを何とかするために動けって」

そうね。あんたの父さんは、確かに子育てに成功したようね。

「昨日の晩、シッラは浮浪者とやホームレスの人たちがどんなに誤解されているか話してくれたよね。どんなに頑張ってもどうしようもないんだって。でも、せっかくチャンスがまわってきても、そのチャンスをつかもうとさえしないじゃないか！」

彼は興奮してまくし立てた。彼女の中に新たな好奇心が湧いてきた。軽蔑されているのか、説教されているのか知らないが、彼の言っていることは確かにそのとおりだった。

「わかったわ」と言って彼女は立ち上がった。「なにをしたらいいの、ボス？」

「ヴェスタヴィークへ行こう」

彼女は目を見開いた。

「冗談？」

「いや。ぼくは電話して調べた。あと三十分でヴェスタヴィーク行きのバスが出発する。往復で四百六十クローネ。お金はぼくが持ってるから貸してあげるよ。目的地には四時四十分に着く。帰りのバスの出発まで二時間と二十分ある」

彼女は首を振った。

「パトリック、あんたほんとうにやり過ぎよ」

「十一時十五分過ぎにストックホルムに戻れるよ」

彼女は最後のわらにすがりつくようにして言った。

「十時前に帰ってきなさいと言われてたじゃない？」

「うん。でもぼくは映画に行くことになってるから。もう家には電話してあるよ」

45

景色が窓の外を飛んでいった。スーデルテリエ、ニーシュェッピング、ノルシュェッピング、スーデルシュェッピングを過ぎ、バスはヴェスタヴィークへと走り続けた。パトリックは警察署で引き出してきた情報を隅から隅まで目を皿のようにして見ていた。まるで隠されているものをみつけ出そうとしているようだ。シビラは黙って外の景色を見ていた。

バスの切符代はシビラが払った。バス乗り場のトイレに入って貴重品袋から千クローネ札を一枚取り出した。戻ってみるとパトリックがチップスの袋を二つ、コカ・コーラの大瓶を一本買っていた。彼は彼女が千クローネ札で切符を買うのを目を瞠って見た。

だが、なにも訊かなかった。

それでいい。


「なぜこんなことをしてくれるの？」シビラは訊いた。

パトリックは肩をすくめた。

「クールだから」

シビラはそんなに簡単に引き下がるつもりはなかった。

「正直な話。三十二歳のおばさんよりも、もっとおもしろい友だちはいないの？」

「へえ、もっと年上じゃなかったの？」

彼女は答えなかった。年齢のことなら、彼は何百回も新聞で読んでいるにちがいない。彼女は彼から目を離さなかった。しまいに彼は紙をたたんで胸ポケットにしまった。

「友だちといつもいっしょに行動しないのを、ぼくは悪いとは思わない。おふくろもおやじもうるさく言う。でもアイスホッケーやサッカーが好きじゃないのはしょうがないだろ？　全国大会でＡＩＫが優勝しようがユールゴーデンが優勝しようが、ぼくはまったく関心がないんだ」

シビラはすまなそうにうなずいた。

「わかった、わかった。ただ、なぜだろうと知りたかっただけ」

彼女はふたたび窓の外に目を移し、彼はまた紙を取り出した。


スーレン・ストルムベリ　三六〇二〇七 - 四六三九。

ヴェスタヴィークの犠牲者の名前と市民番号。いま彼らはこの男の遺族のもとへ向かっているのだ。シビラはレーナ・グルンドベリを訪ねたときのことを思い出した。あのときはまだ勇気も希望もあった。

いまはすべてが変わっている。


バスは時間どおりに走り、彼らは四時三十五分にヴェスタヴィークの終着点でバスを降りた。パトリックはさっそくキオスクへ行ってシヴァースガータンへの道を訊いた。紙に書いてあったスーレン・ストルムベリの住所だった。若い娘が方向を指さしながら説明しているのがシビラのいるところから見えた。

すぐ近くだった。五分も経たないうちに目的地に着いた。近くに来るほど、シビラは気分が悪くなった。パトリックは少し前をさっさと歩いている。恐れている様子はない。むしろ喜び勇んで。まるで楽しみにしていたパーティーに向かっているようだ。

それは二階建てで二重勾配の屋根の家だった。安っぽい新建材で壁全体が覆われていた。そんな建材が流行ったときに、当時の家の所有者が補修したものだろう。家の正面の真ん中、玄関のところに階段があった。緑色のプラスティック素材の小さなベランダがついている。これもまたおそらく同じ人間があとから付け加えたものだろう。それが家の魅力をすっかり台無しにしてしまっていた。

彼らは家の外の垣根のそばまで来ると、立ち止まって顔を見合わせた。シビラはこんなことはほんとうにしたくないというように首を振って見せた。それでパトリックは決心したようだった。木戸を開けて中に足を踏み入れた。

彼女はため息をついてあとに続いた。いつまでもそこに立っていることはできない。

「何と言うつもり?」

彼が答える前に、隣の家の二階の窓が開いて、中年の女性が顔を出した。

「グンヴォールを探しているの?」

二人は顔を見合わせた。

「ええ」彼らは同時に声を合わせて答え、また顔を見合わせた。

「グンヴォールならサマーハウスにいるわ。セーゲルスヴィークの。あんたがたは？」

パトリックは隣家との境目のほうに進んだ。

「そこまでは遠いんですか？」

「そうね、二十キロぐらいはあるわね。車で来たの？」

「そう」パトリックはためらいなく答えた。

「ガムレビーまでの旧道を行くのよ。ピーパースシャルを過ぎたら、その先十キロぐらいかしら。セーゲルスヴィークという道路標識が出てると思うわ」

「ありがとう」

彼は二階の女性に背を向け、彼女がそれ以上うるさく質問できないようにした。彼らがゲートの外に出たとき、二階の窓がぱたんと閉まる音がした。

「そこで殺されたんだ、その男の人」パトリックは低い声で言った。「サマーハウスで殺されたと書いてあった」

二人は隣の女性から見えないところまで歩いた。通りの終わりのところまで来ると、シビラは足を止めた。

「さて、次はどうする？　歩いていくことはできないわ。帰りのバスに間に合わなくなるから」

「タクシーに乗る」

彼女は眉をひそめた。

「ぼくが払う」彼は付け加えた。

それでも彼女は不愉快そうだった。

「なぜそんなお金を持っているの？　あんたぐらいの年頃の子は、そんな金額を持っているものなの？」

彼は答えずに、足元に目を落とした。

「まさか、ほかの人のお金を盗ったんじゃないでしょうね？」

「いや、借りたの」

「だれから？」

彼はバス乗り場のある広場に向かった。片隅にタクシー乗降口の標識が見える。シビラは動かなかった。

「そのお金をだれから盗ったのか聞くまで、ここを動かないわ」

彼は立ち止まって振り返った。

「家のお金を借りたんだ。食料品の買い物のためのお金。だいじょうぶだよ。おふくろたちが気づく前に返しておくから」

「ふん。そのお金はどこから出すつもり？」

「そんなこと、どうにでもなるよ」

彼は前を向き、また歩きだした。だが、彼女は一歩も動かない。それに気づくと彼はまた振り向き、苛立った声を上げた。

「いつまでふくれてるの？　やるべきことをやるほうがいいんじゃない？」

「いくら？」彼女が叫び返した。

彼は口ごもった。

「千クローネ」

彼女は貴重品袋からまた千クローネを取り出し、ひもを締めると彼のほうへ行った。

「ほら」と言って彼に千クローネ札を差し出した。「もしもう一度人のお金を盗ったら、わたしはもういっしょに行動しないからね。わかった？」

彼はうなずき、目を瞠って千クローネ札を見た。

「わかったかと訊いたのよ」

「わかった！」

彼は札を彼女の手からむしり取った。彼女はその前を通り、先に立って広場のほうへ歩きだした。

「それでけっこう」

十メートルほど行ってから、彼女は振り返った。彼はまだ立ち止まっている。

「いつまでふくれてるの？　やるべきことをやるほうがいいんじゃなかった？」

彼はそれからも少し迷っていたが、しぶしぶ歩を速め、彼女に追いついた。

46

タクシーのメーターが二百クローネを超えたとき、シビラは首を振った。

タクシーだなんて！

こんな金の無駄遣い、彼女は金輪際したことがなかった。

ピーパースシャルはとっくに通り過ぎていた。アスファルトの道が突然終わり、いまは砂利道を走っている。森の中を通り抜け、ときどき畑や農家の前を通り過ぎた。丘陵地帯で、道の両側には大きな岩がごろごろしていた。

だれもなにも言わない。幸いタクシー運転手は無口な男だった。パトリックはシビラに叱られたあと、すっかりしょげ返っていた。

これでシビラは気分がよくなった。いまはまた彼女が主導権を握っていた。

ひとけのない、小舟用の栈橋を過ぎると、駐車場が見えた。そこにたくさんの小舟が砂の上に防水布におおわれて春を待っていた。ふたたび森の中に入り、数キロ行ったとき、景色が開け、道の左側に海が見えた。西に太陽が沈むところで、空がバラ色に染まっていた。

「サマーハウスに行くのかい？」

運転手は行く手に見える何軒かの夏の家をあごでしゃくって示した。シビラはパトリックを見た。なにも聞こえないかのようにまっすぐ前を見ている。なるほど、手伝うつもりはないのね。シビラは運転手のほうに体を乗りだした。

「よくわからないのよ。わたしたち、グンヴォール・ストルムベリを探しているの。どこかこのへんに彼女のサマーハウスがあると聞いてきたんだけど」

「ほう。知らないね」男は無愛想に言った。「ちゃんとした住所はないのかい？」

彼はゆっくり車を走らせた。垣根の柵を通り過ぎ、右角の小さな赤いサマーハウスの前を通った。

シビラはつばを飲み込み、また新しい札を貴重品袋から取り出した。パトリックが横から見ていたが、彼女はその視線を無視した。

「ここで降りるわ」

運転手が狭い道端に車を寄せると、彼らは車を降りた。トランクのリュックはシビラが自分で降ろした。チップはやらなかった。

タクシーはそのまま少し前に進み、道幅の広くなったところで方向転換をした。車がさっき通った赤い家の角を曲がって見えなくなったとき、シビラは帰りの車をどうするか考えていなかったことに気がついた。ため息をつきながらリュックを背負い、前を見た。目の前に車が通れるほど大きく開いている鉄の門扉があった。一方の門柱のそばにプレートの郵便箱が備え付けられていた。

ストルムベリ。

彼女は後ろを振り返ってパトリックを見た。

「ここよ。この下の水辺の家だわ」

「ふーん」相変わらず無関心の声だ。

「いつまでふてくされてるの？」

彼はなにも言わず、ついてきた。

ゲートの中に入ると、地面はゆるやかに下がっていった。何メートルも進まないうちに屋根と家の裏側が目に入った。家までの間に大きな茂みがあって、彼らはその中を通る小道を下りていった。シビラが先、パトリックはそのあとに続いた。茂みを通り抜けると、そこはもう水辺だった。水辺から海の中まで桟橋が続いていた。

すばらしい景色だった。こんなところで人を殺すなんてことができるものだろうか？

「なにか、探しているんですか？」

表側のポーチの下、彼女たちのすぐ上に女性が一人立っていた。

シビラは懸命に言うべき言葉を探した。パトリックを振り返ると、その顔は無表情で、協力するつもりはまったくないらしいとわかった。今回は自分一人で切り抜けなければ。

女性は手にした移植ごてを下におくと、彼らに向かってきた。パトリックは桟橋のほうへ歩きだした。シビラはつばを飲み込むと女性のほうへ足を一歩踏み出した。女性は六十代半ばで、片方の足を少し引きずっていた。シビラのところまで来ると、女性はなにも言わずに立ち止まった。シビラの心臓が早鐘のように鳴った。

「家を見に来たのかしら？」

ああ、もちろんそうよ！

「ええ、そうなのです」

シビラはありがたそうにほほえんだ。サマーハウスを探している客。もちろん、そう。

「そうですか」と言って、女性はさびしそうに笑った。「ごめんなさいね。もしかすると不審げに聞こえたかもしれませんけど……。好奇心でのぞく人たちがあとを絶たないので」

女性は足を引きずって歩きだした。また静かになった。

「わたしがここにいる日でよかったわ。不動産屋はお客が来るとは言ってなかったけど?」

「ええ、ちょうど通りがかっただけなので」

女性は庭いじり用の手袋を脱いで手を差し出した。

「グンヴォール。グンヴォール・ストルムベリです」

シビラはすぐには応えられなかった。

「マルガレータ。マルガレータ・ルンドグレン」

シビラは女性の手を握った。手袋に入っていた手は温かく、湿っていた。

「そして向こうにいるのは息子さんね?」

シビラは女性の目を追って、パトリックの背中をながめた。

「そうです」と言って、彼女は落ちつきなく笑った。「そうなんです」

パトリックは小石で水切りをしていた。シビラの心臓はまたドキドキと激しく打ちだした。彼が手伝うつもりがないことははっきりしていた。問題は彼がどこまでふてくされているかだ。もしかすると、ここで彼女を裏切るようなことをするのだろうか?

「この桟橋はうちのではないのよ。でも、使用権はあるの。売買契約書にきちんと書いてあります。いまのところ、わたしたち以外に使用者はいないわ」

グンヴォール・ストルムベリは黙り込み、海を見た。それからまた話しかけた。

「家の中も見たいでしょう?」

「ええ、お願いします」シビラはほほえんだ。

「息子さんも見たいのじゃないかしら？」

彼女はまだ水切りをしているパトリックを指さした。シビラはうなずいた。

「パトリック、家の中を見せていただくのよ」と声をかけた。

彼は急ぐ様子もなく、もう一つ石を投げてから振り向いた。グンヴォール・ストルムベリはシビラを見て笑った。

「あの年頃はむずかしいものよ。よくわかるわ。でもおとなはなにもすることができないわ。だまって見守ってやるだけね」

シビラは同意するように見せかけてうなずいた。どんなにむずかしい年頃であれ、ここを引き揚げたらすぐにきつく言ってやろう。

女性が先に立って歩きだした。シビラはのろのろとやってくるパトリックを待った。近くまで来たとき、彼女は低い声で叱った。

「しっかりしてよ。あの人、わたしたちがこの家を買うことに興味があると思っているのよ」

彼は眉を上げた。

「買えばいいじゃん。金持ちなんだから」

彼は彼女を追い越して前に進んだ。

変な話だ。わずか一週間のうちに二人もの人間から金があることでとがめられた。どうして腹を立てるのだろう？

グンヴォール・ストルムベリはすでに玄関前に着いていた。シビラは足を速めた。パトリックが握手して行儀よくあいさつしている。

「どうぞ中に入って。自由に見てください。わたしはここで待ちますから」

二人は顔を見合わせ、家の前の石段を上りドアを開けた。

「大きくはないけど、必要なものはみなそろってます」グンヴォール・ストルムベリが声を上げて言った。「温水器は古いものなので、必要に応じて買い替えたらいいでしょうよ」

シビラはうなずいて、敷居をまたいで家の中に入った。

殺人者もこの敷居をまたいで入ったのだろう、と思った。

「彼女は家の中を見回した。二、三歩入っただけですぐに台所だった。小さいがなにもかもがよく手入れされていた。よく住み込まれ、よく馴染んでいた。床には何百回も食事のたびに引かれた椅子の脚の跡があり、オーブンの取っ手はよく使い込まれてすっかり色がはげている。

かすかに新しいペンキの匂いがした。

パトリックはつかつかと中に入って閉まっている部屋のドアを開けた。戸口に立ったまま、彼女のほうに手招きした。

部屋は真っ白に塗られていた。家具は一つもない。

パトリックは内ポケットからたたんだ紙を取り出し、彼女にその中の一枚を見せた。

「この壁だね」とささやいた。

シビラは血糊のついたベッドと犯人が壁に書いた言葉をあらためて読んだ。彼女の名前がサインしてある。

外に出たかった。

グンヴォール・ストルムベリは桟橋の端にいた。背中を家に向けて、海を見ている。

シビラはためらった。パトリックが外に出てきてそばに立った。

「あの人のところへ行って、話をして」とささやいた。

彼女は目でパトリックに問いかけた。

「まだなにも手掛かりを得ていない。ぼくはここに残って少し家の中を探してみる」

彼の言うとおりだった。せっかくここまで来たのだ。来た以上はなにかをつかまなければ。

グンヴォール・ストルムベリはそばに人が来たことに気がついたそぶりを見せなか

った。海を静かにながめている。シビラが咳払いをしたとき初めて彼女は手を顔のほうへ上げた。シビラは涙を拭いているのだとわかった。だが、グンヴォール・ストルムベリはシビラのほうを見はしなかった。

「ここはほんとうにすばらしいところですね」シビラがそっと言った。

女性は答えなかった。シビラは黙ってそこに立っていた。しまいにその静けさが女性の口を開かせた。

ここはシビラが夢見たとおりのところだった。隔絶。静けさ。そのうえこの景色のすばらしさ。しかしこんなところはとても無理だ。彼女には買えない。一生待っても。まもなくなにもかも失うことになる彼女には。

「最初から話しておくほうがいいでしょうね。あとで噂を聞くのはいやでしょうから」目の前の女性は突然そう言って後ろを振り向き、シビラを見た。「あなたがたは、この付近の人じゃないでしょう?」

「ええ、ちがいます」

女性はうなずくと、また海のほうに目を向けた。

「そうだと思ったわ」

シビラは数歩前に進んで女性と並んで立った。いま彼女にできることは黙って話を聞くことだった。

「夫は六日前にこの家で殺されたんです」

女性は目の前の海から目を離さずに、静かにそう言った。シビラは驚いた顔をしようとした。

「犯人はこの付近の人間ではないの。ですから、心配しないでいいのですよ」

そう言うと、彼女はまた静かになった。シビラは隣の女性の顔をうかがった。あたりはまだ夕闇に包まれていなかったので、女性の頬を流れ落ちる涙が見えた。

「ああ、それでこの家を売りたいんですね？」シビラがささやくように言った。

女性は鼻をすすり、首を振った。

「いいえ。もともとこの家は売るつもりだったんです。でも、春になったら値段がよくなるから、それまで待とうと言ってたのよ」

グンヴォール・ストルムベリは右手を上げて顔を隠した。泣いているところを見られたくないようだった。

「スーレンは長いこと病気だったの。肝臓ガンでした。でも約一年前に大きな手術を受けたのです。それが意外なほどうまくいって。手術の成功率は四十四パーセントしかないと聞いていたものですから」

そう言うと、女性は首を振った。

「それでわたしは希望を持ちはじめたのです。スーレンは薬をきっちりと飲み、定期的に検診を受け、すべてがうまく行っているように見えました。もちろん、すぐに疲れたし、以前のような元気はなかったけど。ですから、この家を保持するのが大変になったのよ。それでこれを売って、そのお金で少し旅行をしようということになったの。あとどのくらい彼が生きられるのか、わからなかったので」

彼女はふたたび静かになった。シビラは彼女の肩に手をまわした。その接触で彼女は大きくすすり泣きだした。

「わたしたち、時間ができたらいつでもすぐにこの家に来てたんですよ」

「もしかして、売るのは少し待つほうがいいのではないかしら？」

女性は激しく首を振った。

「わたしはここにいたくないの。家に入ることさえできないのよ」

彼女たちはそのままそこにしばらく立っていた。シビラは女性の肩にまわした手をそっと引っ込めた。そのとき突然、トランペットのファンファーレが夕暮れの海辺に響き渡った。シビラは驚いてあたりを見まわした。

「あれは隣人のマグヌソンよ。ここにいるときは毎日朝と夕方、ラッパを吹くの。純粋な喜びからそうするんですって」

グンヴォール・ストルムベリは過酷な状況の中で、けなげにも笑いを浮かべた。

シビラは目を閉じた。こんなところに住むことができたら！　まったく一人で、静かに。少し離れたところにいる隣人が、純粋に喜びから朝夕のあいさつをトランペットで送ってくれるなんて……。

幸せの夢。

「いくらなんです？」

グンヴォール・ストルムベリはまっすぐにシビラのほうを見た。

「不動産屋は最低三十万クローネは取れると言うんですけど……」

シビラの希望はしぼんだ。

「……でも、わたしにはだれがここに住むことになるかがとても大切なのよ」

二人の女性は見つめ合った。

「スーレンとわたしはこの家を一九五七年に建てたの。この家を建てるためにわたしたち、ずいぶん汗水を流して働いたわ。ここでたくさんの楽しいときを過ごした。ここを売るなんてことは、考えることさえむずかしかった。わたしたちが出て、ほかの人がこの家に移り住むなんて。この家がわたしたちなしに存在し続けるなんて」

シビラは桟橋に目を落とした。グンヴォール・ストルムベリは上着の首元をきつく押さえた。

「わたしたちがここで暮らしたことなんて、まるで何の意味もないみたいに」

「そんなことはないわ」シビラは言った。本気でそう言った「あなたがたが住んできたから、ここは特別なのだと思います。この家全体にあなたがたの跡とあなたがたの暮らしが残ってますもの。外も同じ。この小道。あなたがたが数え切れないほど踏んでできた小道でしょう？　これはこれからもいつもここにあるわ。茂みもあなたがたが植えたものでしょう？　ぜんぶそうよ。でも、わたしのあとにはなにも残らないわ。わたしが死んだら、なんにも残らない」

シビラは黙った。わたしはいったいなにをしているのだろう？　このまま続けて、本名まで言うつもり？

「あなたには息子さんがいるわ」

シビラは咳払いした。

「そうね」と言って、恥ずかしそうに笑い返した。「わたしったら、なにを言ってるのかしら」

彼女は家のほうに向かって声を上げた。

「パトリック！　バスに乗るつもりなら、もうそろそろ失礼しないと！」

「車ですか？」

「いいえ、タクシーで来ました」

「町まで乗せてあげるわ」

47

ぎりぎりバスに間に合った。シビラは窓際に座った。手にはグンヴォール・ストルムベリの電話番号をしっかり握りしめていた。

もし、買いたかったら、とグンヴォールは言った。

シビラは紙をたたむと、ポケットにしまい込んだ。パトリックが待ちかねて話しかけた。

「なにか、役に立ちそうなこと、聞いた?」

シビラは夢をいったんかたわらにおいて、パトリックを見た。

「わからないわ。殺人事件がどうして起きたのか、彼女はなにも言わなかったから。夫はガンをわずらっていて、数年前に手術を受けたと話していたけど」

パトリックはがっかりしたようだった。

「殺人事件そのもののことを聞いてくれるかと思ったのに!」

「そんなに簡単じゃなかったわ」

彼らはしばらく黙ってバスに揺られていた。パトリックはポケットから紙を取り出してもう一度見直した。壁の写真の裏に手書きの鉛筆の字でぎっしり書き込みがあった。

「それ、なに？」

「ハンドバッグの中に、プラスティックファイルに入ったあの人の夫のカルテがあったんだ。少し書き写してきた」

彼女の目が大きく見開かれた。

「彼女のハンドバッグの中をのぞいたの？」

「うん。ほかにどんな方法があった？」

彼女は首を振った。そのとき、恐ろしい考えが浮かんだ。

「まさか、お金は盗まなかったわよね？」

彼は鼻先であざ笑った。

「ああ、盗ったよ。四百万ばかり」

彼女はしかめ面をしてみせて、書き写したものを読もうと彼のほうに肩を寄せた。

彼女の手が紙に届いたとき、彼は紙を引いた。

「シッラはなぜそんなにたくさんのお金、持ってるの？」

「え？　なんのこと？」

「なぜ首のまわりに何千クローネも巻きつけて、学校の屋根裏に泊まってるのかと訊いてるの」

「関係ないでしょ」

彼のむっとした顔を見ても、シビラは最初、関係ないと思った。彼は腕を組み、シビラから体を離して座った。彼女は窓の外に目をやっていたが、ノルシュッピングを過ぎたころ、やっぱり彼に説明する義務があると思った。

「あれはわたしが貯めたお金なの」外に目をやったまま、彼女は言った。

彼が向き直った。

彼女は夢の話をした。新しい人生を与えてくれる家を夢見てきたこと、いままで母親が毎月送ってくれたお金を全部貯めていたこと、いまではそれがストップしてしまったこと。彼は聴き入っていたが、話が終わると、紙を差し出した。

「どうぞ、読んでいいよ」

彼はじつによく書き写していた。病院に通った日付、手術の日付。意味のわからない言葉や略字は飛ばして読んだ。そのとき突然、覚えのある文字が目に飛び込んできた。サンディマム・ネオラル。

だれかがこの言葉を彼女に最近話したのかもしれない。それともどこかで読んだのか？

パトリックは彼女の反応に気づいた。

「なに？」

彼女は考えながら頭を振った。

「わからない」

彼女は彼のメモを指さした。

「このサンディマム・ネオラル、五〇ミリグラムという言葉。なぜこれに見覚えがあるのかしら？」

パトリックがその部分を読んだ。

「これ、薬の一種だよね？　何の薬かな？」

「知らない」

「フィッデの母さんが医者だから、訊いてみよう」

あ、いいじゃない？　人がなぜサンディマム・ネオラルを飲むのか訊いてみれば？　あなたくらいの年齢なら、そういうことは朝晩訊いてるんでしょう？

彼女は彼にほほえんだ。彼の手を取りたかったが、できなかった。

「パトリック」

「うん？」

「ありがとうね、手伝ってくれて」

彼は恥ずかしそうに見えた。

「ふん、まだなにも結果が出てないよ」

彼女の笑いがもっと大きく広がった。

「ううん。もう相当結果が出てきてるわ」

48

彼女はその晩、パトリックの家の屋根裏ですごした。彼に案内されて屋根裏に忍び込むと、使われていない屋根裏部屋に彼女は寝袋の下敷きを広げた。

彼女は落ち着かなかった。パトリックがサンドウィッチをもってきてくれたので、空腹のためではなかった。さまざまな考えや映像がまぶたに浮かび、なかなか寝つかれなかったのだ。何時間も寝返りを打って、やっと明け方眠りに落ちた。

日曜日の朝、目が覚めるやいなや、彼女はサンディマム・ネオラルになぜ見覚えがあったのか、思い出した。眠りの中で、重要な情報を脳が検索してくれたのだ。

ユルゲン・グルンドベリ。

それはグランドホテルのレストランで食事が終わったあと、ユルゲン・グルンドベリがポケットから取り出した薬のケースにあった名前だった。

彼女は興奮して起き上がった。

こんなことが偶然にあるものだろうか？　殺された四人のうち二人までが同じ薬を飲んでいたなんて？

彼女はいまやはっきり目が覚め、起き上がらないではいられなくなった。そして屋根裏の廊下を端から端まで歩き始めた。外は明るかった。いまは何時なのだろう？　パトリックが来るまで、あとどのくらい待たなければならないのだろう？

シビラはそれから長いこと待った。

その間、彼女は予想外の発見がもたらした効果に気づいた。もう永久になくしたと思っていた生きる力が、ふたたび彼女の中に湧き上がってきたのだ。今回も彼女はあきらめずに闘おうと思った。

やっと重い鉄扉が開いて、彼女を安心させるために呼びかけるパトリックの声が聞こえたとき、シビラは自分の発見を話すのをそれ以上待てなかった。

「ユルゲン・グルンドベリもサンディマム・ネオラルを飲んでいたのよ！」

「ほんとう？　確かなの？」

パトリックはダブルサンドウィッチとライトビールを渡したが、彼女は食べる気もしなかった。

「ええ。絶対にそう。確信があるわ。こんな偶然があるとは思えないわよね？」

「ぼくはフィッデの母さんと話した」

「もう？　いま何時なの？」

彼は腕時計を見た。

「十一時十分。さっき電話して夜勤明けのフィッデの母さんを起こして訊いたんだ。いま特別の調べものをしているってね。まあ、そう言っても嘘じゃないからね」

彼は照れ隠しの笑いを見せた。

「その前にネットで調べたんだけど、何に使われる薬なのかはわからなかった」

「それで、フィッデの母さんという人は何と言ったの？」

彼はジーンズの尻ポケットから折りたたんだ紙を取り出した。

「それは免疫抑制剤と呼ばれるもので、臓器移植を受けた人が飲む薬だって。移植された臓器が新しい体から拒絶されないようにするために」

パトリックは得意そうに彼女を見て、また紙をしまった。

「臓器移植？　心臓とかをほかの人の体に手術して移し入れること？」

「そう。フィッデの母さんは、いろいろな臓器が移植できるんだって言ってた」

シビラは寝袋の下敷きの上に座り込んだ。

ユルゲン・グルンドベリは腎臓の病気だった。それはあの不愉快な未亡人レーナ・グルンドベリから直接に聞いたことだ。彼女は夫が一年ほど前に大きな手術を受けたと言っていた。スーレン・ストルムベリは肝臓ガンだった。そしてきのうグンヴォール・ストルムベリはあの楽園で夫が大きな手術を受けたことを話していた。二人とも免疫抑制剤を飲んでいたことになる。

これは偶然ではあり得ない。

「ぼくたち同じこと考えている？」パトリックが訊いた。

「そう思う。でも、念のため、もう一件確かめようよ。あのリストを見せてちょうだい」

パトリックは頭をひねった。

「あの上着は部屋に置いてきちゃった」

戻ってきたとき、彼は父親の携帯電話も持ってきた。リストを受け取ると、彼女はもう一度、いまでは馴染みになった四つの名前に目を通した。

「それじゃ、ボルネースに電話する？　それともストックスンド？」

こんなふうにいきなり訊かれて、彼女は自信がなくなった。できればパトリックに電話をかけてほしかった。が、そうなるとまた、彼に主導権を握られる。それは避けたかった。彼のおかげで彼女はまた地面にしっかり両足をつけて立つことができるようになった。そのことは感謝している。だが、彼女はいまの位置を動きたくなかった。彼に譲りたくはなかった。

「ストックスンドにするわ」

「わかった。番号は電話帳で調べてきた」

パトリックは携帯電話に番号を打ち込んでくれた。だれも応えないまま、ベルが何度も鳴った。動悸が激しくなった。パトリックがじっと彼女を見ている。

一人だったらよかったのに。ほかの人の前で嘘をつくのには慣れていない。

「モルテン・サミュエルソン」

突然声が響いたとき、彼女はあわててしまった。何度も鳴らしたあとだったので、相手は出ないものとあきらめたところだった。

彼女は急いでリストに目を落とした。

「失礼ですが、そちらはソフィー・サミュエルソンのご主人ですか？」

シビラは目をつぶった。なんて下手なんだろう。この男がだれであれ、いまのソフイー・サミュエルソンに夫はいない。夫だった人と言うのが正しい。

「どなたですか?」

その質問にぴったりの答えをみつけられるかのように、彼女はまわりを見回した。

「こちらは……」

彼女はパトリックを見た。

「ケ・イ・サ・ツ」と彼の口の形がはっきり示している。

「……警察です」

相手が黙り込んだ。

「奥さんが臓器移植をしたかどうか、知りたいのですが」

「それはすでに話しましたが」

彼女はパトリックにうなずいた。彼は目を天に向けて見せた。

「いつですか?」彼女は少し大胆になった。

「最初に警察が家に来たときに」

「いや、奥さんはいつ臓器移植を受けたのです?」

「十三カ月前です」

シビラはうなずいた。

「日付を覚えていますか?」

「三月十五日です。その日にちは忘れられません。なぜこれを訊くのですか？」

「どうも」

彼女は電話をパトリックに渡し、彼は通話を切った。

「次のときはもっとズバリ訊くほうがいいよ」パトリックがため息をついた。

「自分がそんなにスマートだと思うのなら、次はあんたが電話することね。スーレン・ストルムベリが手術を受けた日にちはいつ？」

パトリックはまた紙を取り出して、自分の書いたメモに目を通した。

「彼は何度も手術を受けてる」

「三月十五日というのはない？」

彼は続けてメモを読んだ。

「あった。九八・〇三・一五。肝臓移植手術」

彼女はうなずいた。パトリックはこぶしを上にあげた。

「やった！　やった！」

シビラも晴れ晴れとした気持ちだったが、すでにその先を考えていた。自分たちがいま答えを得たと思ったものは、いったい何なのか？　おそらく犠牲者は四人とも臓器移植を受けていたと思われる。だが、それはどういう意味なのか？　重い病を患っていたこの四人、臓器移植で生き延びたこの四人を殺したいと思ったのはだれなのか？

答えは相変わらず出ていない。

パトリックはまだ銀縁メガネの後ろで笑っていた。

「ぼく下へ行って、おふくろに話すよ！」

「バカじゃないの？」

「なんで？　動機がわかったじゃないか！」

「それで？　その先は？」

パトリックは静かになった。眉間のしわが戻った。

「そうか」

「そうなのよ」

二人は敷物の上に座り込んだ。屋根裏は底冷えがして、シビラは寝袋を肩に巻きつけた。

「お母さん、帰ってきてるの？」と言って、彼女はサンドウィッチとライトビールに手を伸ばした。「今晩まで帰ってこないんじゃなかったの？」

パトリックは床に目を落とした。

「気分が悪くなったんだって」と低い声で言った。

49

時間がどんどん過ぎていった。パトリックは家に来てと言ったが、彼女は頑として断った。彼のアパートには二度と行くつもりはなかった。彼の母親が隣の部屋に寝ているいまはなおさらだった。

パトリックは紙をたくさんかかえて戻ってきた。

「できるだけプリントしてきた。でももう紙がなくなっちゃった」と言って、彼女のそばに座り込んだ。「バナナ食べる?」

彼女はバナナを受け取ると、すぐに剝《む》きはじめた。これは贅沢生活だ。もうじきすっかり甘やかされてしまうだろう。

彼女はいちばん上の紙を手に取った。

臓器提供——もっとも一般的な質問と答え、とあった。

二人は新しい手掛かりを求めて、プリントアウトした紙を一心に読んだ。パトリックは彼女の寝袋の下敷きに寝転がり、彼女は屋根裏の片隅にあった古い肘掛け椅子に腰を下ろして読み続けた。

〈死んだとき、あなたの臓器をほかの人がもらうことができるか?〉

これは数枚読んだあと、新しい紙を読み始めたときにいちばん上にあった質問だった。彼女は読み続けた。自分が社会の制度から抜け出てから、ものすごくたくさんのことが起きているのだということがわかった。臓器提供カードなど、彼女はもちろん申請していない。彼女のように社会制度の外側にいる人間にはそんなものは必要ないのかもしれない。だが、事故に遭ったら自分はどうなるのだろう、と彼女は思った。彼女に遺族がいるかなど、だれもわざわざ調べたりしないだろう。これはいままで一度も考えたことのないことだった。彼女のような人間は、どこに埋葬されるのだろう? だれもが知らない、知りたくもない人間は? それとも社会が利用できるような臓器は、自由に取り出されるのだろうか? そうすれば彼女はついに社会の役に立つことができるということか? 資源の一つになるということか?

臓器移植法、第三条第一項

臓器移植用、あるいはほかの医学上の使用目的のための生物学上の材料は、本人が同意していれば、あるいは摘出が死亡した人間の主義信条と合致すると解釈される場合、死亡した人間から摘出することができる。

生物学上の材料。死んだ人間の体はそれ以上の存在ではないのだ。シビラ・フォーセンストルムが死亡した場合、生物学上の材料に関する彼女の〝主義信条〟はどのように解釈されるのだろうか。

第三条第二項
同条第一項に述べられている以外の場合、死亡した人間が文書で生物学上の材料の摘出を認めないと記していなければ、あるいは反対であると話していなければ、あるいは摘出が死亡した人間の主義信条に反するものであると判断する理由がなければ、生物学上の材料は摘出することができる。

シビラは紙の束を膝の上に置いて、目の前の木壁に目をやった。つまり、彼女の場合、臓器摘出はあり得るということだ。一人の死がほかの人間の命を繋ぐということだ。ほかの人の心臓が移植されたらどんな感じなのだろう？　しかもその心臓は、新しい体が拒絶しないように薬を飲み続けなければならないのだ。そして遺族は？　愛した人の心臓が、ほかの人間の胸で鼓動し続けていることをどう受け止めるのだろう？
「なにかみつけたの？」
パトリックの声が彼女の考えをさえぎった。

「ううん。そっちは?」

答えがなかった。ということは、彼もなにもみつけていないのだと、シビラは解釈した。

彼女はふたたび臓器移植法を読み続けた。

第四条
第三条の第二項に従って生物学上の材料の摘出ができる場合でも、死亡した人間の遺族の反対があれば、摘出は許されない。死亡した人間に近親者がいる場合、摘出が考えられていることについて、またそれを禁じる権利が遺族にあることについて彼らに知らせる前に摘出行為がおこなわれてはならない。知らせを受ける遺族たちには、摘出の可否を決めるに必要な、しかるべき時間が与えられなければならない。

彼女はこの条項をもう一度読み直した。それからゆっくりと紙を膝の上に置いて立ち上がった。そのまま、考えがまとまるのを待った。

体中がこれが答えだと言っていた。

罪のない人間の権利を奪う者に罰を!

「パトリック!」

「うん?」

「わかったわ」

壁の向こうから紙のこすれる音がした。そして次の瞬間彼が戸口に現れた。

「なにが? なぜわかったなんて言うんだい?」

だが彼女は確信があった。

「犯人は悔やんでいる人よ」

かつての彼女自身のように。悔やみに悔やみたかったが、悔やむことさえ許されなかった。

罪のない人間の権利を奪う者に罰を!

生。

あるいは
死。

「または、一度もどうするかと訊かれなかった人よ」

50

パトリックは自分の部屋のコンピューターに戻った。シビラは落ちつきなく屋根裏の廊下を端から端まで歩きまわった。

臓器提供者はおそらく一九九八年三月十五日の直前に死んだにちがいない。だれだろう?

もしパトリックがコンピューターで出入りできる秘密の世界に、何らかの記録があればみつけられるかもしれない。ありさえすれば、みつけられる。それには疑いなかった。コンピューターには何でもあるのだ。これもみつけられないはずはない。

母親になにも言わないといいけど! シビラは厳しく口止めしておいた。彼の母親に知られるくらいなら、容疑者のままでいるほうがまだいい。彼女はいま、事件を自分の手で解決すると決心していた。

警察もこの手がかりをつかんでいるのだろうか、と思ったがすぐに、そんなはずはない、彼らはすでに犯人を特定しているのだから、と思い直した。

パトリックは屋根裏に戻ってきたが、なにも新しいことはなかった。死亡した人間の名前についての公の記録はなかった。一年で死亡した人間の数だけが記録されていた。その年の死亡人数は九万三二七一人で、そんなことはこの際彼らの調査の助けにはならなかった。

「住民台帳と中央統計局の統計にも行ってみたけど、なにもなかった。中に入るには情報監察省の許可が必要なんだ」

がっかりしている様子が、彼を年相応に幼く見せていた。シビラの顔に笑いが浮かんだ。

「パトリック、あんたは十五歳にしてはとんでもなく頭がいいんじゃない？」

「ふん」

彼は後ろを向いたが、彼女は見逃さなかった。顔が赤くなっていた。

彼らはしばらくなにも言わなかった。

屋根裏に隠れて殺人犯を探すのが簡単なはずはない。

「だめね」としまいに彼女は言った。「臓器提供者の記録情報に入り込むことができたらいいんだけど」

「それ、なに？」

はっ！ わたしはパトリックよりも知っている！ その知識は彼女にとってもまだ

まったく新しいものだったが、それでも彼よりも知っていることもあるのだ。彼女は心の中で笑った。あんたが考えてるほど、わたしはバカじゃないのよ。英雄のような彼に救ってもらわなければならないほどかわいそうな人間じゃない。年は彼の二倍も上なんだから。それを彼に忘れてほしくなかった。

彼女は肘掛け椅子のほうへ行って、読み終わった紙をもってきた。上からめくっていって、探していたものをみつけた。

「社会協議会の紙にそれについて書いてあるわ。『臓器提供者についての情報』というところよ」

彼女はその部分を読み始めた。

「質問：外部の人間が記録にある情報を手に入れることができるか？　答え：個人の記録情報を外部の人間が入手するのは法律違反である。記録情報については高度の安全対策が要求される。非常に限られた人間だけが情報を入手できる。情報入手は関係者のみに限られ、ほかの人間に任せることはできない」

彼女は紙を手から離し、床の上に飛ばした。

「そういうわけ」

彼はしばらく彼女の顔を見ていた。

「記録に書いてある情報にはどれだけの価値があるのかな？」

「ものすごい価値」

「何千クローネもの価値？」

彼女はためらった。何千クローネ？　ベッドルーム一部屋分だわ。

「どういう意味？」

「データの中に入ってチェックできる人を知っているんだ。だけど、報酬はけっこう高くふっかけるらしい」

「どうしてそんな人を知ってるの？」

「ぼくが直接知っているわけじゃない。でもその人の弟がぼくの学校にいて、その人が他人のコンピューターに侵入して刑務所に送られたために、弟は学校で英雄気取りなんだ」

これは危ない話だ。その情報がどんなにほしくても、シビラは不法なことにパトリックを巻き込みたくなかった。

「その人、何歳なの？」

パトリックは肩をすくめた。

「知らない。二十歳ぐらい、とか？」

彼女はしばらく考えた。先に進むには、このチャンスを逃すことはできない。せっかくここまで来たのだ。

彼女はため息をついた。

「いいわ。名前を教えてくれたら、三千クローネあげると言って」

51

シビラは自分一人で行くことに決めていた。これは自分の問題で、パトリックを巻き込むべきではないと考えたからだった。しかしパトリックは父親の携帯電話を使って、自分の名前を言わずにその男と交渉してくれた。手数料は四千クローネに引き上げられた。

シビラは胸に手を当てて、だんだん小さくなっていく貴重品袋に触った。

だが、ほかにどんな手があるというのか？

なぜリュックを持っていくのかとパトリックは訊いたが、彼女はありのままに答えた。これを自分の身から離すのは、中央駅の荷物預かり所に預けるときだけ。預かり証か、ロッカーの鍵なしには絶対に手離さないのだ、と。

男はコックスガータンに住んでいた。パトリックの家からわずか二分のところだった。パトリックは入り口の前で立ち止まり、オートロックドアのところで部屋のブザーを鳴らした。彼の指がブザーを離れると同時にオートロックが解除された。

「それじゃ、ここで待っててくれる？」

パトリックはうなずいた。彼女がいっしょに入らせてくれないことにまだふくれっ面をしていた。

「パトリック、これでいいのよ」

建物の中に入ると、シビラは階段を上がった。三階まで来たとき、廊下に面したドアの一つが開き、金髪を後ろにぴったりと掻き上げた若者が姿を見せた。

シビラは足を止めた。

二人は無言で視線を合わせた。数秒後、彼はドアを大きく開けて彼女を中に入れた。白いTシャツを着ていたが、ドアの取っ手をつかんでいる手には筋肉が盛り上がり、血管が太く浮き上がっている腕につながっていた。

刑務所の中で激しい筋肉トレーニングをしていたにちがいない。

男は彼女の後ろでドアを閉めると、先に立って部屋に入った。彼がそばを通ったとき、長い金髪が後ろでポニーテールにまとめられているのが目に入った。

アパートは一部屋で、隅に小さな台所があった。流しには汚れた食器が積み重ねられていた。シビラは男が一度も食器を洗ったことがないのではないかと思った。もう一方の隅にはダンベルが一対とエレキギターとアンプがあった。窓のある壁一面に、シビラが見たこともない電子器具が設置されていた。コンピューターに侵入する者にとって不可欠な装置なのだろうとシビラは思った。二つのスクリーンに数字と文字が次々に現れては消えている。なにが書かれているのだろうと彼女は足を一歩前に出した。

男の体が彼女の視線を阻んだ。

「すぐに終わる。金を先にもらおうか」

シビラはポケットに用意していた。

「いいわ」

金を渡すと、男は数えもせずに受け取った。

「ここに座って待つんだ」

男は小さな入り口にあるスツールを指さした。シビラは言われたとおりにした。リュックは下ろさずに、スツールに座ったまま軽く壁に寄りかかった。

スツールから男の姿は見えなかったが、体を少し前に倒すと、彼がコンピューターの前に座っているのが見えた。指が信じられない速さでキーボードを打っている。男の節くれだった巨大な手が正確な仕事をこなしていることに彼女は驚きを感じた。

「あんた、運がいいね」スクリーンから目を離さないまま、男が言った。「少し前にだれかが同じ検索をかけている。あとからついて行くだけで簡単にいただきさ」

プリントが終わった。シビラはスツールの上に体を戻した。のぞき見をしていたと思われたくなかった。

この男は新聞を読んでいるだろうか。この四つの名前に見覚えがあるだろうか。ほかの三つはともかく、ユルゲン・グルンドベリの名前はシビラの名前と同じほど頻繁に紙面に出ている。

彼が立ち上がる音に、彼女もそうした。部屋の入り口の彼女のところまで来ると、男はたたんだA4サイズの紙を一枚渡した。

「一丁上がり」

彼女は男から視線を放さずに紙を受け取った。

「この人物にまちがいないのね？」

彼はにやりと笑った。これ以上バカなことは聞いたことがないという態度。

「ああ」お情けで見逃してやるという顔だ。「とにかくこの男の体の部分が、電話でもらった人間たちの体に移植されたことは確かだ」

男は頭を傾けた。

「あれは確か殺された人間たちだよな。シビラとかいう女に？」

彼女は答えなかった。彼の笑いが顔中に広がった。

「互いの立場がよくわかるように言ったまでさ」

彼女は紙をポケットにしまった。この男に脅かされはしない。彼女は怖くなかった。彼女を警察に売れば、彼もいっしょに刑務所に行くことになる。互いにそれはわかっている。

彼女は彼をながめた。ものすごい筋肉、ものすごい頭脳。

彼女はドアまで行き、取っ手に手を掛けて振り向いた。

「ちゃんとした仕事に就くことは考えたことないの？　それにふさわしいものを備えているように見えるけど」

彼は小さな入り口に面した部屋のドア枠に寄りかかり、筋肉が膨れ上がった両腕を胸の前で交差させていた。

「ないね」鼻先で笑った。「あんたは？」

彼女はそれ以上なにも言わずに部屋を出た。

52

トーマス・サンドベリ。

彼女がパトリックに見せた紙には、これしか書かれていなかった。

二人は街路に立っていた。パトリックはこれに何度も目を落として読み返した。まるでたった一個の名前だけでなく、そこに長い物語が書いてあるかのように。

「住所はもらわなかったの?」

「ええ」

がっかりしたようだった。四千クローネも払ってこれだけとは割が合わないと思っていることがシビラにはよくわかった。

「全国に何人トーマス・サンドベリがいるのかな?」

彼女は肩をすくめた。

「知らない。でもいま、わたしたちが探しているのは、この名前の男のうちの一人だということがわかったわけ。さ、行こう」

彼女は歩きだした。これからしようとしていることが正しいという確信があったが、それでもそれが必然的に二人の間に距離を作ってしまうことに気分が落ち込んだ。できれば彼の目を正面から見ないですませたかった。

「これからどうしようか?」彼は彼女に追いついた。

その瞬間、彼の腕時計のアラームが鳴った。

「あ、いけない。日曜日の夕食の時間だ」

彼は腕を上げてアラームを止めた。

「おふくろにアラームをつけさせられたんだ。日曜日の夕食だけはいっしょに食べないと、ものすごく怒られる」

「もちろんそうしてよ」

「その間、屋根裏にいてくれる?」

彼女は答えなかった。

「そうしてくれる?」彼はもう一度聞いた。

「それがいちばんいいかもね」

それは嘘ではなかった。これからもパトリックの住んでいる建物の屋根裏に隠れて、パトリックの家族の残り物をもらっているのがいちばん安全であることはまちがいなかった。

だが、いまではそれは遅すぎた。

あの晩グランドホテルで彼女の人生と交差した、信じられないほど強運の人間がどこかにいる。その人間が彼女の名前を盗み、彼女が社会の除け者であることを利用して、個人的な復讐をしたのだ。

彼女はそれを許すつもりはなかった。

未知のこの人物は彼女をほとんどつぶすところだった。ほとんど。だが、まだつぶされてはいない。

屋根裏の大きな鉄扉が閉まって、パトリックの足音が階段に消えたとき、シビラはポケットからもう一枚A4サイズの紙を取り出して読んだ。

ルーネ・ヘドルンド、市民番号四六〇六〇八 - 二四九八、住所ヴィンメルビー。

53

墓地は大きく、その墓石を見つけるのに一時間かかった。墓石は緑地帯の中の骨つぼ用の埋葬地にあった。ルーネ・ヘドルンドの墓石は丸い自然石で、金色の文字が刻み込んであった。

ルーネ・ヘドルンド
一九四六年六月八日　生
一九九八年三月十五日　没

刻まれた文字の下にもう一つの名前が刻めるほどのスペースが空いていた。白いプラスティック容器の中でキャンドルが燃えている。墓石のまわりにはクロッカスが紫色と黄色の花を咲かせていた。

スウェーデン南部、スモーランドのこの土地には春がもう訪れていた。シビラはひざまずいた。枯れ葉が花の中に落ちていた。彼女はそれを指先で摘みとってかたわらに捨てた。

「なにしてるの?」

その声があまりにも突然だったので、シビラはバランスを崩し、尻餅をついてしまった。あわてて起き上がって後ろを見た。女が一人、すぐ後ろに立っていた。シビラの心臓が激しく打ちだした。

「枯れ葉を取っていただけです」

二人の女は目で相手を測り合った。戦場で敵とにらみ合う戦士のように。女は猜疑心と敵愾心《てきがいしん》を剝き出しにし、シビラはついに探している相手がみつかったという思いで。

そのまま二人は立ち尽くした。どちらもなにも言わないまま。

見知らぬ女はコートの下に白衣を着ていた。その手には口のすぼまっている花瓶を持っていた。中からチューリップが顔をのぞかせていた。

「夫の墓に近寄らないで」しまいに女が言った。

これがルーネ・ヘドルンドの未亡人か。

「枯れ葉を取っていただけです」

女は自分を取り戻すように、鼻から深く息を吸い込んだ。

「夫をどこで知ったんです？」

「会ったこともありません」

女は急に笑顔になった。だがその笑いにやさしさはなかった。シビラは恐怖を感じた。この女はわたしを知っているのだろうか？　警察はルーネ・ヘドルンドの未亡人に殺人事件と臓器提供との関係を話し、シビラ・フォーセンストルムがひょっとして現れるかもしれないと予告していたのだろうか？　ルーネ・ヘドルンドとシビラ・フォーセンストルムには関係があった、その関係こそが殺人の動機だと？

シビラはあたりを見まわした。警察はもしかしてもうすぐそばまで来ているのかもしれない？

「わたしがずっと前から知っていたと思ったことはないの？」

シビラは答えなかった。女は話し続けた。

「葬式に送られてきた花を見たときにすぐ、なにかがおかしいと思ったわ」

女は鼻先で笑った。

「葬式に匿名で真っ赤なバラを送る人がどこにいる？　いったいなにを考えているの、あなたは？　ルーネが喜ぶとでも思ったの？」

女の目に浮かんださげすみの強さに、シビラは思わずうつむいた。

「もし彼が選んだのがほんとうにあなただったら、生きているうちにそうしたでしょうよ。でも彼はわたしのところに留まった。そうでしょう？　あなたが花を贈り続けるのは、そのため？　それが悔しいから？」

シビラはまた彼女を見上げた。ルーネ・ヘドルンドの妻は首を振った。敵意をはっきり見せるためのようだった。

「毎週金曜日、新しいバラをこのお墓に飾るなんて、どういうこと？　わたしを罰するためなの？　彼が最後に選んだのがわたしだったから？」

声が嗄《か》れた。が、相手はまだまだ言い足りない様子だった。ずっと言いたくてたまらなかった言葉が、舌の上に用意されているのが見て取れた。

シビラは頭がぐらぐらした。彼女の見込み違いだった。この人は臓器移植のことで説明を受け、意見を訊かれているのだ。彼女は意見を訊かれて同意すると言わざるを得なかった、いわゆる近親者の一人だ。この人ではない。となると、彼女以外にもう一人だれか、苦々しくも絶望的な思いで、失ったものをふたたび手に入れようとしている女がいるのだ！

「警察が電話をしてきましたか？」シビラは訊いた。

どうしても知らなければならなかった。

「警察？　なぜ、警察が電話など？」

ルーネ・ヘドルンドの未亡人は足を一歩踏み出した。手に持っていたプラスティックの花瓶の突起部分を墓の前の土に突き刺した。クロッカスの花が怯えたように脇に固まった。

シビラは彼女の背中を見た。興奮しているために、息を吸い込むたび吐き出すたびに、背中が盛り上がっては沈む。この人はこの瞬間を待ち望んでいたのだとシビラは思った。見たこともない亡夫の愛人と対面する日に話す言葉を、じっくり選んで練習していたにちがいない。

だがこの人はそれが見当違いであることを知らない。

彼女がほんとうに話さなければならない相手は、愛人の墓に花を添えるよりもずっとひどいことをしていることを知らない。そしてシビラはそれを彼女に知らせる人になるつもりはなかった。

ルーネ・ヘドルンドの妻はまた立ち上がった。シビラを見たその目には涙が浮かんでいた。

「あなたは病気よ。わかってるの?」

シビラは答えなかった。相手の目から発せられる強烈なさげすみはほとんど触れることができるほどはっきりしたものだった。シビラの中に昔の経験が生々しくよみがえった。視線を避けて彼女は目を伏せた。

「死んでいる人まで追いかけるなんて」

シビラがふたたび目を上げたとき、その人は背中を向けて歩きだしていた。

シビラはその場に残って、その後ろ姿を見送った。

ルーネ・ヘドルンドの妻は自分の言葉がいかに真実を語っているか、おそらく気づいていないだろうという思いがシビラの胸を去来した。

54

シビラはそのまま墓地に残った。ルーネ・ヘドルンドの墓からかなり離れたところへ行ってベンチに腰を下ろした。離れてはいても十分に墓が見え、黄色いチューリップが、感嘆符のように鮮やかにプラスティックの花瓶から顔をのぞかせているのが見えた。

その日、墓参りに来た人間は決して多くなかったが、どれも年寄りか夫婦者ばかりで、女の姿はなかった。

だが、彼女はあせらないことにした。

その女が現れるまで、この場を動かないことに決めた。

早晩、現れるはずだった。

夜になると、下敷きと寝袋を取りに行った。骨つぼの形で埋葬される墓が立っている緑地の後ろには石壁があって、そこに彼女がリュックを隠した植え込みがあった。枝にはあまり葉がなかったが、何とか隠れて横になることができそうだった。その人物が夜中に現れると思ったわけではなかったけれども、その女にはさんざん先を越されている。今回は見逃すつもりはなかった。

次の日は別のベンチに移った。そこからの眺めはあまりよくなかったが、チューリップの黄色が墓の位置を教えてくれた。その場を離れたのはわずか十分ほどで、ガソリンスタンドへ走ってトイレを借り、パンを少し買ったときだけだった。それからまたそこで見張った。しかし、ルーネ・ヘドルンドの墓に近づく者はいなかった。

翌日の晩は眠ってしまった。何時間眠ってしまったのかわからなかったが、あわてて墓の前に行ってみると、前日となんの変わりもなかった。

夜中にバラの花が置かれた様子はなかった。

水曜日、初めて彼女の動悸が速くなった。四十がらみの女性が一人、駐車場からしっかりした足取りで墓に向かってきた。水道の蛇口が備わっている一角で曲がると、骨つぼ用の埋葬地のほうに曲がった。

シビラは立ち上がり、その女性がどこで止まるか見るために数歩前に出た。しかし、女性は黄色いチューリップを通り過ぎて、少し先の墓の前で止まった。

シビラはため息をついてベンチに戻った。

午後一時ごろ、彼女は激しい空腹を感じた。貴重品袋から金を取り出すのはいまではもう日常のことで、良心の痛みも感じなくなっていた。ひとけのない墓地を一度見渡すと、彼女は見張りを一時中止して、ガソリンスタンドへ急いだ。

グリルソーセージを載せたパンを二個買った。カウンターの後ろの女性がトマトケチャップとマスタードをたっぷり塗ってくれている間に、彼女はまたトイレを借りた。次にいつまた来られるかわからない。できるときには利用しなければ。

墓地に戻ってみると、ルーネ・ヘドルンドの墓の前に一人の男がうずくまっていた。男の背中が見えた。頭がはげかかっている。茶色のスエードのジャケットを着ていた。シビラは一瞬ためらったが、このチャンスを逃すことはできないと思った。この男がだれであれ、ルーネ・ヘドルンドを知っているにちがいない。彼女がこうして二十四時間墓を見張っていたのは、ヘドルンドについての情報をできるかぎり手に入れるためではなかったか。彼女は急いでソーセージの残りを口に入れると、飲み込みながら男の後ろから近づいた。右手の墓にラッパ水仙が花瓶に挿してあった。彼女はかがみ込んでその花束をつかんだ。

せっぱつまったときは、しかたがない。墓石にシグフリッド・ストールベリとあった。天のシグフリッド・ストールベリもきっと許してくれるだろう。

シビラは男の後ろで足を止めた。いまは逆の立場だった。二日前には彼女がこの男のように墓前にひざまずいていた。

彼女の足音が聞こえないらしく、男はうつむいて墓石の前でなにやら手を動かしている様子だった。

シビラは急にいやな気分になった。この男の信用を得るつもりなら、後ろから忍び寄って観察するのはよくない。

彼女は咳払いをした。

男の反応は二日前のシビラとまったく同じだった。バランスを失って、片手を地面についた。だが次の瞬間、男は立ち上がっていた。

「ごめんなさい、驚かしたとしたら」シビラは急いで声をかけた。

男は思ったよりも若かった。四十五歳ぐらいだろうか。頭の毛が薄いために、もっと年上に見えたのだ。

男はすぐにバランスを取り戻し、シビラの笑いに応えた。

「こんなふうに人の後ろから忍び寄るのはよくないな。心臓麻痺を起こすかもしれないですよ」

「そんなつもりはなかったのよ。靴底のせいかもしれない」

男は彼女の歩きやすそうなブーツを見、それからまた視線を彼女の顔に戻した。

彼は軽く咳払いすると、鼻の下に手を持っていって墓石を見下ろした。

「ルーネの墓参り?」

まずい。彼に先を越されてしまった。

よくないわ。

シビラは頭を動かして、イエスともノーとも取れるようなジェスチャーをした。この場合、そうするのが最適の態度だった。

「ルーネのお知りあいですか?」シビラは自分が話をリードするつもりで言った。

彼はシビラを見た。疑わしい目つきでも不愉快な目つきでもなかった。むしろ関心をもっている目つき、いや、明らかに好奇心をもった目つきだった。

彼は頭を傾けた。

「知っていた、というか。同僚でした。オーブロで」

「そう」

「そちらは? 親戚ですか?」

「いいえ」

返事が早すぎた。男の口元がほころびた。

「好奇心が湧いてきたな。この土地の人じゃないでしょう?」

彼女は首を振った。視線を下げると、手に持ったラッパ水仙が目に入った。花瓶を取りに行けば、少し時間がかせげる。

「器を持ってきます」

彼に質問をさせる時間を与えずに、彼女は後ろを向いて墓地用の道具が用意されている小屋へ行った。

男は反応が速かった。速くて、好奇心があった。シビラには、自分の正体がわかるまで、この男は帰らないだろうという予感があった。

それで、わたしの正体とは？

シビラはゆっくりと時間をかけた。先の尖ったプラスティックの花器を選び、水道の下で二、三回すすいだ。脳みそが遠心分離器にかけられたように、考えがぐるぐる回った。

疑問をもたれずにすむには、いったいだれということにしたらいいのだろう？

四回目に花器に水がいっぱいになったとき、彼女は深く息を吸い込んで戻った。

「ここに入れるといい」と言って、男はクロッカスを少し押しやった。

男の手に絵の具がついている。指は長くて細く、結婚指輪はしていなかった。

彼女は言われたようにした。クロッカスが一本、邪魔をしたので、彼女は左手でそれを押さえ、右手でラッパ水仙の入った花器を土に刺した。

「ずいぶん変わった時計ですね」男はそう言って、人差し指を彼女の時計盤に置いた。

「古いんです」シビラは恥ずかしそうに言って、時計を袖の下に隠した。「壊れていて動かないの」

彼女は男を横目で見た。彼の目は墓石から動かない。

「イングマル！」

今度は二人とも尻餅をつくところだった。

「こんなところでなにをしているの？　しかもその女と！」

ルーネ・ヘドルンドの妻がいかにも不愉快そうに立っていた。その声には責め立てる調子があった。

「いや、ちがいますよ、シェスティン」

イングマルと呼ばれた男は、気が立っている女のほうに一歩足を踏み出した。

「私はこの人といっしょに来ているわけじゃない。お宅の家族の親しい人かと思っただけですよ」

男は振り返ってシビラを見た。彼はすばやく悪者のそばを離れ、善人側についたわけだ。シビラは一人未亡人の激しい怒りの対象になり、クロッカスの植え込みの中に片足を入れたまま立ち尽くした。シェスティン・ヘドルンドの目に宿っているのが怒りなのか悲しみなのかはわからなかったが、シビラはその侮蔑の眼差しに耐えきれず、なんであれ謝ってしまいそうだった。イングマルと呼ばれた男はシェスティンとシビラを見比べていたが、しまいに好奇心に負けたようだった。

「だれ、この人は？」

できるだけ中立的な訊き方をしたつもりかもしれない。シェスティン・ヘドルンドはシビラの視線を逸らさせなかった。

「この人？　取るに足りない人よ」と言った。「でも、ここからこの人を連れ出してくれたら恩に着るわ」

シビラは彼に向かってすぐにうなずいた。ここから離れることができるのなら、何でもします。

「それじゃ」

男は苛立ったようなしぐさをした。シビラはすぐにそれに従った。しかし念のため、激しく怒っている女を避けて、数歩離れてからぐるりと回って墓地を出た。

駐車場に来るまで、二人とも口を利かなかった。リュックは植え込みの陰においたままになったが、いまは戻るときではなかった。またあとで取りにくればいい。

男は振り返って彼女を見た。

「いったいどういうことなんです？」

シビラはほんの数秒、ためらった。事実を言うよりほかに方法はないではないか？

「あの人はわたしをルーネの愛人と取り違えているんです」

彼が声をあげて笑った。一瞬シビラはばかにされているのだろうかと思った。

「ルーネの愛人？ どうしてそう思ったのかな？」

彼はまだ笑っている。シビラはその反応にとまどった。

「きっといたのでしょう、そういう人が。お墓に毎週新しい花を飾る人らしいわ」

彼の顔から笑いが消えた。それから深いため息をつくと、話しだした。

「シェスティンを知っているの？」

「いいえ」

彼は墓地のほうへ視線を投げた。未亡人が彼らのあとをつけてきていないことを確かめるように。

「いやな思いをしたかもしれないけど、許してあげてほしい」

「許す？ いったい何の話です？ あなたの言っていることの意味がわからないけど？」

未亡人を裏切ることは辛いというように、男はここでまたため息をついた。

「墓に花を飾ってるのは、シェスティン自身なんですよ。でも、すぐに忘れてしまう。墓地で彼女が人に食って掛かるのは、じつはこれが初めてじゃない。ルーネが死んでから、彼女は人が変わったようになってしまった」

シビラは男をまじまじと見た。男は彼女の戸惑いがわかったのだろうか、訊かれる前に自分から話しだした。

「だから私は今日ここに来たんですよ、考えを整理しようと思って。シェスティンにどのように手を貸したらいいかわからない。私はルーネの友情に報いるためにそうする責任があるという気がするので」

シビラはもうなにがなんだかわからなくなってしまった。もし愛人がいないということになると……。

考えがまとまった。

「人が変わってしまったとは？　どんなふうに？」

彼は地面に目を落とした。まだ良心の葛藤があるらしい。

「数カ月病気で仕事を休んでいたようなのだけど。彼女は病院の看護師で……、まあ、病院のほうも彼女の様子がおかしいと思ったらしい。仕事を辞めたのです。辞めてからはどんどん悪くなる一方で」

シビラはシェスティン・ヘドルンドと最初に会ったとき、彼女が白衣を着ていたことを思いだした。

「でも、彼女はまだ白衣を着ているわ」

彼は気の毒そうにうなずいた。

「ああ、知っている……」

ということは、最初の推測が正しかったのだ、とシビラは思った。彼女が犯人なのだ。憎悪を目に宿した女。看護師という立場を利用して、臓器移植を受けた人々の名前を探り出し、自分の所有物とみなす臓器を取り返すために、その人々を殺して持ち帰ったというわけだ。

シビラ・フォーセンストルムの人生が完全に壊れたことなど、ヘドルンドの妻には何の意味もない。それどころか、好都合だったのだ。利用できる格好の存在だったのだ。

シビラは目をつぶった。

あの女をひどい目に遭わせてやりたいという気持ちがもくもくと湧き上がってきた。こんなに心配させ、こんなに不安な目に遭わされた女を。なにより、金銭上の損失。そして未来の夢も奪われた。

彼女は墓地の鉄柵へ引き返し始めた。

「どこへ行くの？」男が彼女の後ろから声をかけた。

シビラは応えなかった。が、鉄柵の内側まできたとき、墓地には人影がなかった。シェスティン・ヘドルンドはほかの出口から出たのだ。

それを見届けてから、彼女はまたいま来た道を戻った。

「彼女の家はどこ?」

彼は心配げな顔になった。

「なぜ?」

「ちょっと彼女と話したいことがあるの」

彼はためらった。

「それは賢明なことかな?」

シビラは鼻の先で笑った。

賢明なこと? まるで彼女が、シビラ・フォーセンストルムの側が、ゲームのルールを好き勝手に決めることができるようなことを言うじゃない?

彼女の固い決心が伝わったのだろうか。彼はそれ以上彼女を引き留めようとはしなかった。その代わりに、こんなことに巻き込まれたくなかったというようにため息をついた。

「車で送ってあげよう」と彼はしまいに言った。「歩いたらかなりの距離だ」

55

リュックを忘れた。考えられるのは、彼女に仕返しをしてやることだけだった。罰してやる。

イングマルはなにも言わなかった。

彼の車は古い型のボルボで、ヴィンメルビーの中心から外に向かい、共同住宅の建物から戸建ての家のある住宅街を抜け、自然の中に出た。

道は森の中を走っていた。

シビラはなにも見ていなかった。

罪のない人間の権利を奪う者に罰を！

この言葉が予告のように彼女の頭の中で響いた。

シビラは車が止まったことに気がつかなかった。

「まだ帰ってきていないようだな。車がない」

イングマルの声で彼女はボルボの助手席に座っていることを思い出した。車の窓から外を見た。黄色い木造の家で、窓にブラインドが下がっている。

「だいじょうぶ、ここで待つわ」

彼女は車のドアを開けようとした。

「雨が降っている」イングマルが彼女の注意を促した。

確かに雨だった。窓ガラスが雨ですっかり濡れていた。

「うちはすぐそこなんだ。なんだったら、コーヒーでも飲んで待っていたら？」

コーヒー。いまコーヒーを飲む気分にはとてもなれなかった。だが、ただで飲めるものにノーという手はない。胃の中にはソーセージしか入っていない。十分に余裕がある。

彼女がうなずくと、彼はギアを入れた。

セカンドギアに入れる前に、車はシェスティン・ヘドルンドの家の斜め向かいの、低い垣根のゲートの中に入った。緑色の石造りの家があった。

そうか、彼らは隣人なのだ。

シビラは車を降りた。

雨はまだ降っていた。イングマルが先に立ち、二人は家に向かう砂利道を歩いた。

玄関先の石段でシビラはシェスティン・ヘドルンドの車がこっちに向かっているのではないかと思い、見渡した。だが、道路には一台も車の姿が見えなかった。

「彼女が戻ってくれば車の音でわかる」彼が安心させるように言った。「このへんにはうちと彼女の家しかないからね」

彼女は家の中に入った。溶解液のような匂いがした。

「あ、いけない。テレビン油の瓶を外に出すのを忘れてしまった」

イングマルは姿を消し、まもなく絵筆の先をテレビン油に入れたガラスの容器を持って現れた。

「匂いはすぐに消える。ちょっと外に出しておこう」

玄関のドアを開けると、彼はガラスの容器を外におき、ドアを閉めて鍵をまわした。それから壁に作りつけてある帽子棚の下のフックにヤッケを掛けた。

「絵を描くんですか？」シビラが訊いた。

「趣味でね。こっちに入って。コーヒーということだったよね？」

彼はかがみこんで靴ひもをほどいて靴を脱いだ。彼女もそれを見習った。それから彼のあとについて台所に入った。

シビラはあたりを見まわした。この男、一人暮らしじゃない。窓には白いレースのカーテンが掛かっていたが、窓に垂れ下がらないように両端からピンクの帯がカーテンをまとめていた。窓の手前にはよく手入れされた花が植木鉢の中で咲いていて、鉢の下には手作りらしいレースが敷かれている。

彼は流しに行って、やかんに水を入れた。

「どうぞ、座って」と言った。

彼女は言われたとおりにした。窓から道路が見えた。彼はよく使い込まれたコーヒー用の缶を取り出すと、スプーンでコーヒーの粉を量った。シビラは彼をながめていた。この台所には独特の雰囲気があった。きれいに飾ってあって、よく掃除されてはいたが、なにもかもが古めかしかった。戸棚の戸は注文家具のようだったが、流し台は彼の膝までしかない。この家の住人はインテリアにはあまり関心がないと見える。いや、そんなことを批判する権利はもちろん彼女にはない。

「一人住まいですか？」

イングマルは彼女を見た。少し恥ずかしそうな顔になった。

「そう。ママが死んでからは」

「それは最近のこと？」

コーヒーメーカーが音を立て始めた。

「いやいや。もう十年になるけど」

そう、ではカーテンはそのころからのものね。

「サンドウィッチも食べる？」

「ありがとう。いただきます」

彼は冷蔵庫へ行った。取っ手が黒いベークライトの旧式の冷蔵庫だった。フルタリドでグン＝ブリットのアパートにあったのと同じもの。ということは二十五年も前のものだ。

取っ手に手をかけてから、彼はためらった。

「そうだ」と言って、手を下ろした。「買い物に行くのを忘れた。悪いけど、コーヒーだけになってしまうよ」

「もちろん」

彼は戸棚を開けてコーヒーカップとソーサーを取り出した。青い花模様の、きれいな小さいコーヒーカップだった。カップとソーサーを台に置くと、台の下の引き出しを開けた。

車の音がして、彼女は外をながめた。車はそのまま通り過ぎ、まもなく見えなくなった。

イングマルは引き出しから紙ナプキンを取り出すときちんとたたみ始めた。薄く透けて見えるコーヒー・パーティー用の紙ナプキンで、周囲が波形になっている。フルタリドのコーヒー・パーティー以来、こんなものは見たこともなかった。でも、きっとあまり変わっていないのかもしれない。田舎では時間がゆっくり過ぎるから。

「お客様のときは、優雅にしたいものでね」

シビラは彼の動きを見た。引き出しを閉めるときに彼は中の敷物をきれいに手で撫で伸ばした。まるで舞台で芝居をしているようだった。こんなにすばらしい機会はめったにないとでもいうように。女性客の訪問はめったにないのかもしれない。コーヒーを注ぐ前に、彼は銀盆をもってきて、その上に砂糖用の小さな器とミルク用の器を置いた。コーヒーカップと同じ模様の陶器だった。コーヒーセットをながめ、彼は満足そうだった。それからテーブルの向かい側に腰を下ろすと、ほほえんだ。

「どうぞ」

「どうも」

彼女は空のミルク用の器をチラリと見た。コーヒーにミルクがほしかった。が、訊くのは避けた。コーヒーカップの小さな持ち手を持って、一口飲んだ。彼の背中の壁に刺繡文字の飾り布が掛けてあった。

いちばん大きなものは愛。

「それで、シェスティンになにを話したいの？」突然彼が訊いた。

彼女はギクリとした。シェスティンに会うために車に乗せてもらったことはまちがいないが、彼は彼女の名前も知らない、まったくの他人である。

彼女は床をみつめた。

「少し話をしたいだけ」

笑いが彼の顔に固まっている。

「だから、なぜ?」

シビラは苛立ってきた。彼は悪気がないのかもしれないが、彼女はこれ以上答えるつもりはなかった。

「それは彼女とわたしだけのこと」シビラはピシッと言った。

イングマルは彼女の視線をつかんで離さなかった。

「いや、それはどうかな?」

コーヒーはまずかった。コーヒーの粉が少なすぎた。これ以上彼と話をするつもりはなかった。彼女は立ち上がった。

「ごちそうさま。車に乗せてくれてありがとう。外で待つわ」

彼は答えなかった。笑いがまだ顔に貼りついたままだ。一瞬彼女は、もしかしてこの男は頭が変なのではないか、と疑った。その笑顔はいかにもばかばかしく、彼女は腹が立ってきた。なにか面白い話があるのだが、彼女には話さず一人で楽しんでいるという顔つきだった。

シビラは玄関に行って靴を履いた。体を起こすと、彼は玄関と部屋の間の戸口に立って、さらに大きな笑いを浮かべていた。

「まさか帰るつもりじゃないよね?」

決めつけたようなその話し方にシビラの我慢が切れた。

「いいえ、もうけっこうよ。それにわたしはミルクなしのコーヒーは飲みません」

「ふん、そんなことが言える身分かね?」

ヘビの舌のように速い攻撃だった。何のためらいもなかった。まるでここから先は言葉を選ぶ必要がないかのように。

シビラは不愉快なもの感じた。ヤッケに手を伸ばした。

「いまの、どういう意味?」と訊いたその声には、いままでの自信はなかった。

彼は彼女の声の調子が変化したことに気づいた。そしてふたたび笑いながら言った。

「あんたのような者たちは、つべこべ言わずにもらうものをありがたくもらえばいいということさ」

彼女はできるだけ隠そうとしたが、いまはもう恐怖を感じていた。彼はあまり強くは見えない。だが、男だ。彼女はかつて見込み違いをしたことがあった。男たちがその気になったら、彼女にはまったく勝ち目がない。だが、彼女は自分から降伏の旗を振るつもりはなかった。

「いったい何なの、この土地は?」と彼女は唐突に叫んだ。「猟奇殺人事件の犯人と強姦魔が百メートルと離れていないところに住んでいるなんて! 飲み水でもおかしいんじゃないの?」

玄関ドアに目をやった。鍵穴から鍵が抜かれていた。

「鍵はちゃんと掛けたよ」彼がしたり顔で言った。「誤解のないようにはっきり言っておこう。私がまちがってもその気になりはしないのは、あんたと寝ることさ」

それを聞いても安心できるはずなどなかった。彼女は後じさりした。すぐに背中が二階へ行く階段にぶつかった。

「だが、話はある。あんたと私の間ではっきりさせておきたい話が」

彼女はつばを飲み込んだ。

「そんなものないわ」

彼はにやりと笑った。

「いいや、シビラ。それがあるんだよ」

56

彼女は口も利けなかった。唯一彼女の頭に浮かんだのは、なにもかもが狂っているということだった。

「なぜわたしの名前を知ってるの?」

「新聞に出てるよ」

この男がわたしに見覚えがあるはずがない。新しいヘアスタイルをしたわたしに。車が一台窓の外を通り過ぎた。彼女は彼の後ろの台所の窓から外を見、走り去る車を見た。

「シェスティンの帰るのを待つのはもうやめるがいい。彼女の家は町の反対側だ。向かいの家はドイツ人の夏の家だ。やつらは六月前に来ることはない」

彼女は外に出たかった。この家から早く出たかった。

「わたしに何の用なの？」彼女は訊いた。

彼は答えなかった。

「座らないか？　コーヒーが冷めてしまう」

彼女はまた玄関ドアに目をやった。ホールには窓がない。

「むだなことだよ、シビラ。あんたは私が許可するまでここから出られないんだ」

閉じ込められた。

彼女は数秒間目をつぶって落ち着こうとした。彼は戸口から台所へ動いた。ほかに方法がないまま、彼女はそのあとに続いて台所の端に足を踏み入れた。

「靴を脱いでくれるとありがたいんだが」

彼女は彼を見上げた。

脱ぐつもりはない。

彼女はテーブルまで進み、腰を下ろした。彼を見た。怒っているのがわかる。戸棚を開けてほうきと塵取りを取り出すと、目に見えない塵を掃いた。道具を元に戻すと、彼女の正面に腰を下ろした。

笑いが消えていた。

「このあとは、私の言うとおりにしてもらう」

このあと？　いったいこの男は何のつもりなのか？　なぜまっすぐにものが言えないのか？

「あんたにはわたしをここに閉じ込める権利はないわ」彼女は低い声で言った。

彼はわざとらしく驚いてみせた。

「権利がない？　それはそれは。それであんたは警察に電話をするとでも言うのかな？」

彼女が答えないのを見て彼は笑った。彼女はもしかするとほんとうにそうするべきかもしれないと思った。警察に電話をかけるのだ。

彼らはにらみ合った。一つひとつの呼吸がはっきり聞こえた。また一台車が通り過ぎた。シビラは一瞬だけ彼から目を離した。

沈黙が破られた。

「正直言って、あんたが墓地に現れたときは驚いたよ。天からの贈り物のような気がした。神は信じる者をじつによく面倒を見てくれる」

彼女は目を瞠った。

「時計を見たときは本当とはとても思えなかったくらいだったよ。それがなかったら、あんたとはわからなかっただろうよ」

彼はシビラの腕時計を見てうなずいた。彼女は彼の視線を追って時計に目を落とした。彼はほほえむと、頭をのけぞらせ、目を閉じた。

「神よ、ありがとう。私の祈りを聞き届けてくれて。私の魂を救い、彼女をここに導いてくれて。神よ、ありがとう……」

「時計がどうしたというの？」彼女がさえぎった。

彼は黙った。ふたたび目を開けたとき、その目は細い割れ目のようだった。

「私が神へ話しかけるときは、絶対に邪魔をするな」ゆっくりと彼は言った。

彼は自分の言葉に重みを与えるために、体を前に乗り出した。

突然すべてがはっきりした。

罪のない人間の権利を奪う者に罰を！

真実が槍のように彼女の心を突き刺した。

声が出なかった。恐怖で口の中に血の臭いがした。

彼女は、重要なのはどんな人間に見えるかということなのだと信じて生きてきた。それなのにどうして、それを一瞬たりとも忘れることができたのか。自分自身の中にあった偏見のために、真実が見えなかったのだ。

シビラは彼の顔を見て、いま彼女が真実を知ったのが彼に伝わったとわかった。

「その時計は前に一度見たことがあるんだ。グランドホテルのフレンチレストランでね。あんたがユルゲン・グルンドベリの最後の食事につきあったときに」

57

二人は張りつめた弓の弦のように緊張したまま台所の椅子を動かず、にらみあった。両方とも状況を変えるきっかけをねらっていた。

気が遠くなるほど長い時間が経ったような気がした。そして彼女は知っている事実を組み合わせて真実を理解しようとした。

彼女の推測は正しかった。

しかし、それなのにまちがっていた。

ルーネ・ヘドルンドには女はいなかった。それよりももっと秘密のことだった。男の愛人だったのだ。

いま彼らが向かい合って座っている台所のテーブルの上においてあるこの骨張った手。この手が、彼女のしわざと決めつけられているおぞましい殺人を犯したのだ。日常的に絵の具の染みをつけているこの手が、ビニールの手袋をはめて、愛しい人の失われた臓器を取り戻すために犠牲者たちの体を切り刻んだのだ。

「なぜ？」しまいに彼女は低い声で訊いた。

その質問で彼は落ち着きを取り戻した。ここで彼らは新しい段階に入った。もはや知らないふりを装う必要がなくなった。意味ありげな表情や言葉は不用になり、あとはただ最終的に向かい合うだけだった。彼女は知る必要があり、彼は語る義務があった。

でも、それが終わったときは……？

彼は両手を引っ込めて膝の上に置いた。あたかもこれから演説するような格好だ。

「マルタへ旅をしたことがあるか？」

その質問があまりにも場違いだったため、彼女は鼻を鳴らした。それを笑いだと思ったのか、彼はまたほほえみを浮かべた。

「私は行ったことがある」彼は続けた。「ルーネの事故から半年後のことだった」

彼は自分の手を見下ろした。顔の笑いは消えている。

「自分がどんなに悲しんだか、だれも知らない……」

彼は話を続ける前に、大きく息を吸い込んだ。

「私たちの愛は墓の中までいっしょなんだ。だが、みんなあの女のことを気の毒がった。食べ物を持っていっては、何時間でもくだらない話を聞いてやったりしてた。あの女は人生は不公平だと言っていたが、まったくよく言うよ！　私は何度も、あの女のところへ行って、ぶよぶよしたあの醜い顔に向かって、ルーネが愛していたのは私だと叫んでやりたいと思った。あの女じゃない。ルーネがヘラジカに車ごと衝突して死んだのは、私の家から帰る途中のことだった。私といっしょのベッドからの帰り道だった。彼の体を最後に抱いたのは、この手だったんだ」

彼はシビラが本当に理解するように両手を上に伸ばして見せた。

彼はすっかり興奮していた。手が震え、呼吸が荒くなった。そして一瞬、泣きだしそうになった。抑えつけた怒りのために下唇がわなわなと震えた。もしかすると、これが初めて悲しみを語ったときだったのかもしれない。十三カ月の間、言葉が舌の上に打ち込まれたままになっていたのだ。

初めての吐露。

そして、おそらくこれが最後だ。

「彼女は仕事に戻ってきた。休憩室で女王のようにみんなに囲まれて、彼女はルーネの死をむだにしないと語った。四人の人間の命が彼のおかげで救われたと」

彼は不快でならないように頭を横に振った。

「なんてことをしたのだ。私は吐き出しそうだった。それが愛だというのか？　それが？　愛していると言いながら、その体を切り裂いて、臓器を人にやってしまうなんて！」

彼は立ち上がった。その動作があまりにも唐突だったので、彼女は椅子の上でのけぞった。彼の座っていた椅子ものけぞり、音を立てて倒れた。それを起こすと、彼は流しの並びの調理台へ行ってコーヒーポットを持って戻ってきた。

「もっと飲む？」

シビラが首を振ると彼は自分のカップに注いだ。ポットを戻しに行くために彼が背中を向けたとき、シビラはあたりを見渡した。彼女の座っている椅子の後ろに閉まっているドアがあった。

「私はこの土地から少し離れたら気分がよくなるかと思った。一日中彼女の英雄気取りの顔を見ているのは我慢がならなかった」

彼女の座っている位置から後ろのドアまでの距離は約二メートル。

「旅行会社レーセセントルムへ行くと、マルタ行きの団体旅行に売れ残りが一席あった。それが初めて神さまが私に力を貸してくださったときだったが、まだそのときはわからなかった」

彼はいま、完全に落ち着きを取り戻していた。コーヒーを一口飲むと、窓の外をながめた。外から見たら、話したいことがいっぱいある仲のいい友だちが、いっしょにコーヒーを飲んでいるように見えるだろう。

「マルタにはモスタという町があった。そしてそこには聖堂があった。神さまが私に見せようとなさったのはその聖堂だった。私は一人でいたくなくてマルタ行きの団体旅行に加わったのだが、この旅行は私の人生をすっかり変えるものになった」

彼は両手を合わせて、テーブルの上に置いた。

「それはまるで、だれかが私の目からフィルターを外してくれたような経験だった。まるで、ついに目が見えた、というような経験だった」

神に捧げる感謝で彼は輝いて見えた。

「一九四二年四月九日、その教会には人があふれていた。ミサに参加した普通の人々だ。それはいつもどおりの、なんの変わりもない日だった。突然、天の円屋根から爆弾が落ちてきた。爆弾は荘厳なガラスの丸天井を突き破って祭壇の前に落ちた。だがそれは爆発しなかった。まるで神の奇跡のように、それは爆発しなかったのだ。教会にいた人々のうち、怪我をした者は一人もいなかった。これが奇跡でなかったら何だろう？」

もし彼がシビラの答えを期待していたとしたら、永遠に待たなければならなかった。

「それはイギリス軍の爆弾で、誤って戦闘機から落ちたものだった」

彼は彼女をにらみつけた。

「これがどういうことか、わからないのか？」

彼女は少し首を振った。

「モスタの町の人々にはまだ〝とき〟が来ていないということだったのだ。神はそのとき教会にいた人々を、まだお呼びではなかったのだ。まだ彼らには死ぬときが来ていなかった。だから神は爆弾が落ちたときに、それが爆発しないように計らわれたのだ」

彼は黙り込み、しばらく窓の外を見ていたが、また話し始めた。

「だがルーネは……、彼のことは、神はお呼びになった。それがなぜなのか、私にはわからない。私はまだ神の返事を待っている。私のしなければならないことが終わったいま、神はお答えをくださるかもしれない」

シビラはつばを飲み込んだ。彼の告白が終わるのが怖かった。

「だが、あの女は彼を死なせなかった。あの女は勝手に神の代わりになって、ルーネを地上のわれわれの中に引き留めてしまった……。天国まで行かせないで、半分のところで宙に吊してしまったのだ」

彼は醜く顔をしかめた。

「私にそんなことが許せるわけがないだろう?」

彼は目の前の両手をきつく合わせた。

「そしてわれは彼らに大いなる復讐をおこなうであろう。怒りを持って懲罰を下すであろう。われが彼らに報復したとき、人々はわれが神であることを理解する」

彼は沈黙した。

ちょっと前は恐怖で身動きもできなかったが、彼女はまた落ち着きを取り戻した。もっと時間を稼がなければ。

「それで? 殺された人たちはどうなの? 神はその人たちのことをどう言っているの?」

彼は首を傾げて、信じられないというように彼女をながめた。

「わからないのか?」

彼女は首を振る勇気がなかった。

「神は彼らをお呼びになったのだ。彼らは死ぬはずだったのだ。どのような権利で、神のご意志の邪魔をすることができるというのだ?」

彼女は答えられなかった。あんたは狂っていると言ったところで、何の助けにもなりはしない。

「それじゃ、わたしはどうなの？」ついに彼女は訊いた。

すると彼はまたほほえんだ。

「あんたももちろん選ばれている」

まるで褒め言葉のような言い方だった。

「神はあんたをご自分の道具と見なされた。私たち二人を同じ目的のために呼ばれたのだ」

もう時間がない。

「それで、わたしの仕事は何なの？」

彼の笑いが顔全体に広がった。

「私を守ること」

58

次の瞬間、彼女は床に立った。一瞬のためらいもなく後ろのドアの取っ手に飛びついた。運は彼女の側にあった。ドアには鍵がかかっていなかった。彼がテーブルをぐるりとまわってくる間に彼女は部屋に飛び込んで、ドアを閉めた。一瞬後、彼はドアまで来た。取っ手が押し下げられ、体の重みがドアにかかってくる。シビラは全身の力を振り絞ってドアを押さえた。鍵穴には鍵がついていない。

彼女は部屋の中を見回した。

そこは彼のアトリエだった。部屋中に絵の具の缶が散らばっていて、彼女のすぐ後ろには半分描きかけのキリストの絵がイーゼルにかかっていた。右の壁にドアがもう一つあった。そのドアにも鍵はなく、鍵穴が空いているのが見えた。そのときドアに掛かっていた重みが急になくなった。シビラはかがみ込んで鍵穴をのぞいた。

だれもいない。

一歩後じさりして、テーブルにぶつかった。絵筆が立っていた缶が床に落ちた。その音で全身にチクチクと針が刺さったような恐怖が走った。彼女は部屋の中央に立った。突然音がして、彼女はどこから彼が来るのか察知した。その瞬間、もう一つのドアの隙間から彼の手が入ってきてドア板をつかむのが見えた。彼女はためらいなく全身の力でドアを閉めた。ドアに挟まった手の骨が折れる音が聞こえた。

彼は叫ばなかった。指が痛みで動きまわったが、ドアの反対側からは叫び声が聞こえなかった。必死で息を吸い込む彼女自身の荒い呼吸だけが聞こえた。強い力がドアに掛かってきたが、彼女は全身の力でそれに対抗した。隙間に挟まれた手が引っ込んだ。

彼女の後ろの壁に掛かっていた時計が突然時刻を知らせ始めた。突然の音に、彼女はそれまで保ってきた自制心を失い、ドアから離れて走り出した。台所へのドアを開け、台所を走り抜けて玄関ホールに出た。そこまで来て立ち止まり、見まわした。玄関ドアには鍵がかかっている。それは見ていたから知っている。だが、階段を上がって二階に行くことは、敵のふところに飛び込むことになる。すぐそばの部屋から音がした。選択の余地がない。一歩前に出るとドアの隙間から彼の足が見えた。彼は足を前に投げ出し、背をドアに向けて床にへたり込んでいた。ホールを駆け上がり二階へ上がった。彼が立ち上がる音が聞こえた。二階には短い廊下に面したドアが三つあった。どのドアも閉まっていた。一つのドアの鍵穴に鍵がついていた。鍵がかかっていたが、彼女が鍵を回すと一度で開いた。

「そこに入っちゃだめだ！」彼が叫ぶ声がした。

だが彼女はすでに入っていた。

震える手で彼女はすばやく鍵を鍵穴に入れてねじった。次の瞬間、取っ手が押し下げられた。

「シビラ、ばかなことをするんじゃない」

彼女は後ろを見た。

乱れたベッドが部屋の中央にあった。かつては白かったにちがいないシーツと枕カバーが汚れて灰色になっていた。

正面の壁に鏡つきの低いタンスがあった。樫の木のような黒っぽい木でできていた。鏡の前の天板には、五十センチほどの高さの銀の燭台に載ったろうそくが燃えていた。こんなに太いろうそくは教会でしか見たことがなかった。燭台の下に聖書があった。

「シビラ、ドアを開けてくれ」

彼女は窓のそばへ行った。窓の留め金がさびついていて開かない。彼女は体を前に乗り出して指に力を入れ、金具を外した。金具が留め金から外れるとき、ぎーっという音がした。

「窓を開けるな！」彼が叫んだ。「シビラ、火に気をつけろ！」

彼がドアを叩き出した。

彼女は振り返って燭台を見た。開いた窓から吹き込む風が炎を揺らせている。

彼女は体を乗り出して窓の下を見た。真下に玄関前の石段がある。もし鉄の手すりをつかみそこねたら、石に叩きつけられて死んでしまうことはまちがいない。

「シビラ、窓を閉めろ！」

その声はせっぱ詰まっていた。

彼女は窓を開け放したまま、鏡付きのタンスの前まで行った。ドアに鍵がかかっていることで彼女はまた落ち着きを取り戻していた。

火に気をつけろ。

銀の燭台のそばに、燃えているものと同じ、太くて大きなろうそくが二本、ビニールカバーに包まれたままおいてあった。そのそばにまだ袋に入ったままのろうそくが四本あった。

ろうそく一本の燃焼時間は約六十時間、と包みに書いてある。

彼女は聖書を手にして、ページを広げた。扉の内側に手書きで書き込みがあった。

彼女はすばやく読んだ。

愛は強い。そしてまた死も。

その力は死と同じように明らかなだ。

愛の炎は燃えさかる火の炎。

愛は神の炎。

その瞬間、いま力は自分の側にあるとわかった。

燃える炎が彼女の武器なのだ。

鍵穴から音が聞こえた。聖書を閉じると、彼女は急いで窓を閉めに行った。

「いま入ってくるなら、火を消すわよ」彼女は声を上げた。

窓の金具は元のところにおさまった。ドアの鍵穴の音が止まった。

「この炎は彼が死んでからずっと燃え続けていたんじゃない？　ちがう？」

カタリとも音がしなかった。だが、いま彼女は確信があった。彼はオリンピックのたいまつのようにずっと炎を燃やし続けていたのだ。愛人との愛を生き続けさせるために。

また時間を稼ぐことができた。

だが、時間を稼いだあとはどうする？

ベッドと鏡つきのタンス以外に、部屋には家具がなかった。床には茶色い絨毯が敷き詰められていて、その上に小さなラグが三つ敷かれていた。彼女はシーツを見た。窓から垂れさげて外に下りることができるだろうか？　でもそのあとは？　この男はすぐに追いつくにちがいない。

彼女は鏡つきのタンスの前まで行って、燭台を持った。そっと、そっと。このろうそくの炎だけが彼女の安全を守ってくれるもの。

「入ってきていいわ」彼女は声をあげた。

「鍵を開けてくれ」

彼女は一瞬ためらった。

「入ってくる前に三つ数えて。そうしなかったら、ろうそくを消すわ」

答えはなかった。やわらかい絨毯がドアへ向かう彼女の足音を吸い込んだ。すばやく鍵を回して、彼女は後ろに下がった。

三秒後、ドアの取っ手が動いた。

そして彼らは燃える炎を間にしてにらみあった。

彼の目に光る憎しみはまちがいようがなかった。押しつぶされ血のしたたる手を前に下げていた。彼女は下を見る彼の視線を追った。五本の指の上に横に深く裂け目ができていた。五番目の指はなくなっているように見える。

どちらも無言だった。

部屋の中で動いているものは炎だけだった。

「なぜこんなことをする？」ついに彼のほうが口を開いた。「こんなことをして何になるというんだ？」

「警察に電話して」

彼は頭を横に振った。断ったのではない。むしろ苛立ちの表れのようだった。

「これが神のご意志だということがわからないのか？　私たちは選ばれたんだよ、神に。そう、あんたと私だ。私たちにはどうしようもないことなんだ。そのろうそくを下に置くんだ、いますぐ」

彼女は鼻先で笑った。突然吹き込んだ風が彼女の前の炎を揺らした。その動きがシビラにいまの状況がどんなに危ういものかを思い出させた。その瞬間に絶望的な気持ちが押し寄せた。

彼にそれが見えたのかもしれない。もしかして臭ったのかもしれない。

彼の顔にまた笑いが広がった。

「私たちは同じ種類の人間だ。あんたと私は。新聞であんたのことを読んでわかったよ」

ここからどうやって逃げ出す?

「クラスメートの話が出てたよ。読んだかい?」

外に出たら炎が消えてしまう。炎の効き目があるのは家の中だけだ。

「私も友だちがいなかった……」

「電話はどこ?」

「学校に入ってすぐ、一年生のときにほかの子とはちがうとわかった。ほかの子たちはすぐに……」

「後ろを向いて、一階へ下りるのよ。さもなければろうそくを消すわ」

彼の顔から笑いが消えた。が、一歩も動かない。

「それで、シビラ？」落ち着いた声が響いた。「そのあとはどうするつもりだい？」

長い時間が流れた。胸の動悸が激しくなり、すぐにも破けそうだと思ったとき、彼が突然背を向け、ゆっくりした動きで廊下に出た。彼女はその後ろに続いた。一生懸命呼吸の乱れを隠そうとした。階段を一段ずつ下りた。ルシア祭でろうそくをかざした女の子の行列が暗闇を進むのと似ていたが、ルシア姫の先を男が歩いている逆の構図だった。彼女は炎を守るために火の前に片手をかざし、彼はまだ血がしたたっている手を前に出して二人は階段を下りた。脚ががくがく震えている。彼女はこのあとのことを考えようとした。彼に電話をかけさせるか？　それとも自分でかけるほうがいいか？　あと四歩で一階に着く。彼は下りきったところで止まっていた。

「そのまま歩き続けるのよ」

言われたことに従い、彼は台所に入り、姿が見えなくなった。燭台は重かった。もはや高く持ち上げることができなかった。そしてそのとき足がやっと一階の床に着いた。

彼の姿が見えない。

「戸口まで出てきて」

台所からはまったく物音がしない。彼女は燭台を持ち替えた。

「火を消すわよ！」

彼はこれが何の意味もない脅しだと気がついているのだ、と彼女は思った。このあとはどうしたいのか？

彼女は左側の部屋の中をのぞいた。ソファとテーブルがある。床には二階の部屋と同じ総絨毯が敷かれていた。アトリエへのドアが開いているのが見えた。彼女は部屋の中に足を一歩踏み入れた。

燭台が重く、もはや両手でなければ持ちきれなかった。

「出てきなさい。わたしの見えるところに」彼女が声を上げた。

部屋に電話はなかった。彼女はアトリエのほうへ進んだ。台所からは物音はまったく聞こえない。アトリエの中に入ると、彼女はドアをすばやく閉めた。

電話は部屋の真ん中の丸いテーブルの上にあった。それは受話器の底に数字盤が付いているコブラと呼ばれる種類の電話だった。コブラにはさまざまな色のペンキの飛沫が虹色についていた。

両手を使わなければ電話できない。

台所のほうをチラリと見て、彼女はテーブルの上にそっと燭台をおいた。電話を持ち上げると、震える指を数字盤に当てた。恐怖で体に痛みが走った。

ここまで来た。だがまだまだ遠い。

その瞬間彼が襲ってきた。

ソファの部屋から奇声が上がったかと思うと、彼女が振り返る前に彼は台所の椅子を振り上げて彼女を床に叩きのめした。痛みで目が見えなくなった。彼の体がシビラの上に乗った瞬間、肋骨が折れたのがわかった。

「二度とこんなことをするな！」低い声が響いた。

彼女はうなずき、痛みをこらえた。

「神は私の側についている」彼は続けた。「もはや逃れることはできない」

彼女はふたたびうなずいた。彼を立ち上がらせるための方便だった。何でもいい、とにかく肋骨から立ち上がってほしい。

彼はあたりを見まわした。

「動くなよ！」

彼女がうなずくと、やっと彼は腰を上げた。電話のそばに白い木綿の布があった。彼はそれをつかむと、痛めた手に巻きつけてきつく縛った。この男は右手使いだろうか、とシビラは思った。もしそうなら、かなり打撃を与えたはずだ。

だが、それは彼女も同じことだった。

あのいまいましいろうそくの炎はまだ燃えている。

自分はあれを消すことさえできなかった。

腹立たしくてしかたがない。

もう少しのところだったのに。

痛みを和らげるため、彼女は少し体の向きを変えようとした。いちばん痛むところに上着が体の下敷きになっている。彼女の動きを見て、彼は足で彼女の腹を押さえた。

「動くな！」

あまりの痛みに息ができなかった。顔がゆがみ、まぶたの裏に星がチカチカ輝いて見えた。彼の足が腹の上からなくなった。一呼吸してから目を開けると、彼はまだそばに立っていた。青ざめた顔で、布を巻いた手を前に垂らしている。もう一方の手にはキリストの礫像のついた十字架を持っていた。彼女はそれを前に見たことがあった。パトリックの紙にあった写真だった。

「これを受け取れ」と言うと、十字架を彼女の腹の上に落とした。

重いものではなかったが、彼女は反射的に腹筋を固くした。新しい痛みが全身を走った。

「それを持つがいい。それがあんたのゴルゴタへの道だ」

そのときに訊くことができれば、何のことかと訊いたにちがいなかった。

「立て。外に出るんだ」

59

彼女は何とか床から立ち上がることができた。彼は潰れていないほうの手で彼女の首の付け根をつかむと、そのまま彼女の頭を左手に持った十字架に向けさせたまま歩かせた。

外は暗くなり始めていた。

肋骨の痛みは寝ていたときよりも楽になった。首を押さえつけたまま、彼は彼女をつついて外の石段を下らせた。

「どこへ行くの？」彼女は訊いた。

彼は答えず、彼女の背中を押して道路へ向かわせた。もし自分が本当に神に選ばれたのなら、いま車が来てもいいはずだとシビラは思った。

だがそんなことはなかった。

彼らは道路を渡った。突然シビラはどこに向かっているのかわかった。

ドイツ人の黄色い夏の家。

「そこでなにをするの？」

「おまえが自殺する」

彼女は背中を伸ばそうとしたが、彼の手がまた彼女の首の根を押さえつけた。

「あいつらは六月になったらおまえをみつける。腹の上に十字架を置いたままの形で。すべてが明らかになる。シビラはついに自分で過ちをあがなった、ということになるんだ。シェスティンがおまえだと証言し、私はそのそばに立って彼女の言うとおりだと言う」

彼らは黄色い家の石段まで来た。シビラは開いているほうの右手をポケットに入れた。爪ヤスリがそこにあった。

「わたしのポケットに鍵が入っている」彼が言った。「取り出せ」

彼女の指が爪ヤスリのプラスティックの持ち手の部分を握りしめた。彼女の首を押さえていた手がゆるんだ。

「上着の右ポケットだ」

彼女は背中をまっすぐに伸ばして彼を振り返った。一瞬、ほんの短い時間、二人の目が合ったが、次の瞬間、彼女は全身の力を込めて彼の顔に爪ヤスリを突き刺した。

どこに刺さったのかを見ているひまはなかった。彼が両手で顔を覆ったとき、彼女はすでに走り出していた。低い木の柵の向こうは森だった。胸の骨が痛んだが、彼女は全速力で森の中を走り始めた。

彼女は一度も振り返らなかった。

今回も彼は叫び声を上げなかった。

木々の枝が顔に当たったが、彼女は足を緩めなかった。まだあたりはうっすらと明るく、彼女の姿を包み込むほど暗くはなかった。彼女はここから遠くまで、ずっと遠くまで走らなければならなかった。彼の追跡を振り切るのだ。

どのくらい走ったのか、見当もつかなかった。石につまずき、水たまりを駆け抜けて腿《もも》まで濡れていた。力尽きて、なにかに足を取られ、前かがみになってそのままコケの上に倒れ込んだ。暗くてなににつまずいたのか見えない。肺が痛い。あたりの音に耳を澄ませるために、ときどき荒い息づかいを止めた。

木々の間を吹きぬける風の音以外はなにも聞こえない。風の音に比べれば彼女の呼吸は動物の咆吼《ほうこう》のように大きく聞こえた。

長い間そのまま横になっていた。身動き一つせず、耳を澄ませて。

彼に与えた傷は深かっただろうか？

そのとき突然彼の声が聞こえた。すぐ近くではない。が、暗闇を通してはっきりと聞こえてきた。

「シビラ……、おまえは神と私から逃げることはできない……、神はすべてお見通しだ、わかっているだろう……」

恐怖がふたたび彼女の胸を締めつけた。

そのとき突然月が雲の外に出て、彼女を照らし出した。

まるで天のランプのように。

目の前に枝が地面まで垂れているモミの木があった。シビラは這ってモミの木の陰に隠れた。

「シビラ……、どこにいるんだ？」

彼の声がすぐ近くで聞こえた。彼女自身の呼吸が制御できない裏切り者のように大きく響いた。

彼の姿が枝の間から見えた。まるで目に見えない糸のあとをつけてくるように、彼はまっすぐ彼女のほうに向かってくる。

「おまえがこの近くにいることはわかっている」

いま彼の顔が見えた。血だらけだ。片方の白目がかっと見開かれた目の中で光っていた。

あと十メートルしかない。

そのときあたりが真っ暗になった。

月がありがたくも雲の中に隠れ、彼女を助けた。その瞬間、ギャーッという彼の悲鳴が聞こえた。地面の突起物に足を取られ、痛めたほうの手をついて体を支えたのにちがいない。

やった、いい気味だ！

思わず笑いがこみ上げた。月が突然姿を消したことが、彼女にまた新たな希望を与えた。彼女は死の予告などされていない。ちょっとの間だったが、ほとんどそう思い込まされるところだった。

「おまえはもうおしまいだ……。遅かれ早かれ、私たちは必ずみつけるのだから……」

彼の声が遠ざかった。

危ういところで助かった。


ときどき眠りに落ちたのかもしれない。夜の闇が深くて、目を開けても閉じても違いはなかった。明け方、あたりがぼんやりと見え始めたとき、彼女はモミの木の陰から這い出して道路を探しに歩きだした。

後ろに引き返すつもりはもちろんなかった。だがこの森がどこまで続くのかわからなかった。彼女は昨夜逃げてきた方向から九〇度曲がることにした。そうすればいずれ道路に出るにちがいなかった。彼の家からはかなり離れたところで。

彼女は寒さで体が震えていた。触ってみるだけの余裕ができたとき、折れた骨がまた痛み出した。一歩歩くごとに胸全体が痛かった。

太陽が突然昇った。森の木がまばらになってきた。木の幹が剝き出しになっている。その下に茂みもなかった。そろそろ道路が出てくるはずだ。さもなければ、彼にみつかってしまう。

どこかで枝が折れる音がした。彼女は立ち止まり、耳を澄まして音の在処を確かめようとした。するとまた新しく別のところから音が聞こえた。

そして彼らの姿が見えた。

「伏せろ！」彼らの一人が叫んだ。制服を着ていた。そして両手で握ったピストルを彼女に向けた。

恐怖で死ぬような思いをしてなかったら、彼女はきっとそのとき喜びを感じたにちがいなかった。警察官に会ってそんなに喜びを感じる日が来るとは、夢にも思わなかっただろうが。

彼女は言われたとおりにした。ゆっくりと、胸が痛まないように彼女は地面に顔をつけて体を伸ばした。顔を横にしてみると、警察官が四人、彼女にピストルを向けたまま近寄ってきた。

「道路はどこ……」シビラが訊こうとした。

「黙れ！」警官の一人が叫んだ。「おとなしくするんだ」

その瞬間、シビラはすべてを理解した。警官の一人が彼女の顔をコケに押しつけた。彼女の体の上をいくつもの手が探しものをするように叩いた。

「殺人鬼めが」一人が吐き出すように言った。

この言葉で、シビラはまた彼に先を越されてしまったのだとわかった。

60

シビラは言われたとおりにした。ヴィンメルビーの警察署までの車中、彼女はなにも言わなかった。

車を降りたとき、カメラのフラッシュが彼女の顔に向けて光った。視力が戻ったとき、目の前に巨大なカメラを持った若者の姿が見えた。

「なぜこんなことを？」とだれかが訊いたが、彼女はその間にも後ろから小突かれて警察署のロビーに移された。大勢の人が集まっていた。私服の人間も制服の人間も嫌悪感を剥き出しにして彼女を凝視した。

「こっちだ」

車の後部座席にシビラといっしょに座っていた男が先に立って歩き、集まった人々の間に細い通り道ができた。背中を小突く者もいた。折れた肋骨に響き、彼女は顔をしかめた。目の前にドアが現れ、彼女は中に入った。

「座りなさい」

シビラは手錠をはめられた両手で椅子を引くと、言われたとおり腰を下ろした。新しく二人の男が部屋に入ってきて、彼女の前に腰を下ろした。

「ロヤー・ラーソンだ」と片方の男が名乗った。

彼の同僚がカセットテープレコーダーの赤い録音ボタンを押し、テープが動いているのを確認してうなずいた。

「一九九九年四月三日、シビラ・フォーセンストルムへの尋問。時刻は八時四十五分。同室者は被尋問者のほかに捜査補佐官マッツ・ルンデル、および刑事ロヤー・ラーソン」

彼は姿勢を正した。

「それで、あんたはシビラ・フォーセンストルムにまちがいないな？」

彼女はうなずいた。

「質問にははっきりとした声で答えるように」

「はい！」

「ヴィンメルビーでなにをしていたのか、話してもらおうか？」

彼女はテープレコーダーの中で回っているテープを見た。警官たちは期待に満ちた目で彼女を見ている。ノックの音がして、女性が一人、紙を一枚持って入ってきた。彼女はそれをロヤーと名乗った警官に渡し、警官はそれをすばやく読んだ。字が書いてある側を下にしてテーブルに置くと、ふたたびシビラを見た。

「わたしがやったんじゃないわ」シビラが言った。

「なにを？」

間髪を入れずに質問がきた。シビラは疲れ果てていて、空腹で、考えをまとめることができなかった。それでも話を正しい軌道に乗せることができた。

「あのイングマルという男があの人たちを殺したのよ」

向かい側の男たちが顔を見合わせた。笑いを噛みしめているようだ。

「イングマル・エリックソンのことか？　ヴィンメルビー病院の守衛の？　昨晩、右手を叩きつぶされ爪ヤスリで片目を刺されて警察の緊急センターに駆け込んできた、あのイングマル・エリックソンのことを言っているのか？」

警官はいまや腹を立てているようだった。彼女は両手に目を落とした。間をつなぐ鎖がなかったら、この手錠は銀のブレスレットのように見えるにちがいない。

ロヤーという警察官はテーブルの上になにかを置いた。

「なぜこんなものをヤッケのポケットに入れているんだ？」

彼女はテーブルの上に目を上げ、彼の言っているのはキリストの礫像のついた十字架のことだとわかった。それはプラスティックファイルに入って、机の上にあった。

「それはイングマルから渡されたものよ」シビラは低い声で言った。「あの男はわたしを殺すつもりだった」

「なぜ？」

「わたしに罪をかぶせるために」

「何の？」

彼女はため息をついた。

「彼がルーネ・ヘドルンドと関係をもっていたので」

ロヤー・ラーソンの唇の端がピクリと動いた。

「だれと？」

「ルーネ・ヘドルンド。去年の三月十五日に自動車事故で死んだ人よ」

二人の警官はまた顔を見合わせた。二人ともなにも言わなかったが、シビラには彼らの考えが読めた。目の前にいるこの女は頭がおかしい。ええ、きっとそうでしょうよ。

月が出ているか出ていないかなど関係ない。神は決してわたしの側に立ったことはなかった。

「パトリックに電話をかけてくれれば、わたしじゃないということがわかります」

「パトリックとは？」

「パトリック・……」

彼の苗字は……？　彼のアパートの表札で見たことがあるような気がしたが、いまは頭が混乱していて思い出せない。

「彼の母親は警官です。ソーガルガータンに住んでいるわ。南区の」

「ストックホルムの？」

ふたたびドアにノックが響き、女性が新たにまた紙を持って入ってきた。戸口に新しい顔が二つ見えた。ロヤーという警官はその紙を読むとうなずいた。それから時計を見た。

「尋問は九時三分中断された」

シビラは目を閉じた。

「ここで尋問を中断する。ここでこのまま待つかね、それとも独房へ移るかね？」

彼女は彼を見た。違いは何だろう？

「そこにはベッドがあるんですか？」しまいに彼女は訊いた。体の芯まで疲れ切っていた。

彼はうなずいた。

「それじゃ独房へ行きます」

61

そのまま長い時間が過ぎた。落ち着かないまま、シビラはときどき眠りに落ちた。浅い眠りで、見えない追跡者からスローモーションの動きで逃れようとする、不安で怖い夢を見続けた。

食事も出された。だが、なにを待っているのかを説明してくれる者はだれもいなかった。彼女に元気があれば、訊くことができたのだが。

鍵の下ろされた部屋の中にいるのは、思ったよりも不安ではなかった。正直なところ、独房のベッドに横たわってすべての責任から解放された状態は、心地よいとさえ言えるほどだった。できることはすべてやった。いや、それ以上だ。いまは失敗を認めるだけのことだった。

彼らが勝ち、彼女が負けた。

それだけのことだ。

少し経って、五十がらみの男が独房に入ってきた。神経質なのか、落ち着かなかった。

「シェル・ベリストルムだ」と名乗ると、机の上に書類カバンをおいた。

彼女は顔をしかめながら体を起こした。

「さしあたり、私があなたの担当弁護士になる。あとでストックホルムへ移されるまでの、当面の弁護士だが。父親が死んだことは知っているね？」

彼女は目を瞠った。

「いま、何と言いました？」

シェル・ベリストルムは書類カバンを開けて紙を取り出した。

「ヴェットランダにいる知り合いの弁護士からファックスが入った。あなたがつかまったというニュースを聞いて、知らせてきたのだ」

「わたしがやったんじゃないわ」彼女はすばやく言った。

彼はせかせかとした調子をやめて、部屋に入ってきてから初めて彼女を見た。

「心臓発作だった。二年前のことだ」

心臓発作。

シビラは自分の反応をうかがった。父親のヘンリー・フォーセンストルムが二年も前に死んでいたと聞いても何の感慨も湧かなかった。彼女にとって彼はもうずっと前から死んだも同然の人だった。

「このファックスを送ってくれたクリスター・エークによれば、いや、彼は遺産管理の仕事を引き受けている弁護士なのだが、妻のベアトリス・フォーセンストルムはあなたがだいぶ前に死んだものと思っていたようだ。あなたの父親が死んだとき、彼女はあなたの死亡宣告の申請を役所に提出した。あなたが全国に指名手配されたとき、ちょうどそれが役所に認定されるところだった」

シビラの顔に笑いが浮かんだ。笑うべきときではないのに、口の端が上がるのをこらえることができなかった。

「そう。それで彼女は毎月わたしに千五百クローネ、十五年間も送り続けてきたというわけ。死んでいる娘にわざわざ」

今度はシェル・ベリストルムが驚く番だった。

「そんなことをしていたのかね？」

「ええ。つい先月まで」

「それはおかしい。いや、はっきり言って、調べなければならない不審なことだ」

そのとおり。

シェル・ベリストルムは手に持った書類にもう一度目を通した。

「あなたにはわかるだろうが、フォーセンストルム氏の遺産は莫大なものだ。法律によれば、遺産は妻と子どもの間で半分ずつ相続することになっている。さっきの話が本当だとすれば、母親はあなたに遺産相続させないように工作したと疑われてもしかたがあるまい」

シビラは急に笑いたくなった。体の中でなにかが爆発して、外に出たがっている。彼女はそれを抑えて、両手で顔を隠した。笑いは声にはならず彼女の体の中を駆けまわった。

「ひどい話だ。気持ちはわかるよ」

シビラは指の間から彼を見た。彼は彼女が泣いていると思っているのだ。父親を亡くした猟奇殺人の犯人が目の前で泣くのをどのようにして慰めたらいいかわからないという様子だった。それを見てますます笑いがこみ上げてきた。肋骨が痛みだした。その痛みで涙がこぼれた。やっと痛みが引いたとき、彼女は両手を顔から離した。

「心配しなくていい」弁護士が声をかけた。「法律があなたの側についているからね」

また爆発があった。猛烈な勢いで出口のない笑いが体中を駆け回る。痛みをこらえるために彼女は手を脇腹に当てた。

法律があなたの側についている！

そうでしょうとも。たったいま百万長者になったと知らされたわたしは、やってもいない四人の猟奇殺人の犯人として一生刑務所に入れられるだけのことだものね！もしいま神が彼女を見たら、さぞかし満足することだろう。神とイングマルはこれで安心し、永遠に幸せに暮らせるだろう。自分たちの成功を心ゆくまで味わうことだろう。

笑いの暴走が止まった。始まったときと同じくらい急に終わり、彼女を空っぽにした。

「具合はどうかね？」弁護士はおそるおそる聞いた。

彼女は彼を見上げた。涙が止まらない。

具合？

具合は悪いわ。

これ以上ないほど、なにもかも最悪よ。

62

シビラはふたたび横になり、弁護士に背中を向けた。彼はドアをノックして外に出してもらい、数分後戻ってきた。

「私はここにいることにするよ。まもなく迎えが来る。次の尋問が始まるらしい」

そのとおりだった。

迎えが来たとき、彼女はまた起き上がろうとして、顔をしかめた。シェル・ベリストルムがそれを見ていた。

「どこか痛むのかい？」

シビラはうなずいた。

「椅子で肋骨を殴られたので」

彼はそれ以上はなにも訊かなかった。肋骨を椅子で殴られるのはヴィンメルビーでは毎日あることなのかもしれない？

シビラは独房の入り口に立っていた警官が手錠をかけやすいように、おとなしく両手を差し出した。が、彼はなぜか首を振るばかりだった。

彼女が入ってきたとき取調室にはだれもいなかった。彼女は数時間前に座った椅子に腰を下ろした。シェル・ベリストルム弁護士は壁際に立った。

すぐにドアが開いた。いままで見たことがない男性が一人、同じく初めての女性が一人入ってきた。ベリストルムは前に出て握手したが、シビラは座っていた。自分がここで名乗ることは期待されていないだろうと思った。

三人の目が彼女に注がれた。

「具合はどうですか?」男性のほうが訊いた。

シビラは少しほほえんだ。答える気力がなかった。

「私はペール・オーロフ・グレーン、ストックホルムの警察本庁捜査官だ。これは同僚のアニタ・ハンソン」

ベリストルム弁護士は壁際に戻った。見知らぬ警官たちはシビラの前に腰を下ろした。二人ともテープレコーダーを持っていない。

「もし話をするだけの元気があれば、昨日の晩なにがあったのか、聞かせてくれるとありがたいのだが?」

もし話をするだけの元気があれば？　なにこれ、新しい戦略？　シビラはため息をついて、体を椅子に寄りかからせた。頭の中に次々といろいろなことが浮かんだが、どう始めていいかわからなかった。

「わたしは墓地にいたんです」と、彼女はしまいに話し始めた。目は机に落としたまだ。「ルーネ・ヘドルンドの妻という女の人に会いました。そのあと、あのイングマルという男の人について行ったんです」

「あなたを殴ったのは、その男かね？」

彼女は目を上げてうなずいた。

「ええ、椅子で。肋骨が折れていると思うわ」

「顔の引っ掻き傷もそのときに？」

「それは森の中を走ったときのもの。逃げたときに」

男性の警官はうなずき、アニタという女性警官を見た。

「運がよかったね」彼は続けて言った。

そうよ。最高に運がいいわ、こんなことになって。

「あなたはパトリックを知っているようですね」女性警官が突然言った。

シビラは彼女を見た。惨めさの中にかすかな希望が灯った。

「彼をみつけたの？」

「わたしの息子です」

シビラは彼女をまじまじと見た。パトリックのママの警察官！

女性警官の顔にはシビラがパトリックを知っていることをどう思っているのか、なにも表れていない。

「今朝、ニュースを聞いてあの子はすべてを話しました」

シビラは夢を見ているのかも知れないと一瞬思った。

「彼がでたらめを話しているのではないとわかると、わたしはすぐに警察本庁に連絡しました。トーマス・サンドベリという名前には最初警視庁は惑わされたようだけど」

「パトリックを巻き込みたくなかったのよ。彼はそれまで十分に手伝ってくれたから」

シビラは口を挟んだ。

パトリックの母親はうなずいた。彼女もそう思っているようだった。

「今朝、イングマル・エリックソンの家を家宅捜索し」ペール・オーロフ・グレーンが言った。「冷蔵庫の中に臓器をみつけた」

そうだ。買い物に行くのを忘れた。悪いけど、コーヒーだけになってしまうよ。

「入れたのはわたしじゃないわ」彼女はすばやく言った。

「安心して」ペール・オーロフという警官が言った。「あなたではないということは、もうわかっているから」

彼の言葉が本当とはすぐに信じられなかった。本当であるはずがない。もうとっくに覚悟はついているのだから。

「われわれが冷蔵庫の中に臓器をみつけたとき、彼は自分がやったと認めた」ペール・オーロフ・グレーンが言った。「ルーネ・ヘドルンドの墓のそばに埋めるつもりだったらしい」

部屋の中が静かになった。シビラは新しい状況を理解しようと努めたが、疲れでなにも考えられなかった。

「もう少し前に教えてくれたら、こんなことにならずにすんだのに」

パトリックの母親が言った。シビラは彼女がなにを指しているのかわかった。パトリックがどんなに叱られたか、聞こえるような気がした。

「話してもきっとあなたたちは信じなかったわ」シビラは低く言った。「そうでしょう?」

警官たちはなにも言わなかった。

「でもパトリックは信じてくれた……。信じてくれたのは、彼だけ。わたしの人生で初めて」

長い沈黙が続いた。

「これで」ペール・オーロフ・グレーンが言った。「あなたは自由の身だ。これからどうします？」

シビラは肩をすくめた。

「こうしよう」ベルストルム弁護士が壁際から離れた。「ヴェットランダへ行って、お母さんと少し話をするのだ」

シビラは首を振った。

「いいえ、それはしません」

「シビラ、あなたはよくわかっていないようだが……」

「三十万クローネだけほしいわ。でもそれ以上はいりません」

ベリストルムは首を振りながらほほえんだ。

「これは億の単位の話だよ」

シビラは彼を見た。彼女と目が合ったとき、弁護士は彼女が本気であることがわかった。

「フォーセンストルム夫人に勝手なことをさせてはならないよ。莫大な遺産なのだからね」

シビラは少しの間考えた。そんなにお金をもらってどうするというの？

「それじゃ、七十万クローネまでもらうわ。残りはどうぞお好きなように、尻の穴にでも突っ込めばと伝えてくれる？」

63

ベルから手を離すとすぐにロックを解除する音が聞こえた。部屋の中でいつも玄関ベルのそばにいるのかしら、あの男は、とシビラは思った。

前回と同じように、シビラが階段を上がっていくと、男はドアを開けて三階の廊下に出ていた。部屋の中に入るまで二人とも口を利かなかった。彼は後ろでドアを閉めた。

「一週間で、悪名高い猟奇殺人事件の容疑者から拍手喝采の英雄になるとは。悪くないね」

彼女は部屋の中に入り、コンピューターの前まで行った。彼は前と違って、止めなかった。

「みつけた?」

男はうなずいた。

「今度は五千クローネだったわね?」

彼女はヤッケのポケットに手を入れて金を取り出し、キーボードの上に置いた。彼はズボンの尻ポケットから白い封筒を出して、彼女に見せた。

「彼、あんたの？」

彼女は彼を見た。封筒を受け取ると、玄関へ行った。

「ちょっと好奇心が湧いたもんでね」男は言葉を続けた。

一言も話さずに、彼女はドアを開けて廊下に出た。そのとき初めて、自分が震えていることに気がついた。二階まで来たとき、彼女は階段に座り込んだ。

封筒を見ると、動悸が激しくなった。

白い封筒の中に十四年間知らなかったことの答えがある。

彼は何という名前だろう？　どういう子に育ったのだろう？

いま、ついに、彼女はそれを知るのだ。


あと二時間でバスが出発する。

支払いはもうすんでいる。売買の書類にはもうサインをした。グンヴォール・ストルムベリがバスの停留所で待っているはず。鍵を手渡すために。


静けさと平和。

精神の平和。

そして、いままで欠けていた名前が書いてある白い封筒。

これからもずっと彼女から欠けたままになる。

名前を知ってどうするというのだ？　すべてが遅すぎた。時計を十四年前に戻すことはできない。

名前を知ってどうする？　だれのため？

彼のため？

それとも自分のため？

彼女は立ち上がった。ここまではっきり考えられることに、自分でも当惑していた。

どんな権利があって、十四年も経ってから彼の生活に踏み込もうというのか？　それが彼にとってどんな利益があるというのか？　この紙に書いてあることを知れば彼女の気がすむ。だが、彼女にそうする権利があるのだろうか？

彼は悲しんでいない。それならなぜ彼女は自分の悲しみを彼と分かち合おうとするのか？

もし彼に負い目を感じるのなら、彼女はそれを引き受けて生きていくよりほかはない。

目の前にゴミ捨てのダクトに通じる小さなドアがあった。アパートの住人がゴミを捨てる、壁に空いた穴だ。人がいらないものを捨てるところ。

彼女はゴミ捨て口の扉を開けた。胸が高鳴った。不安のためではない。これでいいのだという晴れ晴れとした気持ちだった。

もしバスが時刻表どおりに走れば、隣人の吹く夕刻のトランペットの時間には家に着いているだろう。

訳者あとがき

　カーリン・アルヴテーゲンはいま北欧でもっとも注目されているスウェーデンの新進作家である。二〇〇四年の夏、わたしはストックホルムで彼女に会った。日本に初めてアルヴテーゲンの作品を紹介するに当たり、彼女に会っておきたかった。わたしたちはストックホルムの旧市街ガムラスタンの広場で待ち合わせをした。

　一九六五年生まれのカーリン・アルヴテーゲンは、今年三十九歳。白いコートを翻し、広場に立ったその姿は、夏の太陽を浴びて小麦色に日焼けしていて、金髪がほとんど白く見えるほど。水色の目をした、温かい笑顔の、活力にあふれた人だった。

　ガムラスタンはハンザ同盟の時代からの中世の町で、当時のままの石畳の通りに、これまた古い石造りのレストランが点在する。わたしたちは広場のすぐ近くにある魚料理の店に入り、食事を共にしながら話をした。

　カーリン・アルヴテーゲンは一九九八年にデビュー作SKULD（仮題『罪』）を発表するや、スウェーデンのミステリー界の新星として注目を浴びた。今回日本でデビューする『喪失』は、二〇〇〇年に発表された彼女の第二作。この作品でアルヴテーゲンはその年のグラス・キー賞（ベスト北欧推理小説賞）を受賞している。グラス・キー賞は一九九二年に始まった北欧五カ国（スウェーデン、デンマーク、ノルウェー、フィンランド、アイスランド）でもっとも権威ある賞で、その年のもっとも優れた推理小説に与えられる。スウェーデン人の受賞はヘニング・マンケルとホーカン・ネッセルに続く三人目である。

映画の小道具係として十二年間働いてきたカーリン・アルヴテーゲンが、作家になったきっかけについて、彼女はこう話している。

「いままであまりこのことは公に話したことはなかったけれど、アストリッド叔母さんの影響が大きいということは、言えます。『長靴下のピッピ』の作者アストリッド・リンドグレンは母方の祖父の妹、わたしの大叔母に当たるの。アストリッドだけでなく家族はみんなものを書いていた。作家を本業としたのは大叔母だけだったけど。文学が身近にある暮らしの中で育ったの。小さいときから自分も文字で表現できる才能がありそうだということはわかっていたけど、書きたいという気持ちが出てきたのは、兄の死と離婚後。むずかしい時期でしたが、いまはあの時期があってよかったと感謝しています」

一九九三年の六月、パイロットの長兄マグヌスが墜落事故で死んだという知らせを受けたとき、カーリン・アルヴテーゲンは二番目の子どもの臨月だった。教師の両親に見守られ、傍目もうらやむほど仲のいい兄妹だったというアルヴテーゲン家は、マグヌスの死を深い悲しみをもって受け止めた。だが、カーリンは生まれたばかりの子どもとその二歳上の子の世話で忙しく、悲しみを心の奥に閉ざしてしまった。二年後、彼女は子どもの世話もできないほど深い鬱状態に陥り、仕事を休んで療養生活に入った。毎日死を考える生活の中で、自分の心をみつめるために文章を書き始めた。

「いわば書くことがわたしのセラピーになったの。書くことであの鬱状態から脱却した。あっと言う間に一冊書き上げ、家族に見せると、おもしろいから出版社に送ってみたら、ということになったの。まさか、売れるとは思わなかった。いちばんびっくりしているのはわたしよ」

このときに書き上げた『罪』は、大きな負債を抱え神経を患った男が、ある事件に巻き込まれ、その解決に協力していくうちに、自分の生いたちの問題と真っ正面から向き合うことになるという、ある種の心理小説である。

「人生はよきにせよ悪しきにせよ予期せぬことに満ちあふれているわ。わたし自身が何よりの証拠よ。だから、よいと感じることの中にしっかりと自分をおいていまを生きることが大切だと思うの」

彼女の作品はいま日本を含む二十カ国で翻訳されている。この『喪失』はまた、ユニヴァーサル・ピクチャー・ノルディックが映画権を、SMG／スコットランド・テレビがテレビ放映権を獲得している。

『喪失』の原題はSAKNADという。この言葉には失踪という意味と喪失という意味があり、英語のタイトルはMISSINGとなっていて、失踪という意味合いのほうを採用している。わたしはアルヴテーゲンに会って作者の意図を聞き、喪失と訳すことにした。

主人公のシビラ・フォーセンストルムは社会のアウトサイダーである。十五年間、彼女は社会のシステムの外で生きてきた。全財産をリュックサックに詰め、ストックホルムの街中を放浪するホームレスの一人だ。唯一の関心は食べ物とその日の寝場所を獲得すること。過去を忘れ、過去からも忘れられたい。そんな彼女が、ふとしたことから猟奇的な殺人の容疑をかけられ、指名手配される。十五年間彼女はだれからも求められなかったのに、いまではスウェーデンでもっとも書き立てられる人物になってしまった。彼女は平穏な生活を求めて逃げまわるが、警察もマスコミも執拗に彼女を追いかける。絶体絶命に追い込まれたとき、シビラは逆襲に出る。自分の手で真犯人を捜しだすのだ。

この小説のアイディアは、地下鉄の駅で見かけた女性ホームレスを見たときに生まれたという。作者と同じくらいの年齢で裸足のその女性は、朝のラッシュアワーの人込みの中で手を出して恵みを請うていた。人々のさげすみの目や無視にもかかわらず、その女性は毅然《きぜん》として手を出したままそこに立ち続けていたという。カーリン・アルヴテーゲンはその女性のことが頭から離れなかった。なぜあの人はあのような究極の孤独の中で生きるようになったのか。人生につまずいたとき、だれ一人手を差しのべてくれる人はいなかったのか。そう思ったとき、その女性がそれでも人生をギヴアップせずに、闘い続けていると感じ、その姿に深く心を打たれた。それがこの小説の出発点だったと語っている。

デビュー作の『罪』もこの『喪失』も、世の中から〝負け犬〟と見られている人々をメインキャラクターとして登用している。さまざまな理由で人生の軌道からそれてしまった人たちである。カーリン・アルヴテーゲンは、その人たちがふたたび自分に誇りをもち、本来の姿で生きられるようになるまでの闘いを書く。推理小説の形をとっているのは、自分が読みたいものを書くからだと言っている。

一九六五年ストックホルムのヒュースクヴァーナで生まれたカーリン・アルヴテーゲンは、現在ストックホルムに住む。推理小説の他にテレビドラマの脚本も手がける。第三作SVEK（仮題『裏切り』）は二〇〇三年に発表している。

現在、カーリン・アルヴテーゲンは第四作目を執筆中。二〇〇五年の秋には発表の予定であるという。訳者は今回の『喪失』に続けて第一作の『罪』の翻訳に取りかかっていて、来春には小学館文庫から刊行の予定である。シリーズものではなく独立した作品で、登場人物もセッティングも各回まったく異なる。事件が多層に絡み合う心理的なミステリーに、ご期待いただきたい。

二〇〇四年　秋

柳沢由実子

本書のプロフィール

本書は、二〇〇〇年にスウェーデンで出版された『SAKNAD』を本邦初訳したものです。

喪失《そうしつ》

著者　カーリン・アルヴテーゲン
訳者　柳沢由実子《やなぎさわゆみこ》

二〇〇五年一月一日　初版第一刷発行

編集人――飯沼年昭
発行人――佐藤正治
発行所――株式会社　小学館
〒一〇一-八〇〇一
東京都千代田区一ツ橋二-三-一
電話　編集〇三-三二三〇-五六一七
制作〇三-三二三〇-五三三三
販売〇三-五二八一-三五五五
振替　〇〇一八〇-一-二〇〇

印刷所――大日本印刷株式会社

Printed in Japan　ISBN4-09-405461-8

小学館文庫